Simone Austermann

Tod im Thaumond

AF285959

Simone Austermann

Tod im Thaumond

Historischer Kriminalroman

Impressum

Bibliografische Information der Deutschen Nationalbibliothek: Die Deutsche Nationalbibliothek verzeichnet diese Publikation in der Deutschen Nationalbibliografie; detaillierte bibliografische Daten sind im Internet über http://dnb.dnb.de abrufbar.

Verlag: BoD · Books on Demand GmbH, In de Tarpen 42, 22848 Norderstedt

Druck: Libri Plureos GmbH, Friedensallee 273, 22763 Hamburg

ISBN: 978-3- 7578 - 6147 -6

Inhaltsverzeichnis

SAMSTAG, 16. THAUMOND 1788

»Grüße, guter Mann. Ich bin Clamor Heinrich Aldenhagen und bitte um Einlass. Man erwartet mich am Archigymnasium.«

Der Vorbau des Stadttores schien zusammenzuschrumpfen, als sich der Angesprochene erhob, und über meinem Kopf hallte es

»Papiere?«

Ich reichte Pass, Reiseerlaubnis, den Passierschein für die Grafschaft, das Anschreiben des Direktors und etwas Torgeld nach oben und wartete. Gerüche von Pulver und feuchtem Holz hingen in der Luft.

»Lehrer?«

Eine befehlsgewohnte Stimme ließ mich herumfahren. Unter einem sandfarbenen Herrenrock umspannte ein goldfädendurchsetzes Gilet eine mehr als wohlgenährte Körpermitte; darüber ein bockskleegrünes Halstuch, darunter moosgrüne Kniebänder. Ein Siegelring an einem fleischigen Finger deutete auf mich. Die Erscheinung klopfte mit einem Fritzstock einmal auf den Boden und wiederholte

»Lehrer?«

Ich nickte.

»Ja.«

»Des Schreibens mächtig?«

»Ja, Deutsch, Latein, Hebräisch Französ-.«

»Sollte reichen.«

»Und Kenntnisse in-.«

»Es genügt! Kommen Sie mit!«

Wäre in diesem Moment Hippolyte herein galoppiert, ich hätte nicht mehr Verwirrung aufbringen können.

»Papiere!«

Ich hatte den Torwächter völlig vergessen und griff erschrocken nach meinen Unterlagen.

7

»Kommen Sie! Lassen Sie Ihre Truhe stehen, Jakob wird sie zu Ihrem Quartier bringen. Kommen Sie endlich!«

Der Goldgrüne hatte die Tür geöffnet, nickte dem Torwächter zu und trat hinaus.

Ich zog meinen braunen Radmantel eng um mich und folgte ihm. Draußen sprach er mit einem hageren Burschen und marschierte dann Richtung Osten. Es war windig, aber nicht unangenehm und ab und zu trafen uns ein paar Wintersonnenstrahlen.

Wir eilten vorbei an Fachwerkhäusern, die sich gegenseitig zu stützen schienen. Bei einigen hingen die Läden schief in den Angeln, an anderen konnte ich den Stützbalken kaum trauen. Noch im letzten Moment wich ich einem Fäzen aus. Hier trieben sie wohl auch die Schweine entlang. Zur rechten Hand quietschte eine Schwengelpumpe, zur linken gackerten Hühner. In der Türöffnung eines Wirtshauses erschien eine dralle Dunkelhaarige.

»Ehrwürdige Grüße, Hofrat, kehren Sie doch nachher ein. Vor einer Wahl sollte man immer auf Fortuna trinken.«

»Grüße, Wirtin. Immer tüchtig und auf einen Handel aus, wie?! Hoffe Sie und der Wirt erfreuen sich guter Gesundheit?! Frisch ans Tagewerk!«

Wir eilten weiter und überholten eine hutzelige Alte, die mit unermüdlichen »Wärmt euch, kauft Schwefelfäden«-Rufen für ihre Waren warb. Ich erblickte eine Kirche. Ihr Turm endete abrupt, die Öffnung schien mit Holzbrettern geschlossen worden zu sein.

Von Süden wehte der scharfe Geruch einer Gerberei. Über uns tönte eine Männerstimme:

»Gerstein, so früh schon auf?«

Die Stimme gehörte zu einem Mann, der bei seiner Morgentoilette war und mit offenem Jabot und schiefer Perücke an einem der oberen Fenster stand.

»Professor Viemann! Einen herrlichen guten Morgen! Nicht jeder kann nach der Neunerglocke aus den Federn kriechen.«

Beide Männer lachten, und wir setzten unseren Weg fort.

Der intensive Geruch eines Schweinestalls ging in die wohligen Düfte eines Backhauses über.

Hofrat Gerstein, so hatte ich aus den Anreden geschlossen, wies nach rechts auf schmales, etwa 13 Fuß breites Fachwerk.

»Die Lehrerwohnung. Das Fahrenbergsche Haus. Witwe Kagenbusch hat sicher schon alles vorbereiten lassen.«

Ich trat Richtung Tür. Ein Waschkrug und Gerstenbrei zur Stärkung. Wunderbare Aussichten.

»Wo wollen Sie hin? Dafür ist später Zeit. Kommen Sie!« Wieder sah ich seinen Rücken.

Sollte ich mich weigern? Sollte ich einfach stehenbleiben? Nein, allein in einer fremden Stadt war es sicher nicht gut, es sich mit einem zu verscherzen, der sich Goldfäden leisten konnte. Ich setzte mich wieder in Bewegung.

Ein großes klosterähnliches Gebäude, ein Gildenhaus, etwas entfernt zwei weitere Kirchen. Diesmal mit vollständigen Türmen. Endlich lenkte er seine Schritte nach links und blieb stehen. Ein Eckhaus, zwei Stock hoch, Spitzbögen. In der Höhe über uns Erkertürmchen.

Hofrat Gerstein klopfte, die Tür öffnete sich und vor uns stand ein Mann, der mich an Beschreibungen von Vauscancons Automaten erinnerte. In der Figur kantig, bewegte er sich mit abrupten Bewegungen. Kopf und Oberkörper sausten bis fast in die Waagerechte, dann wieder nach oben.

»Ehrenwerte Grüße Klagcamerarius Gerstein. Zu Herrn Amtmann Hoberg?«

»Ja, danke Ratsdiener Wolters.«

Erneut sahen wir kurz seinen Hinterkopf.

»Sofort. Kommen Sie bitte. Hier entlang.«

Er ruckte ein paar Schritte zurück. Gerstein trat ein. Ich tat, was ich bisher getan hatte: Ich folgte.

Wir standen in einer holzgetäfelten Halle. An den Wänden Bänke, sonst war es leer und eisig. Der Ratsdiener drehte sich um, durchquerte den Raum und klopfte an eine Tür, rechts neben einem steinernen Kamin. Ein Brummen ertönte, er öffnete die Tür. Leises Stimmengemurmel. Wieder eine Verbeugung, wir sahen seine Kehrseite. Noch in dieser Haltung drehte er sich herum, setzte zwei Schritte zurück und sprach zum Dielenboden:

»Ehrenwerter Herr Klagcamerarius. Bitte kommen Sie herein.«

Gerstein nickte und trat an ihm vorbei ins Zimmer. Ich hinterher.

»Guten Morgen Amtmann Hoberg. Habe das Problem gelöst. Wollte gerade eine Depesche senden, war bereits am Westentor, um aufsatteln zu lassen. Da steht der da. Sagt, er ist der neue Lehrer und kann schreiben.«

Er wandte sich an mich.

»Sie vertreten Stadtsekretär Löbbecke als Schreiber bis er wieder auf den Beinen ist. Amtmann Hoberg hier braucht sie.«

Er wandte sich an den Anderen.

»Ich erwarte am Montag den ersten Bericht. Empfehle mich.«

Er tippte mit seinem Stock einmal auf dem Boden und verließ das Zimmer. Ich sah fragend auf den Mann im Raum am Kontor.

Blutunterlaufene Augen, Bartstoppeln und unter der hellbraunen Perücke lugten dunkle Strähnen hervor. Er schien keine Frau zu haben, die ihn umsorgte, bevor er morgens aus der Türe trat. Am linken Ärmel hing anstelle eines Knopfes nur ein dünner Faden und auf seinem Halstuch fanden sich Reste von zuvor genossenen Mahlzeiten. Müde starrte er mich an und holte aus seiner linken Rocktasche eine Tabatiere, klopfte kurz auf und bot sie mir an. Ich schüttelte den Kopf. Sorgfältig sammelte er mit leichten Fingerschlägen den Tabak in der Mitte der Dose, griff dann hinein und formte ein Klümpchen zwischen zwei Fingern und dem Daumen. Winzige Tabakkrümel gesellten sich zu den Überbleibseln früherer Schnupfmomente auf dem Tisch. Beide Nasenlöcher wurden schniefend bedient. Dann spuckte er in flachem Bogen neben sich auf den Boden, eindeutig nicht das erste Mal in letzter Zeit und verstaute das Behältnis wieder in seiner Tasche. Er kratzte sich mit beiden Händen am Bauch, verharrte in dieser Haltung und atmete tief aus.

»Herr Amtmann. Nun, vielleicht darf ich mich zunächst vorstellen? Mein Name ist Clamor Heinrich Aldenhagen. Ich bin heute Morgen nach Dortmund gekommen, um meine Stelle im Archigymnasium anzutreten. Dann hat mich dieser Gerstein hierhergeschleppt. Ich weiß nicht, warum und was ich hier soll oder wer Sie sind. Ich bin derangiert von der Reise und ich habe Hunger. Wo ist Professor Gierig? Er erwartet mich heute. Was soll das denn alles hier?«

Mein Herz klopfte. Ich konnte mich nicht entscheiden, ob ich verwirrt, wütend oder sehr hungrig war. Sicher benötigte ich Antworten und dann wollte ich selbst entscheiden, welchem Gefühl ich den Vorzug geben würde. Ich atmete tief ein und langsam aus. Mein Gegenüber blickte mich schweigend, an und schien abzuwägen, was er von mir halten sollte.

Nun, dann waren wir uns darin einig. Ich atmete erneut ein, straffte mich und suchte seinen Blick.

»Gut, zu allererst einmal. Wer sind Sie?«

Er richtete sich auf seinem Stuhl auf. Dann erhob er sich.

»Hoberg. Johann Gottlieb Hoberg.«

Er legt seine Hand flach auf seinen Bauch, sah kurz zu Boden und endlich mir in die Augen.

»Ich bin Marktpolizist.«

Seine Hand bewegte sich vom Körper weg, er schien auf etwas zu horchen und fixierte einen Punkt hinter meiner rechten Schulter. Dann blickte er wieder in meine Richtung, zuckte kurz mit den Achseln und sackte zurück auf seinen Stuhl. Sein Blick wanderte zu Boden, er legte seine Hand auf sein Gemächt und ruckte.

Ich schloss für einen Moment die Augen.

»Beleuchten Sie mir bitte das Sujet.«

Sein Blick erinnerte mich an den Ausdruck der Kühe beim Wiederkäuen.

»Erklären Sie mit bitte, worum es hier geht.«

»Ahh, nun denn wohl. Heute Nacht fand man den Bäckermeister Johann Melchior Boemke tot in seinem Backhaus. Sein Kopf war eingeschlagen und er lag über einem aufgeplatzten Sack Roggenmehl. Er war ein Schwarzbäcker, ein Tunichtgut.«

Er drückte seinen Rücken durch und hob das Kinn.

»Ich als Marktpolizist, kläre den Mord auf.«

Er sank wieder in sich zusammen.

»Dafür benötige ich nun mal einen Schreiber. Und der Stadtsekretär ist krank. Und deswegen sind sie nun da.«

Meine Beine zitterten, ich trat einen Schritt zurück und ließ mich auf einen Stuhl gleiten. Der harte Druck an meinem Gesäß beruhigte mich. Ein Toter, eine Mordtat. Und er sollte ihn aufklären. Und ich sollte alles aufschreiben. Das konnte doch nicht wahr sein?

»Ich kann doch nicht einen Mord aufklären. Ich bin Lehrer.«

»Sie klären gar nichts auf. Der Verdächtige sitzt schon im Katharinenturm und ich überführe ihn. Sie sind nur der Schreiber.«

»Ich bin kein Schreiber, ich bin Lehrer. Ich weiß doch gar nicht. Ich kann doch gar nicht. Also guter Mann, das geht einfach nicht.«

Die müden Augen fixierten mich.

»Glauben Sie, das gefällt mir? Einen Fremden mit rumzuschleppen. Aber wenn Hofrat Gerstein eine Idee hat, dann ist das keine freundliche Einladung.«

»Darf er denn das einfach so?«

»Er ist zweiter Kämmerer. Über ihm stehen nur vier Ratsmitglieder. Und ab der nächsten Woche sicher nur noch drei. Der Fluch der freien Reichsstadt.«

Er senkte seine Stimme und beugte sich herüber. Die Reste auf dem Halstuch entpuppten sich als Überbleibsel von Eiern, Speck und Bratensoße. Ich wich vor der Schnupftabakgeruchswolke zurück.

»Haben Sie seinen Stock bemerkt?«

Ich nickte.

»Sehen sie, Preußisches ist ganz nach seiner Fasson. Also gibt er die Marschroute und wir Kerls, ob lang ob kurz, wir schwatzen nicht, wir folgen.«

Ich wich seinem Atem erneut aus. Der Stuhl knarzte unter mir. Mein erster Eindruck war korrekt gewesen. Herr Hofrat Gerstein war gewichtig in mehr als einer Hinsicht. Wenn ich überhaupt eine Zukunft als Lehrer in dieser Stadt haben wollte, durfte ich es mir nicht mit ihm verscherzen.

»Was tut so ein Schreiber eigentlich?«

»Schreiben.«

Wir sahen uns an. Sein rechter Mundwinkel verzog sich. Ich lächelte.

»Ich meine, was genau schreibe ich? Und wo soll ich arbeiten?«

»Alles. Und Sie begleiten mich.«

Er biss sich auf die Unterlippe, kratzte sich am Kinn und stierte ins Leere. Dann stand er auf und musterte mich.

»Nun, Sie werden müde von der Reise sein. Ich bringe sie erstmal zur Witwe Kagenbusch. Sie wohnen doch im Fahrenbergschen Haus?«

Ich nickte und hoffte, dass ich den Namen vorhin genau verstanden hatte.

»Und zur fünften Stunde sehen wir uns dann im Schwarzen Raben und besprechen alles.«

Fast erwartete ich, dass er mir den Arm tätschelte.

Hoberg brachte mich zurück zu dem schmalen Haus, wies auf einen Schlüssel an einem Haken über dem Türstock und überließ mich, mit einer Erinnerung an unsere abendliche Verabredung, meinem Schicksal.

Ich schloss die Tür auf und besah mir meine zukünftige Bleibe. Unten ein kleiner Wohnraum mit einem offenen Kamin, einem Schrank, einem Tisch und einer hölzernen Bank. An der Wand ein paar Bretter, auf einem, einige Kienspäne in einem irdenen Schälchen. Eine Stiege führte nach oben. Ein Bett, Waschgeschirr auf einem Schemel, ein Schrank, daneben meine Reisetruhe. Ich setzte mich in der Wohnstube an den Tisch.

Was war das denn? Vor einer Woche war ich frohgestimmt und voll guten Mutes aus Duisburg aufgebrochen, um hier in Dortmund meine neue Stelle am Archigymnasium anzutreten. Noch gestern Abend, im Wirtshaus der letzten Posthalterei saß ich in der Schankstube in Erwartung wissbegieriger Kinderseelen. Ich stellte mir meine Schüler vor, die über das was sie sehen und hören, Unterricht begehren und ihre Kenntnisse mit meiner Hilfe zu vermehren suchen. Nun ja, es mag sein, dass ich diesen Teil etwas erhöht hatte, der Branntwein, den ein Mitreisender ausgab, mag dazu beigetragen haben. Heute Morgen dann, gestärkt mit Eiern und Speck für die letzte Etappe verbrachte ich zwei Stunden im Marterkasten der Preußischen Post und die letzten Meilen auf einem Fuhrwerk eingeklemmt zwischen Braunkohl und Aalraupen. Erst die verheißungsvollen Mauern der Stadt, dann dieser goldfädige Grüne. Ich wünschte mir sehnlichst einen von Ossians Nebelgeistern, die den Schleier der Zukunft lüfteten. Nichtsdestotrotz war ich nun hier und Schreiber. Schreiber eines Büttels. Nein, eines, ich hob mein Kinn, eines Marktpolizisten. Ich fühlte mich – wie fühlte ich mich? Als Kind war ich über eine Obstwiese gerannt und hatte einen Baum übersehen. Die Minuten danach waren in etwa mit dem Gefühl vergleichbar: geradezu stumm vor Verwirrung. Frauenzimmer lösten ihre Probleme mit Riechsalz. Vielleicht wäre Branntwein eine Lösung? Vielleicht könnte ich in einem Wirtshaus einkehren und einen Taler in die Vergessenheit investieren. Als hätte ich auch nur Stüber zu verschleudern. Wie viel bekam eigentlich ein Schreiber? Also ein Vertreter des Schreibers? Würde ich überhaupt entlohnt werden? Herr, Du lenkst meine Schritte. Gib mir den Verstand, das Ziel zu erkennen und Deinem Weg zu folgen. Zu viele Fragen und ungelöste Probleme. Ich beschloss, schrittweise vorzugehen. Erst würde ich mich zum Markt, von dem der Fuhrmann heute Morgen gesprochen hatte, durchfragen. Ich würde mich stärken und dann

13

Professor Gierig meine Aufwartung machen, um endlich meine Stelle als Lehrer anzutreten.

Pock Pock Pock.

Die Tür öffnete sich und zwei Frauen betraten die Stube. Bei der Jüngeren hatte es Gott gefallen, die Menge Sommersprossen auf ihr zu platzieren, die für die ganze Region gereicht hätten. Die Ältere blieb an der Tür stehen. Sie trug den Schlüsselbund an der rechten Seite, ihr Haar war dunkel, zurückgesteckt unter einer weißen Haube. Ich verspürte den Wunsch, ihr all meine Sorgen anzuvertrauen, und hoffte, sie würde sie mir nehmen und mich in einem Kokon aus Wohlbehagen zurücklassen.

»Nun mein Herr? Haben Sie sich schon gut eingerichtet? Habe gehört, wie sie angekommen sind. Ich dacht mir, bring dem jungen Herrn mal was zu essen. Muss ja hungrig sein. Mein Friedrich isst so gern, kommt ganz nach seinem Vater. Gott hab ihn selig. Nu reist er, mein Friedrich. Ist ein kluger Kopf. Ach, wo hab ich nur meinen? Ich bin Witwe Elisabeth Kagenbusch.«

Sie nickte der Sommersprossigen zu und vor mir auf dem Tisch erschienen auf einem Holztablett ein Krug, ein halber Laib dunkles Brot, ein Töpfchen Butterschmalz, ein Messer und ein Stück dunkle Wurst. Ich roch Pfeffer und Zimt.

»Mein Friedrich liebt Beutelwurst. Schon als Knabe stibitze er sie immer aus der Kammer. Habs natürlich immer gemerkt. Langen Sie doch zu.«

Nun stieg mir auch das Aroma von Majoran in die Nase. Mein Magen knurrte und ich nahm das Messer

»Vielleicht möchte der junge Herr später zu uns herüberkommen. Meine Schwägerin und ich wohnen nebenan und zur dritten Stunde trinken wir gerne eine Schokolade.«

»Nun, danke. Ja gern. Danke für das Essen. Es sieht köstlich aus.«

Sie warf noch einen letzten Blick auf das Tablett, winkte dem Mädchen und beide verließen das Haus. Das Essen sättigte meine Sinne und füllte meinen Magen.

Ich hielt es für angemessen, mich für die Vorstellung beim Direktor frisch zu machen. Ich stieg nach oben und setzt mich auf das Bett. Kein Rascheln. Mit der flachen Hand drückte ich auf den Leinensack. Kein

Knistern. Meine Augen schließend, ließ mich nach hinten gleiten. Federn. Kein Stroh. Was für ein Luxusleben. Ich öffnete meine Augen und blickte an die Holzdecke. Im hinteren Winkel hatte eine Spinne Fäden hinterlassen. Die geweißelte Decke quoll rau zwischen den glatten, dunklen Balken. An der Wand über mir ein Haken. Wozu? Im Fenster das Licht der Wintersonne. Ich atmete den Geruch der Federn und des Linnens. Weit entfernt der Schrei eines Habichts. Ich richtete mich auf, rutsche von der Bettstatt und kniete mich auf den Boden. Mit zwei schnellen Handgriffen öffnete ich meine Reisetruhe, schob meine gefaltete Wäsche zur Seite und griff nach meinem kleinen privaten Kästchen. Ich öffnete eines der Glasfläschchen. Orangen! Ich atmete tief ein und massierte mir die Schläfen, kämmte die Haare zu einem neuen Zopf, nahm meine Bourse und ließ das Ende des Haarzopfs in den kleinen Beutel gleiten.

Wenn Hoberg recht hatte, war es wohl hier angebrachter, mit einem Band zu wickeln. Wie teuer wohl ein solches Band hier war? Ob es wohl unschicklich wäre, die Witwe auf einen ehrlichen Händler anzusprechen? Ich versuchte, meine Frisur mit meinem kleinen Spiegel so ordentlich wie möglich zu formen – einen größeren Spiegel auch so etwas, das ich auf meine Liste zur Anschaffung setzen musste – und tauschte meinen Reisemantel gegen meinen Justaucorps.

Erst entleerte ich meine Blase, dann das Nachtgeschirr und war froh, dass mein Fenster über einem kleinen Sandplatz lag. In Duisburg hatte ich mehrere unschöne Erlebnisse mit ungestümen Nachttopfleerungen gehabt. Da hatte ich mir geschworen, niemals mit dem Ruf »Et kütt!« die Strassengänger zu beglücken.

Aufpoliert öffnete ich die Tür, stieg die Treppe hinunter und machte mich auf, mich zu Professor Gierigs Haus durchzufragen.

»Hier sind Sie nun am Archigymnasium zu Dortmund. Ich freue mich, Sie hier unter lauter Männern von bewährter Rechtschaffenheit und Freundschaft zu begrüßen. Ich hoffe, auch Sie werden mit uns über gemeinnützige Gegenstände hinaus, die eifrige Jugend an den Geschmack der Gelehrsamkeit gewöhnen. Wie Sie sicher wissen, wurde unser Gymnasium am 22. Thaumond 1543 von Johann Lambach gegründet. Er, ebenso wie sein Nachfolger Friedrich Beurhaus, waren

15

Anhänger des Philosophen Petrus Ramus. Wenn Sie mir ein paar kurze Bemerkungen zu seiner Dialectique gestatten?!«

Ich spürte, wie sich die Rückenlehne des Holzstuhls langsam in meine Schulterblätter bohrte. Der Professor hatte mich freundlich begrüßt, wir hatten uns gesetzt und nun hielt er eine Begrüßungsrede. In meinem rechten Fuß kribbelte es. Wie viel Zeit der Professor wohl für mich eingeplant hatte?

»Die sinnlichen Werkzeuge sind Spiegel, in welche die Seele als ein Auge stehet. Wir müssen der Jugend den Verstand und die Urteilskraft geben, ihre verschiedenen Verhältnisse zu erfassen.«

Auf dem Boden krabbelte ein kleiner Käfer mit schwarzbraunem Körper und braunscheckigen Flügeln. Die Fühler zuckten, die Beine verharrten. Ein weiteres Zucken und das Tier verschwand zwischen zwei Dielen. Ein Anobium pertinax wenn ich nicht ganz falsch lag. »Totenuhr« hatte meine Großmutter ihn genannt. »Junge, hüte Dich, wenn Du die Totenuhr siehst, dass Du sie nicht auch bald hörst!«

Der Professor pries inzwischen die Vorteile der alten Sprachen. Bei allen Heiligen. Ich wollte unterrichten. Ich hatte geglaubt, Vorlesungen mit dem Überleben von Bergs Überlegungen zur Reformationsgeschichte hinter mir gelassen zu haben. Gierigs Wangen röteten sich, seine Hände formten Ideen in der Luft.

»Wahr ists, dem Menschen ist Verstand genug geschenket.

Sein flüchtig Denken ist kaum von der Welt umschränket.

Was nimmer möglich schien, hat doch sein Witz vollbracht

und durch die Sternenwelt sich einen Weg erdacht!«

Die Arme wie Salomon in der Gegenwart der ganzen Versammlung Israels ausgebreitet, schwieg er. Ich zuckte und suchte seinen Blick. Erwartete er Applaus? Ich räusperte mich und erhob mich.

»Nun, ich, danke. Und ich freue mich auf diese neue Aufgabe.«

Was konnte ich noch sagen? Dass ich mich bemühen würde, war sicher selbstverständlich. Dass ich mich geehrt fühlte? Ob ihn das interessierte?

»Nun denn, Schulmeister Aldenhagen. Hier ist die Auflistung Ihrer Stunden.«

Er hielt mir ein säuberlich beschriftetes Blatt entgegen.

»Und wenn Sie erst einmal ein paar Wochen hier sind, können wir über Ihre Ideen zum Angebot bezahlter Zusatzstunden reden.«

Der Gedanke gefiel mir.

16

»Am Dienstag werden Sie Ihre anderen Kollegen kennenlernen. Wir alle treffen uns um die fünfte Nachmittagsstunde im goldenen Löwen. Das Gasthaus finden Sie, wenn Sie sich von der Marienkirche Richtung Ostentor wenden. Rechter Hand treffen Sie auf den Löwen. Nun denn, ich denke, das war es für heute. Ich wünsche Ihnen einen guten Beginn und einen frohen Tag des Herrn.«

»Danke Professor Gierig. Ich äh-.«

Ich stand auf, verbeugte mich und wandte mich zur Tür.

»Ach, eins noch-.«

Ich drehte mich halb zu ihm um und blickte ihn über meine Schulter an.

»Tadelloses Benehmen, kein Aufsehen, Aufenthalt nur an angemessenem Ort. Denken Sie daran, Sie sind nun Teil des ehrwürdigen Archigymnasiums und ein Vorbild für unsere jungen Geister.«

Ich nickte und ging.

Sommersprosse öffnete die Tür, knickste und vollführte eine einladende Geste in die Stube hinein. Ich trat ein, sie schloss die Tür hinter mir und huschte zu einer weiteren Tür im hinteren Teil des Raumes. Witwe Kagenbusch erhob sich von einer nussbaumfarbenen Polsterbank und lächelte.

»Ah, der junge Herr. Darf ich Ihnen meine Schwägerin vorstellen, Witwe Sibylla Kagenbusch.«

Die weiße Perücke zu einem hohen Knoten gesteckt. Ein kleiner Schönheitsfleck zierte die Mitte ihrer oberen Stirn. Dunkel erinnerte ich mich an die Bemerkung eines Freundes über die geheime Sprache der Pigmenta. Aber Genaueres wusste ich nicht mehr. Die Frau wirkte so passend wie ein Zierkissen auf einem Bauernschemel. Sie saß kerzengerade, reichte mir grazil die Rechte und blickte zu Boden. Ich ergriff ihre Hand, verbeugte mich kurz und hauchte über ihre Fingerglieder. Sie faltete ihre Hände über einen Stickrahmen in ihrem Schoß und blickte zum Fenster.

»Philipp brachte immer Blumen.«

Blumen? Ich wollte ihr nicht den Hof machen. Ich wollte-, nun, ich war eingeladen worden. Hätte ich ein Geschenk bringen sollen?

»Nun, setzten Sie sich erstmal junger Herr.«

17

Die dunkelhaarige Witwe wies auf einen fragil wirkenden, geschnitzten Stuhl gegenüber ihrer Schwägerin. Vorsichtig glitt ich auf das Polster. Er hielt mein Gewicht und ich entspannte mich.

Zwischen den Damen und mir stand ein Tischchen. An der Wand hingen Scherenschnitte, zwei Landschaftsbilder und eine Jagdszene. Ich hörte das Ticken einer Uhr und das Tschilpen eines Kanaris.

Die hintere Tür öffnete sich.

»Ah, Magda, hier hin!«

Das Mädchen stellte das Tablett mit Geschirr auf den Tisch, knickste und ging. Die Witwe nahm die Kanne und reichte mir eine Tasse. Langsam goss sie die cremige Flüssigkeit ein. Auch ihre Schwägerin und sie selbst bekamen ein gefülltes Trinkgefäß. Es wogte dunkles Braun und ich atmete in das süßbittere Aroma.

Die Zierliche blickte zu mir herüber.

»Die Beste, die man in dieser Stadt bekommt. Direkt von den Inseln. Apotheker Kirchhoff nennt es Gesundheitstrank.«

Die Schwarzhaarige murmelte

»Dafür schlägt er auch immer zwei Stüber oben auf.«

Ihre Schwägerin strich über das Blumenmuster ihrer Tasse.

»Philipp schenkte mir ein Veilchen. Im Sommer.«

Unschlüssig über eine angemessene Reaktion schwieg ich. Draußen quietschte das Rad eines Karrens.

Die ältere Witwe Kagenbusch nahm einen Schluck.

»Nun junger Herr, wir müssen ihre Unterbringung besprechen; Kost und Logis im Fahrenbergschen Haus übernimmt das Gymnasium.«

Ein seltsames Gefühl, mit einem Fremden, einer Frau, über meine Angelegenheiten zu sprechen. Andererseits war ich ihr dankbar, dass sie das Thema anschnitt.

»Magda stellt Ihnen morgens Biersuppe vor die Tür und wenn Sie Brot, Eier oder Wurst benötigen, klopfen Sie an. Für alles andere können Sie sich an Kaufmann Brockhaus wenden. Er ist vertrauenswürdig. Ich habe mit ihm schon gesprochen, er gewährt Kredit gegen ihren Lohn beim Gymnasium.«

Ihr Blick glitt über meinen Aufzug.

»Sie haben wohl keinen Burschen. Magdas Bruder kann Ihnen auch einmal zur Hand gehen.«

Ihre Schwägerin blickte von ihrem Stickzeug auf und musterte mich.

18

»Er kennt auch den Schneider vor Ort.«

Sie blickt wieder aus dem Fenster.

»Meinem Philipp stand Blau so gut.«

»Ja, äh, vielen Dank Witwe Kagenbusch. Das ist sehr liebenswürdig von Ihnen. Ich danke Ihnen und nun, nein, ich habe keinen Burschen.«

Als könnte ich mir einen Burschen leisten.

»Ich, äh- ich werde mich an den Kaufmann wenden. Gleich am Montag.«

»Und wenn sie sonst etwas benötigen, kommen Sie zu mir. Unsere Familie hat schon immer den Lehrerhaushalt geführt.«

Sie zwinkerte mir zu.

»Nun junger Mann, zumindest bis die Herren keine Hagestolze mehr sein wollten.«

Wieder ein Zwinkern.

»Ich, äh, nun.«

Nicht dass ich einer werden wollte, aber zum Heiraten war es mir dennoch zu früh. Aber dies wollte ich keinesfalls mit den Damen besprechen.

»Ach, Witwe Kagenbusch, können Sie mir vielleicht sagen, wie ich zum Schwarzen Raben komme? Ich treffe mich dort später mit Amtmann Hoberg.«

»Mit Amtmann Hoberg? Warum denn dass?«

»Ich soll ihm als Schreiber assistieren.«

Die beiden Damen blickten sich an.

»Ob Löbbecke das gefällt?«

»Er hätte gesund bleiben sollen. Mein Philipp war nie krank!«

»Ein Lehrer als Schreiber? Das gab es auch noch nicht bei uns.«

»Wenn Sie für Amtmann Hoberg schreiben, sollten Sie die Feder spitzen. Es ist nicht wenig, worüber er sich Gedanken macht.«

Die Damen schienen noch nicht zu wissen, wozu dringlich ein Schreiber benötigt wurde, und ich würde es ihnen sicher nicht sagen.

Die Dunkelhaarige wandte sich wieder an mich.

»Zum Schwarzen Raben müssen Sie nur bis zum Markt und dann am Wickedehof, das ist der große hinter dem Brunnen, vorbei Richtung Süden. Da sehen sie auch gleich Brockhaus' Spezereien und Tuchwaren. Dann folgen sie dem Weg. Der Schwarze Rabe liegt rechter Hand. Sie müssen einfach nur Richtung St. Nikolai gehen.«

19

Wie viele Kirchen hatte diese Stadt?

»Vielen Dank.«

Ich trank den letzten Schluck meiner inzwischen nicht mehr heißen Schokolade.

Etwa eine Stunde später nahm ich in meiner Stube den Spanhalter vom Haken und klemmte einen der Schleiße hinein. Witwe Kagenbusch hatte mir eingeschärft, ihn erst am Ende des Marktes an einer der Pechfackeln anzuzünden – falls ich ihn überhaupt benötigen würde. Beide Damen hatten in ihrer eigenen Art von einem schlimmen Brand von vor über 10 Jahren berichtet. Dabei waren die Scheune und ein Teil des Wohnhauses eines Arztes, der südlich des Marktes residierte abgebrannt. Nur mit Mühe konnte das Nachbarhaus eines Richters vor dem Feuer bewahrt werden. Das Zierkissen hatte, um Genauigkeit bemüht, hinzugefügt, dass es Gottes Hand gewesen sein müsste, denn eben dieses Haus war schon seit langer Zeit Heimat eines Gespenstes gewesen. Mein Blick musste wohl meine Verwunderung, wenn nicht gar völligen Unglauben verraten haben, denn sie schickte Magda, fort, um mir den Beweis zu holen. Das Beweisstück war ein kleines Heftchen von fast 200 Seiten, dass einen Tagebuchbericht eines Florian Bertram Gerstmann enthielt. Ich musste mir selbst eingestehen, dass mich die Sorgfalt des Berichts und auch die Anmerkungen im Vorwort fast glauben ließen, dass es sich so zugetragen hatte. Aber ich erinnerte mich an eine Abhandlung über Gespenster und Vampirismus. In der Vorrede schrieb der Autor: Ich leugne zwar, dass es Gespenster gebe; ich verneine aber nicht, dass Geister erschienen sind. Er hatte in seinem Buch verschiedene Phänomene und Überzeugungen und Täuschungen des Geistes entlarvt. Ich seufzte. Es war manchmal nicht leicht, den eigenen Geist aufzuklären und dem Aberglauben entgegenzutreten.

Ich zog meinen Mantel um mich und öffnete die Tür. Kalte Dämmerung schlug mir entgegen. Ein blasser Mond stand am Ende seines ersten Viertels. Ich wandte mich nach rechts und bog auf Höhe des Hospitals, Hoberg hatte auf dem Rückweg als ortskundig und mitteilsam erwiesen, rechts ab. Gegenüber das Rathaus, links klaubten ein paar Kinder die letzten Überreste des Tagtreibens auf. Ich ging am Brunnen vorbei und hielt mich auf dem Weg. Zum Schwarzen Raben. Ich mochte den Namen nicht. Zum Glück dunkelte es schon, im Tageslicht hätte ich sicher mehr als einen dieser Totenvögel auf den Winterbäumen gesehen. Natürlich hatte ich Abhandlungen über die Entlarvung der Toten-Raben als Aberglauben gelesen, und mein Verstand stimmte auch zu, dennoch überlief mich bei Anblick von Rabenvögeln ein Schauer. Meine Großmutter stand mir vor Augen, die »Der Rabe krächzt, eine Seele wird genommen« flüsterte und sich mit knotigen Fingern im Dämmerlicht bekreuzigte. Ein Mord, die Totenuhr, nun der Totenvogel. Ich schüttelte den Kopf und atmete tief die frische Winterluft ein. Ein paar Schritte später, stand ich unter einem dunklen, angelaufenen Messingschild, das einen Raben zeigte. Vor mir erhob sich ein vormals schmuckes Gebäude.

Mit beiden Händen zog ich die Tür auf. Tabakwolken und Alkoholdunst entwichen ins Freie. Ich trat ein und versuchte, etwas zu erkennen. Das Gemurmel verstummte zwar nicht, aber ich konnte spüren, wie man mich mehr oder weniger unauffällig musterte. Rechts von mir wischte ein Mann, der auch ohne Schafe einen prächtigen Hirten fürs weihnachtliche Krippenspiel abgegeben hätte, über einen Tisch. Buschige Augenbrauen und ein braunes Wams. Er griff nach einem Krug und das Licht des Feuers aus der Küche fiel auf seine Oberarme. Nein, weniger ein Hirte, mehr ein Herkules. Er blickte kurz zu mir hoch und nickte dann gegenüber in eine dunklere Nische. Ich folgte seinem Blick und sah Hoberg an einem Tisch sitzen. Jetzt sah man ihm den – ich reckte innerlich mein Kinn – Marktpolizisten an. Er saß gerade aufgerichtet. Seine Schleife strahlend, frisch gebunden, die Knöpfe seines cremefarbenen Justaucorps – vollständig vorhanden – blitzten im Schein der Talglichter. Vor ihm standen ein gefüllter Teller und ein Krug.

Am größten Tisch, fast in der Raummitte, grölte eine Gruppe Männer. Ein junger Mann warf ein paar Münzen auf den Tisch und drängte sich wütend an mir vorbei zur Tür. Ich nutzte dies als willkommene Ablenkung von meiner Person, ging hinüber zum Marktpolizist und setzte mich ihm gegenüber auf die von den vielen Posteriora polierte Bank.

»Ah, da sind Sie ja. Gut hergefunden wie ich sehe. Und pünktlich.«

Mit Bedacht zerteilte er das Fleisch und ordnete Kartoffeln auf dem Teller. Dann hob er den Krug in Richtung Wirt.

»He da Fley!«

Der Angesprochene nickte, wischte sich die Finger an der Schürze ab und kam zu uns herüber. Er nickte mir zu »Grüße werter Herr. Womit darf ich dienen?«

»Eine warme Mahlzeit und« ich blickte auf Hobergs Krug »auch Orsade.«

Herkules entschwand und ich streckte meine Beine unter dem Tisch aus.

»Schwein?«

»Hmm« nickend nahm er einen Bissen.

»Nun, ich nehme an, sie haben ihren Professor Gierig gefunden?«

»Ja.«

Zwei weitere Gäste kamen an und die Männer am Tisch in der Mitte grüßten und rückten zusammen.

»Hasardspieler« raunte der Amtmann. »Haben Glück, dass die Gesetze gelockert wurden. Müsste sie sonst melden. Wissen um die Gefahr und spielen sich dennoch um Kopf und Kragen.«

Er schob ein Stück Kartoffel auf die andere Seite seines Tellers. Ich hörte Würfel klappern und die Ausrufe der Männer.

Wack! Vor mir stand ein Teller. Wock! Im Krug schäumte das Gerstenwasser. Ich hatte die Frau nicht bemerkt, die schon wieder in Richtung Küche verschwand.

Ich atmete in das dampfende Aroma. Ein erster süß-säuerlicher Bissen. Gut gesalzen, Pflaumen. Ich mochte Blutgemüse schon als kleiner Junge. Genussvoll nahm ich eine Gabel voll. Ich spürte, wie langsam Wärme in meine Glieder zurückkehrte. Meine Beine kribbelten und mein Magen begann sich mit der Mahlzeit auseinanderzusetzen.

»Nun« er deutete mit der Gabel auf mich »Gehen wir unsere Aufgabe an.«

Unsere Aufgabe? Hatte ich etwas verpasst?

»Wir haben den Mord aufzuklären und Gerstein will, dass das möglichst schnell geschieht. Kann wohl jetzt kein Aufsehen gebrauchen.«

»Wegen dieser Wahl?!«

»Ja. Am Donnerstag ist Ratswahl. Da Wilhelm Philipp Niess verstorben ist, rücken nun die nächsten nach und Gerstein wird vom vierten zum dritten Ratsmitglied. Über diesem stehen im Rat dann nur noch der Bürgermeister und sein Stellvertreter.

»Aber wenn nachgerückt wird, warum ist dann die Wahl so wichtig?«

»Man merkt, dass Sie neu hier sind.« Er trank einen Schluck.

Ich wartete, aber er schwieg. Als sei damit alles gesagt. Aber ich würde noch dahinterkommen.

»Eigentlich ist der Fall klar. Der Bäcker ist tot und der Täter ist bereits gefasst. Fast wie auf frischer Tat ertappt. Einer dieser jungen Burschen. War etwas mit seiner Mutter. Ist tot. War nicht leicht für alle damals. Aber wenn jeder mit Vergangenheit einfach morden würde, wo kämen wir dahin? Werden also alles nachverfolgen, aufschreiben. Muss schließlich seinen geregelten Gang gehen. Recht und Ordnung müssen wieder hergestellt werden.«

Er griff nach seinem Krug, nahm einen tiefen Zug und stellte ihn bedächtig neben seinen Teller. Sorgsam zerteilte er den nächsten Bissen.

»Hmmm«, er hob seine Gabel und deutete in meine Richtung. »Morgen ist der Tag des Herrn, also werden wir uns zunächst am Montag-.«

»Äh, ich muss am Montag unterrichten.«

»Oh, hm na gut, bis wann?«

Ich blickte im Geiste auf den Zettel, den mir Gierig gegeben hatte. »Bis zur zehnten Stunde.«

»Gut, dann treffen wir uns danach im Richthaus und inquirieren Kromberg.«

»Kromberg?«

Er nahm einen weiteren Bissen, kaute langsam und schluckte.

»Den Verdächtigen. Er hatte Streit mit dem Bäcker, dem Tunichtgut. Wer weiß, was die beiden zusammen ausgeheckt haben. Ist ein Dieb, ein Betrüger, er schadet dem Markt, macht sicher auch Geschäfte im Ardey! Bah.«

Mein Blick fragte deutlich genug.

»Gesindel, Gelumpe, das in den Wäldern haust. Diebe, Halunken!«

Womm! Seine Hand umklammerte die Gabel und fuhr mit der Faust auf den Tisch. Er atmete tief ein, und im Ausatmen legte der die Gabel neben seinen Teller.

»Nun, Sie verstehen, dass ich solche Leute nicht innerhalb der Stadtmauern dulden kann. Sie verstoßen gegen die Regeln. Es muss Regeln geben in einer Stadt und ich sorge dafür, dass sie eingehalten werden. Das ist meine Aufgabe und ich werde dafür sorgen, dass er bis zur Fehmlinde geht! Dort, am Richtplatz, wo die Gerechtigkeit für die letzte Strafe sorgt.«

Er strich über seinen linken Unterarm und umklammerte sein Handgelenk.

»Und dann ist auch allen klar, wer diese Arbeit am besten macht. Ich bin und bleibe Marktpolizist!«

Zwar folgte keine Stille, aber die Wirtshausgeräusche schienen zurückzuweichen, um der Gewichtigkeit seines Anliegens Raum zu geben.

Hoberg griff nach seinem Becher und leerte ihn.

»Wirt Fley, noch eine. Sie auch?«

Ich schüttelte den Kopf. »Gut, ich komme dann direkt nach der Schule ins Richthaus. Ich begleite Sie dann und, hmm, dann mache ich Notizen?!«

Er nickte.

»Ich habe überlegt, ich werde unterwegs mit Bleistift notieren, dann können wir es besprechen und ich verfasse später mit Tinte ein Protokoll? Oder reichen auch die Stichworte?«

»Nein. Es muss ein Protokoll sein. So ist es geregelt.«

Der Wirt trat heran und füllte Hobergs Becher auf. Ein paar Spritzer landeten auf meiner Hand, der Rest auf dem Tisch. Er griff in seine Schürze und wischte darüber. Dann nickte er uns zu und ging zur Küche. So unauffällig wie möglich, wischte ich meine Hand an meinem Mantel ab.

»Ich benötige ein leeres Journal für meine Notizen und Papier. Vielleicht hat der Amtsdiener etwas für mich?«

Er nickte. »Das werde ich veranlassen.« Er stippte Brot in die Soße. »Ich könnte ihnen auch das Schreibwerkzeug des Löbbecke bringen lassen.«

Ich schüttelte den Kopf. Ich hatte in meinem Studium ausreichend Erfahrung mit fremd geschnittenen Federn gemacht. Davon, dass ich die linke Hand nutzte, wollte ich gar nicht reden.

»Bitte nur ein leeres Journal. Ich benötige ungeschnittene Gänsefedern.«

Er nahm einen Schluck. »Die Witwen Kagenbusch haben Gänse.« Wieder ein Schluck.

Nun gut, vielleicht hatte ich Glück und sie hatten noch ein paar von der letzten Mauser oder der Martinsgans übrig.

»Bei Beurhaus, willst Du mich betrügen?«

Ich fuhr herum. Am Spieltisch standen sich zwei Männer in drohender Haltung gegenüber. Im Augenwinkel sah ich, wie auch Hoberg aufstand. Da trat der Wirt hinzu. »Beruhigt euch. Wer hier flucht oder pöbelt, fliegt raus. Ihr kennt meine Regeln.« Der Kleinere der beiden reichte Hercules gerade bis zur Schulter und stand mit dem Rücken zu mir. Ihm gegenüber, nur etwas größer, ein ausgezehrter Mann, der vermutlich um die dreißig Lenze gesehen hatte. Beide Kontrahenten warfen sich finstere Blicke zu, ließen sich aber von ihren Begleitern wieder auf die Stühle ziehen.

Die Lage beruhigte sich und auch Hoberg nahm wieder Platz.

»Wir werden also am Montag zunächst zu Kromberg gehen, danach schauen wir uns Tatort und Leiche an und beginnen mit der Befragung der Familie. Ich denke wir werden das Problem schnell lösen. Es liegt auf der Hand. Sobald alles geklärt ist, werde ich dem Kämmerer eine Übersicht über eure Arbeitszeit senden und er wird die Bezahlung anweisen.«

Ich konnte und wollte ein erleichtertes Lächeln nicht unterdrücken.

»Danke.«

»Nun, ich denke, wir sind heute beide früh aus den Federn gekrochen, ich möchte jetzt nur noch nach Hause. Möchten Sie mich bis zum Markt begleiten?«

»Gern.«

Er stand auf und warf ein paar Münzen auf den Tisch. Ich tat es ihm gleich, meine Geldkatze würde dringend neue Nahrung benötigen. Dann griff er unter seine Bank und holte eine kleine Lampe hervor. Sie war etwas größer als sein Handteller und einfach geschmiedet ohne Zierrat. Ein Griff an der Seite ließ sie wie einen ziselierten Humpen wirken.

Wir gingen zur Tür und Hoberg entzündete seine Kerze an einer der kleinen Öllampen an der Wand. Er schloss die kleine Horntür seiner Lampe, öffnete die Wirtshaustür und wir traten hinaus in die kalte Dunkelheit.

Wir schritten weit aus, um durch die Bewegung warm zu bleiben. Es hatte wieder angefangen zu schneien. Feine, leichte Flocken, landeten sanft auf unseren Mänteln und unserem Gesicht. Ich spürte, wie die nasse

25

Kälte bis zu meiner Kopfhaut durchdrang. Das kleine, tanzende Licht kämpfte tapfer gegen die Finsternis und beleuchtete die Gesichtszüge Hobergs. Er bemerkte meinen Blick.

»Wundern Sie sich? Kerzen sind teuer, nicht wahr? Aber ohne kann ich nicht gehen. Ich hasse die Dunkelheit. In ihr ist Chaos und Regeln gelten nicht mehr. Ich möchte sehen, was geschieht. Und offenes Feuer birgt Gefahren.«

Ich dachte an die eindringliche Warnung der Witwe, meinen Kienspan keinesfalls in der Nähe der Holzställe oder gar im Haus zu entzünden. Neben dem Brand im Gespensterhaus hatte es ein weiteres, größeres Feuer gegeben vor ein paar Jahren und eine Frau hatte dabei sogar ihr Leben gelassen. Eine grauenvolle Vorstellung. Ich wollte auf keinen Fall für einen so grausamen Tod oder auch nur für einen Schaden verantwortlich gemacht werden. Ein solches Feuer beeinträchtigte immer mehr als nur ein Leben.

Wir passierten den Markt und nach einem kurzen Abendgruß wandte er sich nach rechts und ich mich nach links und erreichte kurze Zeit später endlich mein neues Zuhause.

SONNTAG, 17. THAUMOND 1788

Auf meinem Waschkrug schwammen winzig kleine Eiskristalle, als ich am nächsten Morgen aufstand. Es war mir genug, mein Gesicht zu benetzten und meinen Mund auszuspülen. Ich zitterte, als ich mir meine Weste überzog. Mit gebundenem Zopf tappte ich nach unten. Wie versprochen erwartete mich vor der Tür eine Schüssel Biersuppe. Anscheinend war ich zur rechten Zeit erschienen, sie war nicht durchgefroren, im Gegenteil noch etwas warm. Daneben, in ein graues Leinentuch gehüllt, ein Stück frisches, dunkles Brot. Es schien hier nicht nur einen Schwarzbäcker zu geben.

Ich entzündete mir mit ein paar Handgriffen ein Feuer, nahm mein Essen und setzte mich in die Wohnstube an den Tisch. Die Oberfläche war von der vielen Nutzung blank poliert und strahlte heimelige Gemütlichkeit aus.

Tag des Herrn, Tag des Kirchgangs. Ich hatte mich bereits in Duisburg vor meiner Abreise erkundigt und wusste, die Reformierten waren in Dortmund seit zwei Jahren mit den Lutheranern gleichgestellt. Ich wusste aber auch, die Vorurteile der Leute sitzen tief. Warum sollte ich die Eltern meiner Schüler als Erstes vor den Kopf stoßen? Und, wie ich gestern noch von Hoberg erfahren hatte, es gab in Dortmund vier Kirchen - vier! Ich beschloss, mich einfach unauffällig unter die Kirchgänger zu mischen, die die große Kirche, dem Stadtpatron Reinoldus gewidmet und direkt gegenüber von St. Marien gebaut, verlassen würden. Ich baute darauf, dass man im Zweifelsfall dachte, ich sei einfach in einer der anderen Gotteshäuser zur Messe gegangen. Was mein eigenes Seelenheil anging, da hielt ich es ganz eng mit Luther. Es erschien mir gottesdienlicher zu sein, ein guter Lehrer zu sein, der nicht direkt von allen Eltern, ob seines Glaubens abgelehnt wird und dafür zunächst auf eine demonstrative Glaubensausübung verzichtet. Läge ich falsch, so würde ich das am

27

jüngsten Tag erfahren. Ich hoffte aber, mein Seelenheil trüge keinen bleibenden Schaden davon, wenn ich nicht als Erstes eine reformierte Messe besuchte. Das leise Knistern des Scheits im Feuer, draußen riefen die Glocken die Menschen zur Messe. Ich schluckte die letzten Reste der Biersuppe hinunter und wischte die Schüssel mit einem feuchten Tuch aus. Die Wärme des Feuers hatte die kleine Eisschicht auf dem Wasserfass an der Tür geschmolzen. Ich würde die Suppenschüssel später bei den Damen vorbeibringen.

Aus meiner Reisetruhe holte ich meinen Grandison. Braun gebunden, im Quartformat, ich besaß eine Ausgabe aus Leipzig, 1780 gedruckt bei Weidmanns Erben. Einige Seiten schon abgegriffen, für einige Passagen benötigte ich die Vorlage nicht mehr. Ich könnte sie in völliger Finsternis fehlerfrei vortragen. Dennoch, immer wenn ich in ihm blätterte und mich festlas, schenkte mir Richardson neue Erkenntnisse oder heimelige Erinnerungen. An einigen Tagen war sogar beides zusammen geschehen. Es war mein erstes eigenes Buch gewesen, bisher war es auch mein einziges Eigenes geblieben. Ich setzte mich auf die Bank, fühlte die Wärme des Feuers, streckte meine Beine unter dem Tisch aus und tauchte in die Verzweiflung des von Sir Hargrave gefangen genommenen Grandison. Auch diesmal würde ich wieder bis zum glücklichen Ende und der Wiedervereinigung mit seiner Harriet Byron mit ihm mitleiden.

Die Turmuhr schlug die elfte Stunde und die Kirchgänger wogten unter dem steinernen Portal hervor. »Heiliger St. Marr, steh mir bei.« »Gott behüte Dich.« »Heiliger Reinold. Schütze unsere Häuser.« Meine Neugier, ob sich der Mord bereits herumgesprochen hatte, wurde schnell durch herumschwirrende Wortfetzen befriedigt. Die Segenswünsche und Bitten ebbten ab und es bildeten sich kleine Grüppchen, die ohne Zweifel eifrig die lugubre Neuigkeit diskutierten. Manch einem lief wohl ein Schauer über den Rücken, denn einige machten verstohlen Zeichen gegen Tod und böse Geister und bei nicht nur einem Haus würde man wohl heute Nacht ein Kirschzweiglein über die Tür genagelt finden. Die Nachricht des unfreiwilligen Ablebens hatte sich eindeutig herumgesprochen.

Rechter Hand formierten sich die Kurrendesänger. In einer Reihe, vorne die kleinsten, hinten die größten. Es war insgesamt eine sehr kleine Schar, die sich da neben ihrem Chorleiter einfand. »Ein feste Burg ist unser Gooooott.« Wirklich melodisch klang es nicht, aber ich hoffte, sie würden wenigstens ein paar Groschen sammeln. Es gab sicher auch hier mitleidige Bürgersgattinnen und mildtätige Handwerksfrauen.

»Nun Hoberg, gibt es schon Neuigkeiten?«

Ich drehte mich um und sah Gerstein beim Amtmann stehen. Letzterer begradigte seinen Rücken und schwieg.

»Mein lieber Johann, kommen Sie doch. Lassen Sie die Geschäfte am Tag des Herrn ruhen.« Eine in dunkelgrünen Samt gekleidete Frau, etwa in Gersteins Alter, trat dazu, nahm ihre behandschuhte Hand aus ihrem Pelzmuff und legte sie dem Hofrat auf den Arm. Er lächelte sie an und beide wandten sich einem anderen Paar zu.

Ich trat auf Hoberg zu, aber der drehte sich um, ohne mich zu bemerken, und verschwand hinter einer Häuserecke.

»Pardon«, erklang es fröhlich fragend hinter mir. »Pardon Ehrenwerter, sind Sie der neue Lehrer am Gymnasium?« Ich wandte mich um. Hochgewachsen schien der Mann sich bei jeder Bewegung im Wind zu wiegen. Sein rundes Gesicht strahlte. Er wäre perfekt für die Rolle einer Sonnenblume.

»Pardon, Ehrenwerter, sind Sie der neue Lehrer des Gymnasiums?«

»Ja der bin ich. Ich bin Clamor Heinrich Aldenhagen«, ich hielt ihm meine Hand hin.

»Darf ich fragen mit wem ich-«

»Johann Heinrich Klöpper.«

Er ergriff meine rechte Hand mit seinen beiden und schüttelte sie so, da wäre kein Sonnenblumenkern an seinem Platz geblieben.

»Johann Heinrich Klöpper zweiter Lehrmeister zur Schreibschule St. Reinoldi. Und das sind«, er wies auf zwei Männer hinter ihm »Lehrer Hahn von St. Marien«, ein Nicken »und der ehrwürdige erster Lehrmeister von St. Reinoldi, Diedrich Lugh«, ein weiteres Nicken.

»Wir möchten Sie gern willkommen heißen. Müssen doch zusammenhalten. Wir Erziehungskünstler.«

»Das ist sehr nett von Ihnen.« Ich nickte jedem zu. Klöpper, der Sonnenblume, dem hageren Hahn mit den vielen Leberflecken und dem ergrauten Lugh.

»Vielleicht kommen Sie mal zu unseren Runden. Schulte und Velthaus von St. Petri und St. Nicolai sind auch immer dabei. Mittwochs treffen wir uns gern zur siebten Abendstunde im Neuen Gasthaus.«

Im Neuen? Ich wusste nicht einmal, dass es ein Altes gab. Noch bevor ich nachfragen konnte, blickte er an meinem rechten Ohr vorbei und schien hinter mir etwas zu entdecken. Er tänzelte zwei Schritte zurück. »Nun, ja, äh, wir wollten sie nur willkommen heißen. Wir empfehlen uns.«

Sie tauchten in der Menge unter.

»Guten Tag Schulmeister Aldenhagen. Nun, haben Sie sich schon eingelebt?«

»Professor Gierig, guten Morgen. Ja, danke, es sind alle sehr freundlich gewesen.«

»Gut, gut. Ich habe gestern noch etwas vergessen. Gerade als ich Sie sah, fiel es mir wieder ein. Sie dürfen erscheinen.« Er blickte mich huldvoll an und schien auf etwas zu warten. Einen Begeisterungssturm?

»Äh, bitte, ich darf was?«

»Sie dürfen heute bei mir erscheinen.«

Ich war mir nicht sicher, wie ich reagieren sollte. Mir erschien es eher wie eine bedrohliche Ladung, denn eine freundliche Einladung.

»Professor, ich weiß leider nicht, was Sie meinen.«

Er schüttelte den Kopf.

»Ach ich vergaß, Sie sind ja ganz neu bei uns. In der Stadt weiß man sonst ja schon immer Bescheid.« Er strich sich über die Mütze, dunkelgrauer Filz, gesäumt mit einem hellen Pelz. »Es handelt sich nicht um ein Treffen der Gesellschaft der Harmonie.«

Sein Blick glitt über mich, blieb kurz an meinem Mantel haften und kam dann zurück zu meinen Augen.

Selbstverständlich nicht. Ich nickte beflissen, aber ahnungslos.

»Dort trug ich zuletzt über Plinius und wie er Publicus Certus anklagte vor. Sie wissen, wovon ich spreche?«

Nicht wirklich, aber wäre es klug, dies zuzugeben?

Zu meiner Erleichterung fuhr er fort, ohne eine Antwort meinerseits abzuwarten. »Diese kleine Geschichte erscheint mir in der Tat sehr lehrreich zu sein. Man sieht daraus, wie viel die Furcht bei den größten Teilen der Menschen vermag, mit welchem Mute hingegen der Eifer für eine gute Sache beseelen kann, wie leicht oft Schwierigkeiten überwunden werden, wenn wir uns durch sie nicht gleich schrecken lassen, und mit welchem allgemeinen Beifalle endlich der mutige und beharrliche Eifer für das Gute gekrönet wird.«

Erwartungsvoll blickte er mich an.

»Ja, nun, ich denke, das ist wohl wahr, Professor Gierig.«

Er schob sein Haupt bedächtig vor und zurück. »Nun denn, das gehört selbstverständlich in die Gesellschaft der Gelehrten. Aber sonntäglich lade ich gerne ein paar Herren zu mir ein, Junggesellen, Witwer und ein paar, deren Gattinnen gerne ihre eigenen Kränzchen pflegen. Wir führen dann bei ein paar gehaltvollen Getränken ganz zwanglose Debatten, kaum etwas was den Geist zu sehr anstrengt.«

Ich fühlte mich herabgesetzt, aber erleichtert.

Er sah mich bedeutungsschwanger an. »Selbstverständlich keine Ausschweifungen. Wir sind Männer der Ehre und stehen in gutem Rufe.« Sein Mundwinkel zuckte, er verschränkte seine Hände vor dem Mund und sah mich darüber hinweg an. »Dennoch auch wir gönnen uns gerne das ein oder andere kleine Vergnügen.«

Fast schien es mir, als entwich ihm ein Glucksen.

»Sie dürfen zur fünften Stunde am Nachmittag bei mir erscheinen. Ich wohne in der Münze. Folgen Sie dem Weg hinter der Marienkirche Richtung Neue Pforte, dann können Sie es nicht verfehlen.«

Ein weiteres kleines Glucksgeräusch, fast ein Schluckauf, dann ließ er die Hände sinken und sein Haupt erneut bedächtig vor und zurück pendeln.

»Oh, das ist sehr großzügig. Haben Sie vielen Dank.«

»Nun.«

Er sah mit festem Blick über meine rechte Schulter hinweg, atmete tief ein, räusperte sich und ich entging vermutlich nur knapp einem neuen Vortrag, da ich zu meiner Erleichterung Witwe Kagenbusch erkannte und mich dem Professor empfahl.

Sie stand zusammen mit ihrer Schwägerin und grüßte Vorbeigehende. Hinter den beiden, etwas abseits, sah ich auch Magda, ein graues Wolltuch fest um die Schultern gezogen.

»Einen gesegneten guten Morgen Witwe Kagenbusch«, ich nickte ihr zu. »Und auch Ihnen Witwe Kagenbusch.«

Ihre Schwägerin trug heute eine taubenblaue Haube anstelle der Perücke. Die Dunkelhaarige nickte freundlich, die blaue Haube blickte verträumt und die Sommersprossige schien im Hintergrund zurückzuweichen.

»Vielen Dank für die Suppe, sie war sehr schmackhaft.«

31

Wieder hatte nur Sybilla ein Nicken für mich.

»Ich habe gestern noch mit Amtman Hoberg gesprochen. Haben Sie vielleicht noch ein zwei Gänsefedern für mich? Von der linken Seite wäre mir lieb.«

»Ich denke schon.«

»Danke.«

Eine kleine Gruppe Kinder kam vorbei, in der Mitte eine Frau in dunkler Nonnenkleidung. Alle waren mit ihren Händen beschäftigt.

»Und spricht, er muß Gregorium han,

Mit dem woll er disputiren

So kommt Benedictus, und will hofiren«

Unwillkürlich griff ich mit der linken meine rechte Hand und fiel leise ein:

»Maria, Gottes Mutter ein,

Mit ihrem jungen Kindelein.«

Die Ordensschwester nickte mir zu. Anni stand mir vor Augen. Meine erste Kinderfrau hatte mir die Verse beigebracht und gezeigt, wie man an ihnen die Tage des Jahres abzählen konnte. Hunderte Male hatte sie ihre warmen Finger um meine gelegt und Rhythmus der Worte meine Fingerknöchel berührt.

»Am Zeiger an der linken Hand,

Das erste Glied den Sonntag verstand,

an welchem Glied des Mondes Ausgang,

Am andern für sich ist Anfang,

Ein jeglich Wörtlein ist ein Tag,

Sind drey hundert fünf und sechzig, als ich sag.«

Ein wohliges Gefühl gewürzt mit Sehnsucht nach Heimat stieg in mir auf.

»Ach was, dieser Faulpelz bläst doch nicht. Auch heute Nacht wieder, ebenso wie gestern. Ich sage es Dir, er hat sicher geschlafen.« Eine dunkle Stimme hinter mir unterbrach meine Erinnerung. Kratzig sprach eine zweite: »Wenn er nicht geblasen hat, warum hast Du dann nicht geschlafen? Wer braucht schon jede Nacht die Stunden?« »Ich war wach und er war nicht da. Unzuverlässig wie sein Vater. Ich werde eine Petition gegen ihn einreichen.« Raues, glucksendes Kichern. »Ja, genau, eine

Petition zum Nachtblasen der Nachtwächter. Haben wir ja noch nie hier in Dortmund gehabt.« Wieder ein leises Lachen. »Johann, sieh es ein, du...« Die Stimmen entfernten sich und waren nicht mehr zu hören.

Nur noch wenige Menschen standen rund um das Kirchenportal. Der Tag war für längere Aufenthalte im Freien einfach zu unwirtlich. Außer meinem Grandison erwartete mich nichts im Fahrenbergschen Haus, so beschloss ich, noch ein wenig meine neue Heimat zu erkunden. Die breite Straße, die ich gestern mit Gerstein entlang gegangen, nun eher geeilt war und in der ich nun wohnte, führte quer durch die Stadt. Fast genau in der Mitte traf sie südlich auf den Zugang zum Marktplatz. Die beiden Kirchen Reinoldi und Marien lagen etwas östlich vom Markt ebenfalls an der Straße. Ich wählte eine kleine Gasse hinter Reinoldi und schlenderte ohne klares Ziel nach Norden. Die Orientierung viel mir inzwischen leicht. Nach außen hin wiesen mir verschiedene Stadttore und Wehrtürme die Richtung. Hier war die Stadtmauer nie weit entfernt. Zur Mitte der Stadt hin, konnte ich mich an den Kirchtürmen orientieren.

Was ich um mich herum sah, hätte mich entmutigen können, aber was sagen schon unbefestigte Wege, marode Dächer oder dunkles, brüchiges Mauerwerk über eine Stadt aus. Ich hoffte, ich würde mit der Zeit noch die geheimen, malerischen Schlupfwinkel entdecken und schob den tristen Eindruck auf den frostigtrüben Februartag. Ich stellte mir die Straße an einem warmen Sommermorgen vor und während ich lief, blökten die Ziegen, winkte mir eine Frau zu, die einen großen Bottich neben ihrem duftenden Kräutergarten mit Wäsche füllte. Ein grauer, zotteliger Hund lag ausgestreckt und döste in der warmen Mittagssonne. Lautes Bellen riss mich aus meinen Gedanken. Rechts neben mir kündigte ein treuer Wächter von meinem Passieren. Der warme Sommertag verschwand und ich spürte den schattigen Wintertag wieder durch meinen Mantel fahren. Der eisige Wind schoss Pfeile auf meine Glieder. Ob es in dieser Stadt auch einen Buntmacher gab? Ein Überwurf aus Eichhörnchenfell wäre sicher eine lohnenswerte Anschaffung. Ich entschied, fürs Erste genug gesehen zu haben. Ich hatte kein Gefühl mehr, in den Ohren und den Wolken nach zu urteilen, würde es bald wieder schneien. Ich wandte meine Schritte, gelenkt durch die Kirchgiebel zur Orientierung, Richtung des Fahrenbergschen Hauses.

Als ich zurück in meine Bleibe kam, stand ein kleiner Korb mit Gänsefedern auf dem Tisch. Ein prüfender Blick zeigte mir, ich hatte ausreichend passende Federn.

Ich legte ab, schürte ein kleines Feuer und machte mich an die Arbeit. Ich nahm mir die erste Feder vor und erinnerte mich an meinen Mitstudenten Wilhelm, der von seinem Vater immer holländische Federn erhalten hatte. Seine Mitschriften der Lectiones waren mir die Liebsten. Er hatte erklärt, ein besonderer Bedampfungsprozess würde die Kiele weicher machen.

In Ermangelung eines solchen Luxus umwickelte ich die Spitze mit etwas Leinenstoff und goss Wasser, das ich über dem Feuer erhitzt hatte, darüber. Kurz stupste ich die Feder auf und zwirbelte die Spitze. Ich schabte das Hautfett vom Kiel, nahm eine Ahle, zum Glück hatte sich noch eine in meiner Reisetruhe befunden, und reinigte die Spule, den holen Teil des Schafts. Ich nahm mein Messer und schnitt, dem Schwung der Feder folgend, die Spitze ab. Ein weiterer, schmaler Schnitt, dann spaltete ich den Kiel mit leichtem Druck meines Daumens. Von hinten nach vorn formte ich mit kleinen Bewegungen eine feine Spitze. Schmerzvoll meldete mir meine Fingerkuppe, dass ich das richtige Mass getroffen hatte. Nach drei weiteren feinen Schnitzen war die Schreibfeder schon deutlich erkennbar. Ein paar schnelle Bewegungen über meine Feile glätteten die Spitze. Zuletzt stutzte ich die Federn nah am Schaft. Ich mochte das kitzelnde Gefühl an meiner Hand einfach nicht. Sie war nicht vollendet, aber sie würde taugen.

Es war früher Nachmittag, eine Glocke schlug zweimal. Ich klopfte an die Nachbarstür, wieder öffnete die Sommersprossige.

»Die Witwen sind noch nicht prä- präse- äh...«

»Präsentabel. Und was für meine Schwägerin gilt, gilt nicht immer für mich. Kommen Sie rein junger Herr. Was haben Sie auf dem Herzen? Oder vielleicht Hunger?«

Die Witwe erschien hinter Magda und zog mich resolut in den hinteren Raum, die Küche. Auf dem Tisch lagen aufgeschlagen ein dickes Journal und Papiere. Augenscheinlich hatte ich sie bei der Haushaltsführung gestört.

»Nein, danke, ich wollte mich nur für die Federn bedanken.«

»Das ist doch eine Nichtigkeit. Möchten Sie nicht doch etwas essen?«

Nein, danke, ich werde nachher noch eine Kleinigkeit im Wirtshaus zu mir nehmen. Ach da fällt mir ein, wo finde ich denn das Neue Gasthaus?«

»Das Neue? Ach ja, ich habe gesehen, dass Sie sich mit unserem Schulmeister von St. Reinoldi unterhalten haben. Das neue Gasthaus liegt direkt neben dem alten Gasthaus.«

Bevor ich noch eine entsprechende alberne Bemerkung machen konnte, fuhr sie fort.

»Am Grafenhof. Sie müssten gestern daran vorbeigekommen sein. Sie sind doch durch das Westentor gekommen? Das Gasthaus liegt rechter Hand.«

Ich erinnerte mich an die gut genährte Frau, die Gerstein aufgefordert hatte, auf seinen erwarteten oder erhofften, da war ich mir nicht sicher, Erfolg bei der Ratswahl zu trinken.

»Ah, ja danke, ich erinnere mich. Dann gehe ich jetzt, vielleicht kann ich ja direkt dort etwas essen.«

»Ach was. Sparen Sie lieber junger Herr. Magda, hol noch ein Stück Brot und Wurst und mach eine Mahlzeit zurecht. Wir päppeln Sie schon wieder auf.«

Mir war nicht bewusst gewesen, dass ich krank war. Oder hielt sich mich für mager?

»Äh, danke, nun gut.«

»Maaaaagda, mein Tee!«, schallte es von oben, während die Benannte mir gerade ein in ein Tuch gewickeltes Päckchen reichte, aus dem es verführerisch duftete.

»Nun, ich will nicht länger stören. Danke noch einmal«, ich ging zurück zur Tür, grüßte noch einmal in Richtung der beiden Frauen und ging.

Die Stube war noch warm, als ich zurückkehrte. Ich knabberte etwas Brot und Wurst und wollte mich gerade wieder in Richardsons Grandison vertiefen, als es klopfte.

Ich öffnete und vor mir stand Magda. Sie sprach sehr langsam und schien die Worte mit Bedacht zu setzen.

»Die, die Damen würden sich freuen, we-wenn Sie no-noch einmal herüberkämen.«

Minuten später fand ich mich auf dem Stuhl gegenüber der beiden Witwen wieder.

»Äh, danke für die Einladung.«

Beide Frauen blickten mich an und nickten.

»Nun, wir dachten…«

»Vielleicht fühlen Sie sich allein.«

»Und uns kam die Idee. Also nachdem wir.«

»Und vor der Kirche konnten wir ja nicht so offen…«

»Also, Sie verstehen?«

Ich schüttelte den Kopf.

»Es tut mir leid, äh?!«

»Der unglückselige Boemke.«

Ach daher wehte der Wind. Die gesunde Neugierde der Frau brach sich Bahn. Ich lächelte.

»Sie meinen, Sie möchten mehr erfahren?«

Beide nickten.

»Ja, bitte, erzählen Sie. Was hat der Amtmann gesagt? Und warum sind Sie bei ihm?«

»Haben Sie schon seine Leiche gesehen?«

Neben mir hörte ich einen erschrockenen Ausruf. Magda war mit einem Tablett erschienen. Nach ihrer Gesichtsfarbe zu urteilen war sie weniger neugierig auf die morbiden Details als ihre Brotgeberinnen.

Wie am Tag zuvor, nur heute deutlich fluchtartiger, zog sich Magda zurück und wir drei hielten kurz danach jeder eine Tasse der dampfenden Gaumenfreude in der Hand.

»Bitte, erzählen sie«, in zitronengelb gewandet, wirkte die Schwägerin wieder deplatziert, heute aber mehr wie ein Kind im Festgewand als ein Zierkissen. »Lassen Sie kein Detail aus. Mein Philipp konnte auch immer so schön erzählen. Erinnerst Du Dich noch Elisabeth?« Das fast neutrale Geräusch schien als Antwort auszureichen. Nun blickten mich beide Frauen an.

»Nun, also noch habe ich keinen Toten gesehen. Das werde ich morgen. Und auch sonst weiß ich kaum etwas. Amtmann Hoberg hat mir bisher nur erzählt, was in der Nacht passiert ist.«

»Dass er mit gespaltenem Schädel.«

»Sybilla!«

»Nein, nur, dass er getötet wurde und dass ein Mann namens Kromberg verhaftet wurde. Er soll Streit gehabt haben mit dem Bäcker.«

»Wer hatte keinen Streit mit dem Bäcker. Er war nicht gerade ein netter Mann. Aber dass der Junge das getan haben soll? Schließlich ist er ihr Vater.«

»Gerade dann Elisabeth. Du weißt, doch wie das ist. Ich kann mir nicht ausmalen, was ich getan hätte, wenn Vater gegen Philipp gewesen wäre.«

»Aber seine Tochter hat ihn nicht getötet.«

»Aber der Junge doch auch nicht. Er ist doch nur verliebt, nichts weiter. Vielleicht manchmal etwas ungestüm, aber das sind sie doch alle.«

»Noch eine Tasse junger Herr?«

Gerne hielt ich ihr die Meine hin. Wie selten konnte ich solche Leckereien genießen.

»Aber schade um ihn ists nicht.«

Ich blickte auf.

»Nein wirklich nicht. Er war kein guter Mann! Und erst sein Brot. Erinnerst Du Dich noch, Elisabeth, als wir Brot von ihm kaufen mussten, als Friedrich zu Besuch war und Jucho nicht genug hatte? Hart wie Stein. Wir hätten Ersatz fordern sollen.«

Die Dunkelhaarige wiegte langsam ihren Kopf.

»Das Brot war wirklich nicht mehr frisch, aber steinhart? Das ist doch etwas übertrieben.«

»Elisabeth Catherina Kagenbusch«, sanft, aber nachdrücklich kam der Fuß des Zierkissens auf dem Boden auf.

»Elisabeth, du bist einfach zu nachsichtig mit den Menschen. Es war steinhart, das kann man nicht schönreden.« Erneut ertönte unter dem Tisch ein Laut, als würde ein Vögelchen auf einem Zweiglein landen und ihre Röcke wippten dazu.

»Gut, gut. Einigen wir uns darauf, dass wir froh sind, nicht beim Boemke kaufen zu müssen. Wer wird wohl jetzt das Geschäft leiten? Ob seine Frau wohl... nur wenn sie heiratet... ob die Bäckerei genug abwirft?« Ihre Stimme wurde leiser, während sich ihre Gedanken entfernten.

»Ob es viel Blut gegeben hat? So wie beim alten Johann damals, als er die Treppe hinunterfiel und auf dem Steinboden aufkam? Ach, das war so...«

Sybilla schauderte und holte mit ihrem Ausruf ihre Schwägerin zurück in die Gegenwart.

»Bei den meisten Toten, die nicht im Bett sterben gibt es Blut, oder?«

37

Sie wandte sich fragend an mich, ich zuckte nur die Schultern. Sie schien auch keine Antwort zu erwarten.

»Ach, es ist aufregend, Philipp hat mir von Hängtagen berichtet, aber ich habe nie einen erlebt. Und nun ein Mord. Ich habe bisher nur darüber gehört. Philipp sprach mit mir über das Buch von Ploucquet.«

Ihre Wangen glühten vor Aufregung.

»Es ist entsetzlich, wie Philipp mir versicherte, aber überaus wichtig und so überwand ich mich und hörte ihm zu. Und später habe ich auch selbst darin gelesen. Da war nun der eine Mann, mit einem Messer...« und sie ließ vergangene Todesopfer auferstehen, um sie dann genüsslich zu vergiften, sich erschießen oder unter Folter ihren Verletzungen erliegen ließ. Ein unerwartetes Thema, das ich der Witwe nicht zugetraut hätte. Aber, wie sie sittsam einwarf, alles nur, um sich Philipp nahe zu fühlen. Wie genau dies gemeint war, getraute ich mich nicht zu fragen.

Während einer weiteren Tasse des unverhofften, dunklen Genusses, wandte sich das Gespräch nun wieder dem gegenwärtigen Geschehen zu. Es kam wohl nicht oft vor, dass hier etwas Aufregendes passierte und dann auch noch gleich ein Mord. Auch wenn ich nichts zum Gespräch beitrug, beide Frauen genossen augenscheinlich diesen außergewöhnlichen Sonntag und ich war mir sicher, in den nächsten Tagen würden beide ähnliche Gespräche mit ihren Freundinnen führen.

Kurz kam mir der Gedanke, ob Professor Gierig dies denn auch als schicklich betrachten würde. Allerdings konnte ich an meinem Betragen nichts Anrüchiges oder Unmoralisches feststellen. Schließlich war ich offiziell verpflichtet worden und niemand hatte mich um Stillschweigen gebeten. Ich blieb etwa eine Stunde bei den Damen und kehrte dann zu meinem Grandison zurück.

Die Glocke schlug halb fünf, als ich mich wieder auf den Weg machte. Der Wind hatte nachgelassen, die Luft war klamm. Ich wählte einen kleinen Pfad zwischen dem Markt und St. Marien Richtung Süden hinunter zur Stadtmauer. Nachdem ich die Häuser rund um das Rathaus hinter mir gelassen hatte, sah ich nur noch vereinzelte Gebäude und direkt vor mir einen größeren Hof. Das musste »die Münze« sein. Ein seltsamer Name für ein Gebäude. Dass hier früher die Münzen geprägt wurden oder die Bewohner etwas mit der Prägung zu tun hatten, lag nahe. Aber es wäre auch durchaus möglich, dass hier ein Totengräber gewohnt hatte und sich die Bezeichnung seiner Wohn- und Wirkungsstätte auf die Münzen im Mund der Toten, das Fährgeld Charons bezogen. Dieser Stadt war vieles zuzutrauen.

Der Platz vor dem Haus war frei von Schnee und Unrat. Ich trat an die Tür und nutzte den senkrecht angebrachten, mit einem muschelförmigen Aufsatz verzierten, Türklopfer. Ein junger Mann öffnete mir. Er schien sich über seiner Aufgabe nicht recht klar zu sein. Weder musterte er mich mit den stechenden, in meinem Fall vermutlich abwehrenden Blick eines Faktotums eines gut gesitteten Hauses, noch eilte er diensteifrig, um entweder mir aus dem Mantel zu helfen oder einen entsprechenden Domestiken kommen zulassen. Er trug ein graues Hemd, dunkle Hosen und wirkte, als würden seine Gliedmaßen nicht recht zum Körper passen wollen. Auf seiner Stirn und seinem Kinn residierten kleine Pusteln. Sein Blick traf den meinen, er errötete und sah zu Boden.

»Guten Tag. Ich bin Clamor Heinrich Aldenhagen, der neue Schulmeister am Archigymnasium. Professor Gierig hat mich eingeladen.«

Er blieb stumm, nickte Richtung meiner Schuhspitzen und trat einen Schritt zurück.

Ich betrat die Diele, die geräumiger war als mein Studierzimmer in Duisburg. Neben der Haustür, durch die ich getreten war, zählte ich vier Türen. Rechts von mir ein dunkles Buffet, zu dessen oberen Fächern ich mich hätte strecken müssen. Links eine Ablage, ein Armsessel, eine Kommode auf der in etwa Hüfthöhe ein unbestückter Kerzenleuchter stand. An der Wand mir gegenüber stand zwischen zwei Türen eine Kastentruhe. Der Junge hielt mir seine Hände entgegen, seine Lippen zusammengepresst, die Spitzen seiner Ohren immer noch rot. Ich gab ihm meine Mütze und meinen Überrock. Er wies auf die einen Spaltbreit geöffnete Tür zu meiner Linken, aus der Stimmen drangen.

»Vater ist mit den anderen in seinem Arbeitszimmer.«

Ich trat hinüber, schob die Tür auf und blickte hinein. An den Wänden Bücherregale, davor Sitzmöbel unterschiedlichster Form und Couleur, teilweise bereits okkupiert. An der rechten Wand ein kleines Tischchen, darauf gerahmt von zwei schlanken Vasen ein lebensgroßes Stillleben von Wildbret, Früchten und Gartengewächsen. Dahinter, fast verdeckt von einem grünen Sessel mit geschnittenem Sammet und hoher Lehne,

39

ein kleiner Globus terrestris neben seinem Partner dem Globus coelestis. Beide auf einem vierbeinigen Gestell mit Mittelring und damit vermutlich mehr wert als ich in einem Jahr hier verdienen könnte. Die möglichen Privatstunden bereits eingerechnet. An mir gegenüberliegenden Seite war ein Fenster, das größtenteils von schwerem, gerafftem Vorhang verborgen war. An der linken Wand ein Schreibtisch, der dazugehörige Stuhl dem Zimmer zugewandt, von dem sich Professor Gierig gerade erhob, daneben ein Kamin, in dem ein paar Scheite glimmten. Es war wohlig warm. Der ganze Raum zeugte von den Wünschen seiner Bewohner nach vergnüglicher Bildung.

»Ah, Schulmeister Aldenhagen, schön dass Sie gekommen sind. Möchten Sie einen Thee oder lieber ein Glas Punsch? Setzen Sie sich.«

Er wies zu meiner Linken auf einen Sessel mit dicken Krallenfüßen, die Lehnen geschwungen und in einer Spirale abgerundet, die Polster mit hellem Stoff bezogen und drehte sich zu den anderen im Raum um.

»Meine Herren, unser neuer Schulmeister, Aldenhagen.«

Die Herren nickten freundlich und Professor Gierig stellte sie vor, indem er jeweils in die Richtung des Sitzenden wies.

»Kaufmann Gottfried Wiskott«, ein etwa dreißig Jahre alter hagerer Mann mit einer Brille hob seine Hand zum Gruß. »Bei uns bekommen Sie Gewürze, Allerlei aus Holz und was sonst so in der Speisekammer von Nutzen ist.« Er sass in einem mit rotem Sammet bezogenen Sesselchen direkt vor dem Fenster. Neben sich auf einem kleinen Tischchen eine Tasse und ein kleiner Teller.

Gierig wies auf den Mann mir gegenüber vor dem Kamin. »Carl Friedrich Köppen, unser Buchhändler, der uns am liebsten in einem Lesezirkel vereinen würde.«

Die Männer schmunzelten und der Benannte nickte eifrig. Er war etwa 20 Jahre älter als Wiskott und schien sich mit seiner ganzen Körpermasse wie frischer Teig in einer Mulde in seinem Sitzmöbel, einem hohen, Lehnsessel, ausgebreitet zu haben. In seinen Händen hielt er eine Tasse, auf seinen Knien balancierte er einen kleinen Teller, auf dem viele Krümel von den Vorgängern eines noch verbliebenen Gebäckstücks zeugten. Kauend nickte er erst in meine Richtung und sprach dann zum Professor. »Erdmann, Du hast ja die Gesellschaft Harmonie, aber die Stadt könnte mehr als eine Gesellschaft vertragen. Wir sollten eine Literarische Gesellschaft gründen.«

»Ach, geht es nun wieder um den Lesezirkel?« Der Mann zwei Sitzgelegenheiten links von mir.

Köppen nickte eifrig mit dem Kopf.

»Ja meine Herren, der Wert einer literarischen Gesellschaft ist kaum zu unterstützen. Stellen Sie sich vor, wie könnten gemeinsam Texte wählen, die der Allgemeinbildung, der moralischen Aufklärung und der politischen Information dienen. Weiß Gott, die Stadt hätte es nötig!«

Die Runde nickte bei der letzten Bemerkung.

»Oder wir verbinden Vergnügen und Nutzen und lesen neuere Reisebeschreibungen.«

Bei der Bewegung seiner Arme schwappte die Flüssigkeit bedenklich in seiner Tasse.

»Oder, wir subskribieren den Teutschen Merkur. Stellen Sie es sich vor meine Herren« sein Blick wurde träumerisch. »Wieland und Goethe, hier bei uns in Dortmund.« Er warf einen Blick in den gegenüberliegenden Spiegel und strich sich das Haar zurück. »Ich würde selbstverständlich auch alle Formalitäten über meine Buchhandlung abwickeln. Die Herren hätten keine Arbeit, nur den Genuss.«

Er blickte in die Runde. Die anderen mieden seinen Blick. Er wandte sich zu mir zu. »Nun, mein lieber Schulmeister, was halten Sie denn von einem Lesezirkel?«

Ich dachte an meinen Grandison und wie einsam er sich auf dem Tisch im Lehrerhaus fühlen müsste. Die Gesellschaft von ein oder zwei Büchern und sei es nur für ein paar Wochen, würde er sicher begrüßen. Und ich erst!

»Ich finde die Idee wunderbar.«

Triumphierend blickte Köppen sich um.

»Sehen Sie meine Herren.«

Zwar nickten die Herren, aber Blicke und Gläsernippen machten deutlich, wie wenig gern sie das Thema weiterverfolgen wollten.

Köppen beugte sich zu mir und sprach leise.

»Kommen Sie doch morgen am frühen Nachmittage bei mir vorbei. Dann leihe ich Ihnen gerne das eine oder andere Werk aus.« Ich nickte ihm dankbar zu und er beschrieb mir den Weg zu seinem Haus.

Bevor ich mich noch angemessen bedanken konnte, hatte er mir schon zugenickt und sich zur anderen Seite gewandt und beteiligte sich am

41

Austausch über ein Ratsmitglied, dass sein Amt nicht von den Herren als angemessenem Rahmen ausfüllte.

»Nehmen Sie sich etwas zu trinken«, er wies Gierig auf den Schreibtisch, auf dem Flaschen, eine Karaffe und eine Kanne standen, aus der es dampfte. »Nun setzen Sie sich schon, stehen Sie nicht ungemütlich herum.«, er wies erneut auf den Sessel.

Ich ließ mich vorsichtig auf den Sitz gleiten und spürte die Federung. Nachgiebig, aber nicht zu weich. Ich lehnte mich zurück und legte meine Hände sanft auf die bereits durch jahrelange Nutzung glatt polierten Lehnen ab. Unwillkürlich stahl sich ein Lächeln der Bequemlichkeit auf meine Lippen. Gierig nickte mir zu und fuhr mit der Vorstellung fort.

»Wandschneider Wilhelm Feldmann, Freund der Musik und des Konzertes.«

Der Mann war etwa zehn Jahre älter als ich. Ein heller Bart unter rosigen Wangen, Feine helle Brauen und auffallend graue Augen. Er hatte den Sitz neben der Erdkugel eingenommen.

»Spielen Sie ein Instrument?«

»Nein. Mein Hauslehrer verzweifelte an mir und der bestellte Musiklehrer, nun, er blieb nicht lange bei uns.«

»Ach wie schade. Wir würden uns über jede Art von Musiker freuen.« Wiskott pfiff eine leise Tonfolge.

»Ob Verron das auch so sieht?« Murmelte er leise. Dem Blick Feldmanns zu urteilen nicht leise genug.

Gierig wies auf einen Mann, der etwa in meinem Alter war.

»Und Arnold Mallinckrodt, unser Dichter und Literat.«

Dieser saß auf der anderen Seite der Tür, durch die ich hereingekommen war, auf einem gepolsterten Stuhl mit hoher Lehne. Hinter ihm hing der Spiegel, den Köppen bereits genutzt hatte.

Er schüttelte den Kopf.

»Nein, kein Poet, ein Berichtender. Ich möchte die Würdigung aller Gegenstände des Lebens befördern. Und ich denke nicht, dass wir einen erbaulichen Lesezirkel brauchen, wir gründen eine ökonomische Gesellschaft!«

Lachen und Kopfschütteln.

»Jede größere Stadt pflegt inzwischen eine solche Gesellschaft. Man findet in den Zeitungen immer häufiger Nachrichten von neuen Gründungen. Ich las von einer im letzten Jahr, die sich mit der

Beförderung von Zuckerraffinerien beschäftigt, in Burghausen ist eine ökonomische Gesellschaft gegründet worden und zu Hamm eine Lesegesellschaft.«

»Es mag ja sein, dass das in Böhmen und Preußen so üblich geworden ist, aber was sollten wir in Dortmund damit?«

»Oh, eine musikalische Gesellschaft könnte ich mir gut vorstellen.« Feldmann blickte verträumt.

Wiskott versteckte ein Glucksen hinter einem Taschentuch und hustete eindrucksvoll. Auch die anderen teilten die Begeisterung des Musikfreundes augenscheinlich nicht. Feldmann seufzte, nahm einen Schluck aus seiner Tasse und lehnte sich schmollend in seinen Fauteuil zurück.

Mallinckrodt ergriff erneut das Wort.

»Nicht Musik oder Tanz, Disputation und kenntnisreiche Gespräche!« Der junge Mann legte die Hände zusammen.

»Was sollen wir besprechen? Die Teuerung aller Lebensmittel, die traurigen Versuche des Rates, Bäckersleute und Nachtwächter zur Raison zu bringen?«

»Nana, der Rat tut was er kann.«

Einzige Antwort war ein Schnauben.

Der junge Mann nickte.

»Ich halte nichts davon, nur über die Entscheidungen des Rats zu schreiben oder zu diskutieren. Wir müssten über die Verbesserung unserer Stadt erörtern. Wir brauchen eine Bibliothek und eine« er blickte zu Köppen »eigene Druckerei.«

»Phantastereien der Jugend«, murmelte Wiskott.

Mallickrodt wandte sich an mich.

»Wissen Sie, ich würde am liebsten eine eigene Zeitung herausbringen. Stellen Sie sich vor, Nachrichten für ganz Dortmund. Nicht nur, was der Rat beschlossen hat, auch was die Händler interessiert und welche neuen Entdeckungen für uns nützlich sein könnten.«

Seine Arme fuhren durch die Luft, seine Wangen röteten sich. »Oder stellen Sie sich vor, wir berichten über die Geschichte Dortmunds. All die Dinge, die überliefert sind. Wir würden Ordnung in unsere Vergangenheit bekommen.«

»Nun, das klingt wirklich, hmm, interessant.« Antwortete ich eher aus Höflichkeit, denn aus Überzeugung.

Er schien mein Zögern nicht zu merken.

»Ja, nicht wahr. Jede Stadt hat inzwischen eine Zeitung. Wir hier hinken der Zeit hinterher. Ach, was würden wir damit das Wissen und den Wohlstand befördern!«

»Würden Sie auch über den Ardey berichten?«

»Über den Ardey?«

Er blickte mich verwirrt an. Dann tippte er sich an die Stirn.

»Ach, Sie meinen über den ökonomischen Nutzen der Wälder und Flüsse? Ein guter Gedanke. Nun, dafür müsste man wohl.« Er verstummte und blickte mit zusammengezogenen Brauen auf den Schrank hinter mir.

Ich räusperte mich und er hob den Blick.

»Äh, ich meinte eher über die Räuberbanden.«

»Räuberbanden? Guter Mann, da hat man Ihnen wohl einen Bären aufgebunden. Raubgesindel im Ardey ha! Vielleicht auch noch der Geist des Schlossherren, der Nachts mit der Wilden Jagt herumreitet?«

Er lachte und klopfte sich auf den Schenkel.

»Ammengewäsch! Nein, nein, im Ardey gibt es keine Banden. Ja gut, ab und zu versteckt sich sicher ein Wilddieb oder auch mal ein Spitzbube nach seinen Schandtaten dort und manch ein Ehegemahl hat dort sicher schon aus Angst vor seinem Eheweibe, betrunken genächtigt, aber Banden? Weiss Gott, ganz sicher nicht. Andererseits, mir gefällt die Idee. Vielleicht könnte man auch Geschichten und Legenden abdrucken lassen. Andernorts hat sich dies schon beim Kampf gegen den Aberglauben bewährt. Ob ich den alten Schmemann dazu bringe, mir?« der Rest seiner-Gedanken verschwand in unverständlichem Gemurmel, während er ein kleines Journal und einen noch kleineren Bleistiftstummel aus seiner Tasche fingerte. Immer noch murmelnd notierte er sich etwas.

Auf mich allein gestellt, erhob ich mich. Gierig beugte sich gerade zu Köppen, so trat ich um ihn herum auf den Schreibtisch zu und griff nach der Kanne. Als ich mich suchend umsah, warf mir Wiskott einen Blick zu und wies auf Tassen und Gläser, die unter dem Fenster auf einem kleinen Tischchen neben zwei Schalen mit Gebäckstücken bereitstanden. Ich nahm eine der Tassen und goss mir, dem Aroma nach, Tee aus Himbeerblättern, ein. Neugierig nahm ich mir auch einen der kleinen Küchlein und setzte mich wieder an meinen Platz. Das Backwerk erwies sich als zarte, nach Butter und Vanille schmeckende Köstlichkeit. Ob es vermessen wäre, sich ein weiteres Stück zu nehmen. Innerlich seufzend nahm ich von der Idee Abstand. Nicht dass man mich für einen Vielfraß halten würde.

Inzwischen hatte Gierig sich selbst auch am Tee bedient und saß zufrieden in seinem Stuhl. Dann nahm er einen Schluck, stellte die Tasse neben sich auf den Schreibtisch, legte die Hände auf die Lehne, atmete durch und erhob sich erneut.

»Nun meine Herren, was wollten wir heute besprechen?«

Die versammelten Männer wichen seinem Blick aus, Wiskott und Köppen nahmen einen großzügen Schluck aus ihrem Glas.

»Ach Professor. Kein philosophisches Sujet heute. Dafür haben sie ihre Gesellschaft. Vielleicht lieber ein Experiment?«

Ich blickte verwundert auf.

Gierig legte die Fingerspitzen aneinander und wiegte mit zusammengezogenen Brauen bedächtig sein Haupt. Dann klatschte er in die Hände und ein Lächeln erschien auf seinem Gesicht.

»Nun, wenn sie mich so bitten.«

Er rieb sich die Hände. »Ich habe etwas ganz Feines hier. Ich zeige es Ihnen gerne, Sie werden begeistert sein. Ich habe es aus Göttingen kommen lassen. Bitte, warten Sie einen Moment.«

Er absentierte durch die Tür.

Die Runde, die zunächst erwartungsvoll zur Tür geblickt hatte, wandte sich wieder den Getränken und den Gesprächen zu.

Kurze Zeit später, waren Schritte hinter der Tür zu hören, dann ein leises Klacken. Die Tür wurde geöffnet und zwei Holzkästen in den Armen balancierend, hielt der Professor mit dem Ellenbogen die Tür auf und trat wieder ins Zimmer. Wiskott war aufgesprungen und schob vorsichtig die Kannen und Flaschen zur Seite, während Gierig die beiden Holzkisten auf dem nun frei gewordenen Platz auf dem Schreibtisch platzierte. Er öffnete den etwas größeren Behälter und entnahm ihm behutsam eine Apparatur. Ich staunte. Ich hatte in meinem Studium bereits davon gehört und wenn ich mich die Beschreibungen und Abbildungen korrekt erinnerte, so war es ein Gerät, das man zum Elektrisieren benutzte. Einen solchen Apparat hier in Dortmund aus nächster Nähe betrachten zu dürfen, war eine mehr als unerwartete Freude.

»Meine Herren, meine kleine Maschine der Elektrizität kennen Sie ja bereits. Nun aber zu meiner Neuerwerbung.«

Alle waren inzwischen aufgestanden und nähergetreten. Neugierig beugten wir uns über den Schreibtisch. Gierig klappte den Deckel der Kiste nach oben. Der Gegenstand war von einem bläulichen Tuch bedeckt.

»Hier ist sie.«

Hatte ich da gerade väterlichen Stolz gehört? Der Professor legte das Tuch zur Seite, zum Vorschein kam ein filigranes Objekt aus Holz und Metall. Er hob es heraus und stellte es auf den Tisch. Auf einem Holzfuß war eine hübsch gedrechselte Stange befestigt, darauf eine Metallspitze und darauf eine Messingkugel. Von der Kugel führte ein schmaler Steg nach außen, an dessen Ende eine dünne Stange befestigt war, auf deren Ende wiederum zwei Stäbchen angebracht waren, die je an einem Ende eine Kugel trugen. Die eine etwas größer als die andere. Das ganze Gebilde schien sehr fragil und die einzelnen Teile zitterten, als Gierig es auf dem Tisch in Position schob. An der großen senkrechten Stange hing eine metallene Kette, die der Professor nun ergriff und an der Elektrisiermaschine befestigte. Dann, während ein seltsamer Geruch durch den Raum zog und die Luft wie bei einem Gewitter zu knistern begann, geschah das Unfassbare. Die Messingkugel in der Mitte begann sich zu drehen. Und nicht nur sie, auch die beiden kleineren Kugeln am äußeren Rand setzten sich in Bewegung. Sie kreisten umeinander und um die Große in der Mitte. Kugeln umkreisten einander? Ich sah genauer hin. Die große in der Mitte, die Sonne? Dann waren die beiden anderen Erde und Mond? Das musste es einfach sein. Ich sah vor mir, wie die Erde um die Sonne kreiste und selbst vom Mond umrundet wurde und das in einem Abbild direkt vor mir, das sich von allein bewegte. Ein Planetarium! Ein elektrisches Planetarium. Ich beschloss, der Stadt all ihre Merkwürdigkeiten zu verzeihen und sie zu meinem Lieblingsort zu machen. Ich schien nicht der Einzige zu sein, die anderen standen mit offenen Mündern oder hauchten »Ohhs.« und »Ahhs.«

»Meine Herren. Mein kleines Planetarium. Ich plane darüber zu schreiben und einen Beitrag an den Westfälischen Anzeiger zu senden.«

»Stellen Sie sich vor, wir könnten den Artikel in unserer eigenen Zeitung abdrucken lassen«, murmelte Mallinckrodt neben mir leise.

»Nun meine Herren, lassen Sie uns zum gemütlichen Teil übergehen. Ich habe Johann gebeten, ein paar anregende Getränke zu bringen. Machen Sie es sich gemütlich. Ich verräume meine Apparaturen und stoße dann wieder zu Ihnen.«

Er packte alles sorgfältig wieder in die Holzkästen und verschwand. Ich stellte mein Glas auf die kleine Bank neben mir, lehnte mich zurück und versuchte, eine Position zu finden, in der ich die nächste Zeit, ruhig verharren wollte. Bereits in der Universität hatte ich gelernt, meinen Rücken gerade zu halten und unmerklich einzelne Körperpartien nach und nach zu entspannen ohne zu einem kleinen Häufchen zusammenzusacken. Ich war vom Gesehenen noch immer überwältigt.

Köppen griff in sein Hemd und holte eine Tabakspfeife hervor. Auf Wiskotts missbilligenden Blick hin, begann er seine Pfeife zu stopfen, während er erklärte:

»Mein teurer Freund. Schauen Sie nicht so dahrein. Es ist bekannt, dass Tabak den Leib öffnet. Er tut dies durch sein scharfes Salz, welches dem Munde, dem Schlunde und dem Magen einen sehr geschwinden Reiz beibringt. Wer also wie ich, sehr schwer nur Leibesöffnung bekommt, dem ist es zuträglich, eine Pfeife beim Sitzen zu rauchen.«

Mallinckrodt gluckste und auch ich verbarg ein Lächeln hinter meiner Hand.

Man schien keine Beiträge von mir zu erwarten, so war es mir genug, mich zurückzulehnen, an meinem inzwischen abgekühlten Tee zu nippen und mir die Herren zu betrachten. Feldmann neben dem Tischchen aus Nussbaum war mehr als nur ein Musikliebhaber. Er schien mit ebensolcher Leidenschaft für ein Konzert und eine Gesellschaft zur Liebhaberei von Konzerten zu schwärmen wie Köppen für einen Lesezirkel. Dieser wiederum zitierte ausführlich und gerne aus verschiedensten Werken.

Ein Junge, nicht viel älter als der, der mich empfangen hatte, der Ähnlichkeit nach, ein weiterer Sohn, brachte zwei Flaschen Wein und einen tönernen Krug, aus dem es verführerische nach Zimt und Nelken duftete und stellte alles auf dem kleinen Tischchen ab.

Mein Sitznachbar stand auf, trat zum Tischchen und sah fragend in die Runde: »Wein oder Punsch oder noch einen Tee?«

»Tee«

»Punsch was sonst!?«

47

»Wein bitte, danke.«

Punsch. Mir entwich ein wohliger Seufzer. »Bitte Punsch. Aber nur ein wenig, er steigt mir leicht zu Kopfe.«

Ich trank schnell den letzten Schluck meines Tees und hielt ihm meine Tasse hin. Er schenkte großzügig ein. Auch die anderen Herren bedienten sich selbst oder gaben die Gläser an ihre Sitznachbarn weiter. Die Runde ließ sich wieder nieder, nur Wiskott blieb stehen und erhob sein Glas in Richtung des Schreibtischstuhls, auf dem unser Gastgeber wieder Platz genommen hatte.

»Nun, denn frei nach Bürger:

Oh Professor, in meiner stolzen Brust.

Durchschauert mich die fromme Lust.

Denn du schenkst aus, der Traube Saft,

Gibt meinem Abend Schwung und Kraft.«

»Sehr frei« murmelte Mallinckrodt, erhob ebenfalls sein

Glas und nahm dann einen großzügigen Schluck.

Der Kaufmann setzte sich und Köppen erhob sich. Er hielt sein Glas in die Luft und deklamierte

»Trinkt trinkt trinkt, zufriedne Brüder!

Laßt den Wein, der Punschschnaps winkt.

Schon sein Duft erfreut die Glieder

Hippokrat spricht: trinkt trinkt trinkt«

Anstatt am Ende einen Zug zu nehmen, nahmen hier die Herren je einen kleinen Schluck beim Worte »trinkt« und leerten die Gläser beim letzten »trinkt« gemeinsam. Man füllte sich wieder nach, ich verzichtete, hatte ich doch, nicht bekannt mit diesem Brauch, nur genippt.

Nun gab Mallinckrodt einen umgemünzten Dichtvers zum Besten und auch der stille Musikfreund, Feldmann, leistete seinen Beitrag. Erneut wurden die Tassen und Gläser nachgefüllt. Feldmann wedelte mit der Hand, in der der Punsch gefährlich nah am Rande der Tasse schwappte, in meine Richtung.

»Na, Schulmeister? Worauf wollt Ihr Euer Glas erheben?«

Liebend gerne hätte ich auf das Planetarium getrunken. Auf den Gastgeber zu trinken wäre sicher angemessen? Zu beiden fiel mir aber leider nichts Passendes ein. Rhetorisch sicher und mit Textkenntnis gewappnet, fühlte ich mich nur bei den Klassikern. Allerdings kannte ich weder einen angemessenen Skolion, noch konnte ich aus dem Stegreif einen Dithyrambos präsentieren. Vielleicht konnte ich ja mit meiner Erinnerung an meine Studentenzeit glänzen:

»Bekränzt mit Laub den lieben, vollen Becher,

Und trinkt ihn fröhlich leer.

In ganz Europa, ihr Herren Zecher!

Ist solch ein Wein nicht mehr.«

Die Herren fielen ein, nicht im Chor und auch nicht ganz textgenau, aber sie lachten dabei und hoben die Gläser. Mit gegenseitiger Unterstützung, da fiel dem einen ein Wort, dem anderen die nächste Zeile wieder ein, schafften wir es und gemeinsam schmetterten wir:

»So trinkt ihn denn, und laßt uns alle Wege,

Uns freun und fröhlich seyn!

Und wüßten wir, wo jemand traurig läge,

Wir gäben ihm den Wein.«

Ich prostete in die Runde und nahm einen Schluck. Beifälliges Nicken. Erleichterung verbreitete sich zusammen mit der wohligen Wärme des Alkohols in mir aus. Erwartungsvoll blickte die Runde nun zu Gierig. Ob er einen lateinischen Vers zum Besten geben würde? Er räusperte sich, stellte sich in Pose und überraschte mich:

»Dithyramben soll ich singen?

Hier bei deutschem Wein?

Nein, hier soll kein griechisch Lied erklingen,

Deutscher Vater Bacchus, nein!«

Und überraschte mich erneut, als er anstatt alle Strophen von Michaelis Werks gediegen vorzutragen, sein Glas ein Stückchen höher hob und etwas schief, aber klangvoll schloss:

»O so könnte ihr rasend machen,

Die ihr rasend singt! –

Laßt uns, Brüder, trinken, singen, lachen,

Da mein Lied den Becher schwingt.«

Köppen nickte beifällig.

»Wohlgesprochen guter Mann!«

Gierig machte Anstalten, mir erneut einschenken zu wollen. Ich schüttelte den Kopf und bedeckte mein Glas mit der Hand.

»Nicht so schüchtern, nehmen Sie noch. In den Hamburgischen Nachrichten habe ich etwas über den Wein gelesen und das hat mir so wohl getan, ich habe es auswendig gelernt.« Er stand auf und deklamierte:

»Seine Wirkung bestehet darin, daß er den Magen und die Gedärme stärket, und die natürliche Bewegung derselben befördert, die Blutgefäße zur Bewegung reizet, den Kreislauf des Blutes vermehret, die Ausdünstung beschleuniget, und endlich eine kleine Erweiterung der Nerven und anderer biegsamen Teile.«

»Hört, hört.«, schallte es lachend aus der Runde.

Ich vermutete, dass in dem Artikel auch etwas über die Menge des Genusses gestanden hatte. Aber ebenso vermutete ich, dass das die Anwesenden dies auch wussten und geflissentlich ignorierten.

»Nun, dann noch ein kleines Schlückchen. Danke!«

Wenig später verspürte ich eine Regung in meinen Eingeweiden und bat kurz um Entschuldigung. Zuvorkommend beschrieb mir Mallinckrodt den Weg zu einem hölzernen Abtritt hinter dem Haus.

Es war inzwischen dunkel geworden. Im fahlen Mondlicht tappte ich zum kleinen Holzanbau und fasste den hölzernen Griff. Mit einiger Mühe öffnete ich den Hosenlatz, meine Finger waren sicher durch die Kälte ungeschickt geworden und schlug mein Wasser ab.

Durch die dünne Holzwand drang eine Frauenstimme.

»Sie hat einfach geschwiegen. Ist erst seit ein paar Monate bei den Witwen und hält sich schon für eine von denen, die es besser getroffen haben. Kleines dummes Ding. Wird sich noch umschauen. Hat Geld, pah, das ich nicht lache.«

»Nun, wenn sie jede Sommersprosse gegen einen Stüber umtauschen könnt wär sie reich!«

Kichern und Gegluckse.

»Schluss mit dem Geschnatter! Ab in die Küche, die Kartoffeln schälen sich nicht von allein und Du, hol Wasser. Los jetzt.«

Ich schmunzelte. Nicht das ich viele Mägde oder Hausmädchen kannte, aber Gesprächsfetzen dieser Art überraschten mich nicht. Schnell begab ich mich wieder ins Warme.

Im Laufe der nächsten halben Stunde kamen, abweichend von meiner Planung, weitere kleine Schlucke zusammen. Als es Zeit war aufzubrechen und sich die Gesellschaft nach und nach in Richtung heimatlicher Herdfeuer begab, fühlte ich mich leicht und unbeschwert. Etwas erschwert wurde mein Heimweg durch einen leicht schwankenden Boden und die Häuser, die sich auf dem Weg freundlich zu mir neigten. Ich verschob eine nähere Prüfung dieser zuvorkommende Haltung und die der plötzlich deutlich höheren Zahl an Bäumen auf den nächsten Morgen und schlenkerte mich und meine Gliedmaßen zurück zum Fahrenbergschen Haus.

Am Markt angekommen, tastete ich mich an den Wänden der Gebäude auf der linken Seite entlang. Selbstverständlich nur aufgrund der Lichtverhältnisse, nicht Dank des abendlichen Genusses, schien mir diese Unterstützung notwendig und willkommen. Kurz lehnte ich mich an eine der Wände eines Eckhauses, da hörte ich auf der mir abgewandten Seite Stimmen.

»Jetzt kann er uns nicht mehr in die Quere kommen.«

»Besser hätte es Gott allein nicht richten können. «

»Halt den besser daraus.«

»Hast recht, weint sich sicher die Augen aus, weil ihm die Seele durch die Lappen gegangen ist«

»Hähä hat ihn sicher der Teufel kassiert.«

»Shh ich höre etwas.«

Mein vom Wein- und Punschgeist umwölktes Hirn schaffte es nicht, sich zusammenzureißen. Zwar gab es meinem Körper den Befehl, zu laufen und meinen Augen nach den beiden Stimmen zu spähen, gleichzeitig beschloss aber der Boden zurückzuweichen und mir blieb nur die Wahl zu fallen – keine echte Option – oder mich ins Mauerwerk zu krallen und zu warten, bis der Untergrund wieder in eine stabile Position zurückkehrte. Ich hing mehr, als dass ich stand, aber ich fiel nicht. Mir schien, als hätte ich doch einmal zu viel genippt. Möge mich die Heilige Odilia schützen und möge sie mich ungesehen nach Hause geleiten. Mir entfuhr ein Kichern. Schnell schlug ich mir die Hand auf den Mund. Ich Dummerchen. Odilia würde Blinde wieder sehen machen. Keine gute Idee. Ich benötigte wohl eher die Unterstützung von Hermes Flöte, die den wachsamen Argos in den Schlaf verbrachte und mich so vor aller Blicke verbarg.

Wieder kroch ein Glucksen in meiner Kehle empor. Die Hand erneut vor den Mund gepresst, richtete ich mich langsam auf. In meinem Rücken spürte ich die klamme Kälte der Steine. Ich nahm einen tiefen Atemzug.

Plötzlich fuhr mir der Wind unter den Umhang. Ich fröstelte. War es die ganze Zeit schon so kalt gewesen? Meine Zähne schlugen hart aufeinander. Meine Schultern schienen mit einem Mal im Joch zu gehen. Ich fühlte mich erschöpft. Zumindest hatte mich die Nachtkälte so ernüchtert, dass ich den restlichen kurzen Weg nach Hause ganz unbeschadet und wie ich hoffte, von den Witwen und eigentlich auch allen anderen Bewohnern der Stadt, unbemerkt meines Zustandes, überstand.

MONTAG 18. THAUMOND 1788

Meine Nase war eiskalt, ebenso wie die Luft, die sie einsog. Meine Augen wollten sich nicht öffnen. Ich lag auf dem Rücken, auf meiner Brust und meinen Beinen ein bleiernes Gewicht. Ob mich jemand des Nachts zu einer Schmiede samt Amboss verbracht hatte? Wenigstens würde das, das dröhnende Hämmern in meinem Kopf erklären. Meine rechte Hand lag auf meinem Bauch. Ich spürte weiches Leder an meinem Handrücken. Meine Linke lag unter etwas Schwerem begraben. Schwerfällig kroch Verständnis in meine Gedanken.

Das Gewicht war meine Decke und ich lag in meinem Bett. Die Nachwirkungen von etwas zu viel des guten Punschs gestern. Ich zog die linke Hand unter meinem Körper hervor. Unangenehme Nadelstiche gesellten sich zu den schmerzhaften Hammerschlägen in meinem Kopf. Ich streckte die Finger, endlich schien meine Hand wieder funktionsfähig zu werden. Ich rollte mich vorsichtig auf meine rechte Seite, stemmte ich mich mühsam in eine sitzende Position und rieb mir die vom Schlaf verklebten Augen. Auf meiner Zunge schien etwas Pelziges übernachtet zu haben. Endlich hatte ich mich so weit gefasst, dass ich mich von meiner Bettstatt erheben konnte. Es versteht sich von selbst, dass ich Mittel gegen Kopfschmerzen kannte: die Rinde eines ostindischen Baumes, dessen Name mir entfallen war, ein Destillat aus dem Vitriol-Öl gemischt mit Alkohol und natürlich Zitronenschalen. Auch berichteten Zeitungen oft von Wundertröpfchen oder Pülverchen die eine probate Hilfe waren. Leider stand mir keines dieser Mittelchen zur Verfügung.

Ich begnügte mich damit, mit Eiswasser, davon hatte ich reichlich, meine Schläfen zu benetzten und mir selbst zu schwören, beim nächsten Male, sollte es dazu kommen, standhaft zu bleiben und zu viel des Rebensafts, sei er in heißer oder kalter Form, sei er gewürzt oder ungewürzt, zu verweigern. Mein Magen meldete die Absenz von

Nahrung. Allerdings versorgte mich der Gedanke an Speisen augenblicklich mit intensivem Schwindel. Ich atmete tief ein und setzte mich zur Erholung auf die Bettkante.

Mit der Erinnerung an den feuchtfröhlichen Ausklang des Abends kam auch die auf dem Heimweg zurück. Was hatten die Stimmen gesagt? Sie wären ihn los und der Teufel hätte nun seine Seele. Ob Sie vom Bäckermeister gesprochen hatten? Dann warf ihre Einschätzung seines gegenwärtigen Aufenthaltsortes kein gutes Licht auf seinen Charakter. Wie war er wohl zu Lebzeiten gewesen? Auch die Witwen hatten ihn nicht gerade als liebenswerten Zeitgenossen beschrieben. Ob doch etwas an der These dran war, dass jemand die Stadt von einem Übel erlöst hatte? Aber selbst wenn dem so gewesen wäre, ich musste dem Marktpolizisten Recht geben. Regeln und Ordnung galt es ebenso zu schützen wie Recht und Gesetz. Wenn nur die Kopfschmerzen nachlassen würden, so könnte der Tag erfolgreich beginnen.

Nach einer Weile, die ich zunächst im Sitzen mit an die Wand starren und dann im Liegen mit Betrachtungen der Decke verbrachte, ließ das Brummen in meinem Kopf nach. Noch ein wenig später, inzwischen hatte ich es geschafft, mir die Weste überzustreifen und in die Stube zu tappen, drehte sich auch beim Gedanken an Nahrung mein Magen nicht mehr sofort um. Ich verzichtete vorerst auf die Biersuppe und knabberte an dem Stück Brot, das am Morgen wie das gestrige neben einem Zipfel Wurst in ein Tuch geschlagen, vor meiner Türe bereitlag.

Nur noch leichtes Kopfweh begleitete mich durch die kalte Morgenluft zur Schule. Zu dieser frühen Stunde, schien schon die halbe Stadt auf den Beinen. Überall erklangen geschäftige Rufe und Geräusche unterschiedlicher Verrichtungen. An einigen Häusern wurde die Fassade geputzt, mir kamen zwei Frauen entgegen, die eine Girlande aus getrocknetem Hopfen trugen.

Der Professor begrüßte mich mit einem freundlichen Lächeln.

»Nun junger Mann? Voll des Tatendrangs? Ich wünsche Ihnen einen frohen Beginn.«

Er führte mich in meinen Schulraum für diesen Morgen und stellte mich der Klasse vor.

So begann ich am Montag zum achten Glockenschlag von St. Reinoldi mit fünf Knaben, einer Schippe Kohlen für den Ofen und einem aufmunternden Kopfnicken von Prof. Gierig meinen ersten Schultag.

Ein halbdunkler Raum, in der Mitte besagte Wärmequelle, hinten in der Ecke ein Schandesel. Auf einer Bank am Fenster ein Tischglobus. Einer mit weißen Flecken anstelle der Fabelei, wie ich erfreut feststellte. In den Blicken der Kinder sag ich neugierige Erwartung, Langeweile und an der ein oder anderen Stelle vielleicht etwas Sorge. Ich stellte mich kurz vor und die Kinder nannten mir ihren Namen.

Matthias, blond und schlaksig, Arnold, dunkel gekleidet, sehr aufrecht, etwas untersetzt, Zacharias, seine ganze Haltung drückte Langeweile, fast Abwehr aus, als wäre er an jedem Ort dieser Stadt lieber als hier, Peter, der Kleinste, der Runde mit fuchsroten, ungebändigten Locken und Ernst, der anders als sein Name vermuten ließ, der Spaßvogel der Truppe zu sein schien, vielleicht ein wenig vorlaut.

»Arnold, bitte übersetzen Sie ab: temporis illius colui.«

Ich blickte auf den pummeligen Knaben, der sich eifrig und mit Begriffsvermögen den Jugendjahren Ovids widmete. Die an dieser Stelle unvermeidliche Frage, ob wir den Properz lesen würden, verneinte ich entschieden. Ohne auf die damit verbundenen moralischen Gefahren einzugehen, zog ich mich auf den vorgegebenen Lehrplan zurück. Den Knaben war`s genug und wir folgten Ovid auf seinen Erinnerungspfaden.

In der nächsten Stunde traf ich auf die zweite Klasse, diesmal nur zwei Schüler. Gottlieb und Erdmann. Der Dritte, so berichtete mir Gottlieb eifrig, sei Caspar, aber der sei heute nicht erschienen, er habe auch in der letzten Woche schon gefehlt. Vielleicht sei er krank, vielleicht aber auch mit seinem Vater, auf einer Reise. So genau wisse man das nicht. Auch seine Mutter habe gesagt, dass. An dieser Stelle unterbrach ich den Redefluss, dankte für die Information und begann den Unterricht. Die kleine Sekunda, segelte textsicher durch das Mittelmeer. Ich fühlte mich am rechten Platz und freute mich darauf, den erwachenden Geist der Knaben zu formen. Ob mir Prof. Gierig erlauben würde, den Kindern über die Elektrizität zu berichten. Berichte über Franklins und des Herrn von Lors Experimente hatte ich schon als Kind gehört. Mein Vater hatte die Angewohnheit, immer alles laut vorzulesen. Während er damit meine Mutter regelmäßig aus dem Raum trieb, saß ich auf den Holzbohlen mit meinen Holzpferden und genoss, wie die Worte im Raum wogten. Als ich älter wurde, begrüßte er meinen Wunsch, Artikel selbst zu lesen, und wies meinen Hauslehrer an, mich Aufsätze darüber zu verfassen zu lassen. Zwar teilte ich nicht immer seine Auswahl – Vater war sehr an den Kolonien und botanischen Entdeckungen interessiert, ich eher an naturhistorischen Berichten und technischen Erfindungen –, aber unbestreitbar war mein Wissen dadurch gewachsen und ermöglichte es, mir über viele verschiedene Sujets sprechen zu können. Andererseits hatte Gierig vielleicht selbst bereits die Kinder mit seiner Elektrisiermaschine begeistert, oder gar mit seinem Planetarium?

Knack. Ein brechender Griffel holte mich zurück, kurze Zeit später entledigte uns ein Blick auf die Sanduhr unserer schulischen Pflicht.

»Meine Herren, ich danke Ihnen für den heutigen Unterricht. Wir sehen uns morgen wieder.«

Kopfnicken und ich lenkte die Schritte zum Richthaus. Kurz überlegte ich noch, einen kleinen Umweg zu machen und etwas Biersuppe zu mir zu nehmen, aber trotz allem traute ich meinem Magen noch nicht. Außerdem wollte ich nicht zu spät bei Hoberg erscheinen.

Auf dem Weg wanderten meine Gedanken zurück zur letzten Schulstunde. Odysseus Irrfahrten. Er war oft von den Hindernissen, die ihm die Götter auf den Weg gaben, außer Fassung gebracht worden.

Gerstein ein Werkzeug des Olymps? Ich lächelte. Ob ich denn später zwischen Skylla und Charybdis würde wählen müssen? Präsumtiv erwartete mich erst einmal ein Laistrygon. Oder wie sollte ich mir einen Mörder vorstellen?

Hoberg wartete bereits vor dem Richthaus. Er schien ausgeruht und gerüstet für den Tag. Sein Aufzug geordnet und ganz im Sinne eines Repräsentanten seines Berufsstandes. Er nickte mir kurz zu, sein Atem hing in kleinen Wölkchen, als er mich grüßte. Über seinem Mantel trug ein langes dunkelgraues Wolltuch. Für die nächste kalte Jahreszeit würde ich mich mit wärmerer Kleidung versorgen müssen. Der Wind schien hier stärker, um die Häuser zu pfeifen, als in Duisburg. Für die letzten Wochen dieses Winters konnte ich mir keine Neuanschaffung leisten. Ich musste einfach auf einen frühen, milden Lenz hoffen.

Wir wandten uns nach rechts und folgten einer breiten Gasse Richtung Westen. Die vergangene Nachtkälte hatte Feuchtigkeit zurückgelassen, wir rutschten auf dem matschigen Boden. Im Gegensatz zu Gerstein eilte Hoberg nicht, sondern stampfte entschlossen, aber bedächtig. Er schien in Gedanken versunken. Hier standen die Häuser nicht mehr eng aneinandergeschmiegt. Misthaufen, Obst-, Gemüsegärten und Scheunen wechselten sich mit alten Bäumen und den Wohngebäuden ab.

Links die Gärten des Hospitals, rechts eine bescheidene Schmiede, daneben eine Schreinerei. Brüchige Holzschilder warben für Nägel und Gabeln. Rechts zwei Schuster. Bei dieser Straßenbefestigung hatten beide genug zu tun. Mit einem Blick auf mein Schuhwerk würde auch ich die Handwerker zeitnah aufsuchen müssen. Am rechten Vortritt neben einem geöffneten Fensterladen, stand ein Mann, ergraut und gebeugt, sein Oberkörper von all den gehaltenen Schuhleisten seltsam eingekerbt. Die bloßen Hände umfingen eine Pfeife, von einem der Finger grüßte ein dunkelfleischiges Geschwulst herüber.

Weniger das phlegmatische »He da!«, mehr ein dröhnendes Muhen ließ mich zur Seite treten, um einen Ochsenkarren passieren zu lassen.

Als wir die Kirche mit dem abgebrochenen Kirchturm, offiziell die Petrikirche erreichten, diesmal von der mir noch unbekannten Seite aus, bogen wir nach Norden ab. Rechts die Gebäude des Katharinenklosters, dahinter die Stadtmauer und in ihr, düster der Katharinenturm auf den wir direkt zusteuerten. Das Fähnchen oben auf der Spitze des Daches hing schwer an seiner Stange. Mit Unterstützung einiger Sonnenstrahlen hätte der Turm vielleicht weiß geschimmert und seine Wehrhaftigkeit demonstriert. Das trübe Licht des Tages betonte stattdessen die unebenen Mauern und die Holztür erzählte wenig einladend von besseren Tagen. Ich hatte Schützes Berichte über Hamburg gelesen und seine Lobesreden über die seit ihrer Gründung immer weiter fortdauernden zur Blüte aufsteigenden Entwicklung. Hier schien alles vor rund 300 Jahren einfach stehengeblieben zu sein. Man lebte zwar weiter, aber es gab keine Neuerungen. Nur zum Leben Notwendiges wurde repariert.

Mir fiel der junge Arnold ein. Vielleicht hatte er Recht und einige Neuerungen und ein frischer Geist würden die Stadt und ihren Wohlstand befördern.

»Denken Sie daran, Sie müssen alles notieren.«

Hoberg war vor der Tür stehen geblieben, die Hand an die Tür gestützt, hatte sich über die Schulter zu mir umgewandt und unterbrach meine Gedanken.

»Äh ja.« Ich holte mein Büchlein, Hoberg hatte es mir vorhin bei meiner Ankunft im Richthaus übergeben, und einen Bleistift hervor.

Wir traten durch die schwere hölzerne Tür und grüßten die beiden Wächter, die sich langsam vom Boden erhoben. Zwischen ihnen stand ein kleiner Holzschemel auf dem Spielwürfel und ein abgegriffener Becher lagen. Hoberg warf einen Blick auf den Schemel, dann musterte er beide stumm.

»Wenn ich erfahre, dass ihr im Dienst trinkt, melde ich es dem Rat!«

»Aber Amtmann, mitnichten.« Der Bärtige, ältere, einen Arm auf einen Knüppel gestützt, die Hand flach auf die Brust gelegt, schüttelte den Kopf.

»Wir kennen unsere Pflicht.«

»Niemals!«, pflichtete der andere eifrig bei. Er war hager und blass, an seinem Kinn, dunkle Bartstoppeln. Sein Wams war fleckig und voller Stopfflicken, viele schon mit eigenen Löchern. Er legte die Fingerspitzen aneinander und deutete einen Diener an.

Mir war beklommen zu Mute, war ich doch noch nie in einem Gefängnis gewesen. Es roch nach altem feuchtem Stroh, die Luft war klamm. Die Ausdünstungen der beiden leisteten auch ihren Beitrag. Offensichtlich war der Weg zum Abtritt sehr weit oder wurde durch die Kälte verwehrt.

Ich atmete flach und umklammerte meinen Stift.

»Zu Kromberg. Macht schon!«

Der Ältere deutete um einen Mauervorsprung herum. Wir traten heran und standen vor einer Gittertür. Ich wusste nicht, was ich erwartet hatte. Vielleicht einen grobschlächtigen Tölpel? Oder einen bleichen, hageren Mephisto.

In der schmutzigen Streu kauerte, die Arme fest um seinen Körper geschlungen, ein Blondschopf. Als er den Kopf langsam hob, sah ich große blaue Augen. Über die Wange zog sich ein frischer Striemen.

Ich ließ mich auf einem kleinen Vorsprung, der aus der Mauer ragte nieder, schlug die Beine übereinander, öffnete mein Journal auf meinem

Oberschenkel und hoffte, meine klammen Finger würden ihren Dienst tun.

Hoberg trat einen Schritt vor.

»Sie sind Caspar Kromberg? Der Sohn des Schmieds Kromberg am Westentor?«

Sein »Ja« kam zögerlich.

»Sie waren in der letzten Nacht in der Bäckerei Boemke?«

»Nein«

»Nein? Sie wurden gesehen.«

Er schwieg.

»Sie waren in der Bäckerei und haben den Bäcker Boemke erschlagen.«

»Nein.« Der Mann sprang auf und griff nach den Gitterstäben.

»Zurück!.«

Der bärtige Wächter schlug mit seinem Prügel gegen das Gitter.

Der junge Mann, fast noch ein Knabe, wich zurück auf den Zellenboden.

»Nein. Wirklich nicht. Das könnte ich nicht.«

»Und was ist das?«

Aus seiner Tasche holte Hoberg einen kleinen Gegenstand.

Der Gefangene stand auf und trat vorsichtig mit einem Seitenblick auf den Wächter an die Metallstäbe heran. Ich konnte nicht genau erkennen, was es war, aber der junge Mann holte erschrocken Luft und griff sich an sein Hemd.

»Ich wusste es. Also erkennen Sie es!«

»Nein, äh, ja, woher haben Sie-?«

»Es lag am Boden in der Bäckerei neben dem Toten!«

»Aber, nein, das kann nicht sein. Dort habe ich es nicht verloren. Nein, ganz sicher nicht!«

Seine Gesichtsfarbe wechselte zwischen kalkweiß und zartrosa und blieb dann in einem gräulichen fahlen Ton. Er sank in sich zusammen und vergrub sein Gesicht in seinen Händen.

»Caspar Kromberg. Ich klage Sie des Mordes an Schwarzbäcker Friedrich Melchior Boemke an.«

Aus der Zelle klang kein Laut.

»Nun, wir sind hier wohl fertig. Kommen Sie Aldenhagen. Wir gehen.«

Ich war froh, als wir wieder in der frischen Luft standen. Schweigend folgten wir, beide in unsere Gedanken versunken, dem Weg zurück. Mir tat der Junge leid, er machte auf mich nicht den Eindruck eines Tunichtguts oder gar den des Schurken, den mir Hoberg beschrieben hatte. Da passten die Eindrücke der Witwen besser. Er schien verzweifelt. Allerdings zeigte seine Reaktion auch, dass er nicht völlig unschuldig sein konnte. Ob er etwas verbarg? Aber was sollte er verbergen. Ich überlegte, ob ich nach dem Gegenstand fragen sollte, verschob mein Anliegen aber auf später. Ich wünschte mir nur, schnell wieder ins Warme zu kommen. Wir nahmen den Weg zurück, den wir gekommen waren, bogen aber an der Nagelschmiede ab und gingen durch den Garten zum hinteren Eingang des Hospitals.

Auf ein Klopfen Hobergs hin öffnete man uns und nach kurzem Austausch wies uns eine Frau den Weg. Klagende Laute, geflüsterte Beruhigungen und laute Flüche hallten durch Räume auf der einen Seite des Ganges. Zu meiner Erleichterung wählten wir die andere Richtung.

Steile, Steinstufen führten uns in feuchtkalte, mauerngerahmte Gänge und Gewölbe. Es wirkte, als wären hier Keller alter Häuser ineinander und aneinander gebaut worden. Die Mauern mal verputzt, mal mit offenen Steinen, zwischendurch dunkle Stützbalken. Nicht alle dieser Balken schienen ihrer Aufgabe noch angemessen nachkommen zu können. Einige der abzweigenden Gänge schienen sich unendlich ins Dunkle zuerstrecken, andere endeten abrupt im Geröll. Vielerorts lag Unrat, kaputtes Gerät und Sackleinen herum. Am Ende einer der etwas weniger vernachlässigten Korridore öffnete Hoberg eine massive, eisenbeschlagene Tür. Ein Raum voller Gerätschaften und allerlei Gefäße auf unterschiedlichen Gestellen und Regalen. In der Mitte, direkt vor uns auf einem wachstuchbeschlagenen Tisch lag der Tote.

Ein beleibter Mann, der den fünfzigsten Sommer schon erlebt hatte. In seiner Nacktheit wirkte er abstoßend und verletzlich zugleich. Die Haut war fahl. Irgendwo außerhalb des Gebäudes hörte ich einen Hund jaulen. In der Luft hing ein Geruch. Faulig, rauchig, holzig und ... Kampfer?! Ich kniff die Augen zusammen und atmete flach.

»Seien Sie froh, dass wir Februar haben und ohne die Räucherbünde wäre es viel schlimmer.«

Ein hagerer, junger Mann stand neben der Leiche, lächelte freundlich und deutete über sich an die Decke. Getrocknete Wacholder- und

60

Gafferzweige zu kleinen Büscheln gebunden. Wie bei einem Kräuterweib. Er deutete auf einen Seitentisch auf dem eine Glasschale mit einer bräunlich-schwarzen Vermischung mit weißen Kristallen stand und darin und herum eine erkleckliche Anzahl tote Fliegen lagen.

»Zwei Quent Quecksilber und ein Loth Baumöl, gekocht, versüßt mit Zucker, das zieht die Fliegen von ihm weg.«

Als ich sah, worauf er deutete, spürte ich eine Welle der Übelkeit in mir aufsteigen. Unwillkürlich stand mir das Bild von Fliegen und Maden im Sommer auf einem Katzenkadaver vor Augen. Ich schluckte und blickte zu Boden.

»Grüße Amtmann Hoberg.«

»Grüße Physikus Neuhaus. Wie weit sind Sie?«

»Ich habe die Leichenbeschauung vorgenommen. Kommen Sie herüber. Es ist alles gut zu erkennen. Hier, auf der linken Schlafgegend ist eine von der linken zur rechten Seite einen halben Zoll lange und drei Linien tiefe, bis auf das Cranium gehende Wunde. Wie Sie sehen, gehen mehrere Fissuren bis zum rechten Teile des Hinterhauptbeins, so dass einige dazwischenliegende Stücken Knochen bereits herausgefallen sind. Ich habe sie hier gesammelt.«

Er hob eine kleine Schale an. Das Klappern der Knochenstücke lies mir Schauern über den Rücken laufen.

»Eindeutig die causa occasionalis des Ablebens des Bäckermeisters.«

Ich hatte schon einige Tote gesehen, war auch ab und zu bei Hinrichtungen gewesen, aber so nah war ich noch keiner Leiche gekommen und die Nüchternheit des Herrn Neuhaus und die Ruhe des Polizisten ließen die gesamte Szene seltsam erscheinen.

»Wodurch kann die Wunde entstanden sein?«

»Hmm es könnte ein Knüppel, ein Schlegel oder auch ein anderer schwerer Gegenstand wie eine Lampe gewesen sein.«

»Gut, also ein Knüppel oder Schlegel. Aldenhagen, halten Sie das fest.«

Ich kritzelte und nickte eifrig.

»Nun, wenn wir dann hier fertig sind.« Hoberg wandte sich zur Tür.

»Äh Amtmann Hoberg, eines noch.«

»Ja?« Der Angesprochene hielt inne.

»Nur der Vollständigkeit halber: er hatte Hühnermist am Ärmel.«

»Hühnermist?«

Hobergs Gesichtsausdruck spiegelte meine Verwirrung.

61

Ja, eindeutig Hühnermist. Wäre er ein Knecht oder ein Weib, dass Eier aus dem Hühnerstall holt, wäre es mir nicht aufgefallen. Aber ein Bäcker?

Der Amtmann nickte, schüttelte dann den Kopf und wandte sich an mich.

»Haben Sie alles?«

Ich überflog meine Annotationen. »Ja, ich denke schon.«

»Dann lassen Sie uns diesen unwirtlichen Ort verlassen.«

Mehr als dankbar folgte ich ihm durch die kalten Mauern wieder nach draußen. Das Mittagsgeläut endete gerade.

»Nun denn Schulmeister, lassen Sie uns den Tatort besichtigen!«

Vor der Tür begrüßte uns frische, aber eisige Luft.

Hoberg murmelte »Hühnermist. Papperlapapp. Soll ich meine Zeit nun auch noch damit verschwenden?«

Der Amtmann schien dem Fund keine Bedeutung zuzumessen und ehrlich gesagt, ich auch nicht.

Wieder marschierten wir durch die Stadt. Diesmal an St. Reinoldi vorbei nach Norden. Hier standen nur noch vereinzelt Häuser, viele mit Stall und Backhaus. Vor einem blieben wir stehen. Ich atmete tief ein und versuchte, nicht daran zu denken, was ich nun sehen würde, mir nicht die mit rotem Lebenssaft getränkten Roggensäcke vorzustellen.

Nannte man es noch Lebenssaft, wenn alles Sein längst herausgespült war? Lagen womöglich noch Knochensplitter herum? Wieder hörte ich dieses Geräusch und sah Neuhaus mit der Schale wedeln.

»Was ist, kommen Sie?«

Ich schluckte und trat hinter dem Amtmann ein.

Dickwabernde, mehlige Luft umfing uns. Die nur im ersten Augenblick wohlige Wärme legte sich schwer auf meine Haut. Nichts im Raum deutete auf die Ereignisse der vergangenen Nacht hin. Mir gegenüber öffnete sich ein gemauerter Schlund und Brotlaibe wurden herausgezogen. Wie eine Welle brandete Hitze durch den Raum. Mit sehnigen Armen lavierte ein großgewachsener Mann den langen Schieber zwischen Ofen und Ablage. Obenauf lag eine graue Katze. Träge öffnete sie die Augen und schaute auf uns herab, mit intensiv dunkelgrünem Blick wurden wir gemustert. Die Katze streckte ihre Läufe, unter ihrem Kinn wurde ein schwarzer Fleck sichtbar und spreizte ihre Krallen. Ihre kleine Zunge schleckte über die rechte Vorderpfote und in einer fließenden Bewegung drehte sich die Feline um, rollte sich zusammen und überließ uns unserem Schicksal. Auf der linken Seite eine hölzerne Mehltruhe, daneben eine große Waage. Eine Frau teilte kleinere Teigmengen ab. Sie wandte sich um und blickte uns aus müden Augen an.

Ich spürte, wie sich Schweißtropfen in meinem Nacken bildeten.

»Grüße gute Frau.«

»Grüße Amtmann Hoberg.«

Die matte Erwiderung wurde mit einer überraschend melodischen, sehr tiefen Stimme vorgebracht. Die Frau strich sich eine der grauen Strähnen, ob vom Mehl oder vom Alter verfärbt, konnte ich nicht erkennen, aus dem Gesicht und steckte sie nachlässig unter die Haube. Sekunden später hatte sich die Strähne gelöst und war an ihren ursprünglichen Platz zurückgekehrt. Der Vorgang wiederholte sich. Gleichmäßig, ebenso wie ihre Hände die Teiglinge abteilten und zur Seite schoben. Sie zu beobachten, hatte dieselbe einschläfernde Wirkung wie einem Weberschiffchen mit den Augen zu folgen. Die Tropfen in meinem Nacken hatten sich zu einem Bächlein vereinigt und rannen langsam meinen Rücken entlang. Ich spürte eine Gänsehaut auf meinen Unterarmen. Die staubige Luft kratzte in meinem Hals. Ich räusperte mich. Der Amtmann blickte in meine Richtung und schien mein Hüsteln als Aufforderung zu deuten.

»Wir haben noch ein paar Fragen an Sie.«

Sie fuhr sich mit dem Unterarm über das Gesicht, die so verschobenen Strähnen wippten augenblicklich wieder in Position, trat an eine hölzerne Wanne, friemelte sich Teigreste von den Händen. Auch diese Bewegungen waren langsam, methodisch, rhythmisch, fast mechanisch. Ohne ein Wort oder eine Geste wandte sie sich um und ging zu einem dunklen Durchtritt an der hinteren Wand. Sie ließ ihre Holzschuhe zurück, stieg auf Strümpfen zwei Stufen hinauf, schob die Tür auf und verschwand im Innern des Hauses. Hoberg und ich folgten ihr, behielten aber unsere Stiefel an.

In der Wohnstube war es kühler und der intensive Geruch nach Sauerkraut hing schwer in der Luft. Kein Tisch, dafür einige dunkle Kommoden und mehrere Sitzmöbel, eine weitere Tür führte vermutlich in die Schlafkammern. Auf einem Schemel in der Ecke lag halbfertiges Strickwerk. Nur noch der Schaft der Wollstrümpfe musste vollendet werden. Sie wies sie auf eine helle, maserige Holzbank und wählte für sich einen dreibeinigen Schemel. Die Schultern, ihr ganzer Oberkörper sanken nach vorne, mit fahrigen Bewegungen versuchte sie erneut ihren Strähnen Herr zu werden. Mit einem ärgerlichen Seufzer schob sie sie unter ihre Haube und zog diese tiefer in die Stirn. Die Strähnen blieben verdeckt. Dann verschränkte sie ihre Hände in ihrer weißen, mehlbestaubten und mit Teigresten verzierte Schürze.

Hoberg gebot mir den Vortritt und wir setzten uns ihr gegenüber, nebeneinander auf die Bank. Wieder mussten meine übereinandergeschlagenen Beine als Schreibunterlage herhalten.

»Sie haben den Tatort gesäubert.«

Ich sah Hoberg nur im Profil, aber sein Tonfall enthielt einen deutlichen Vorwurf.

Ein Laut, fast wie ein Kichern, aber mehr wie ein Schluckauf entfuhr ihr. Sie blickte zu Boden, zuckte mit den Schultern, die Hände kneteten und knitterten den Stoff.

»Was hätt ich machen sollen, hm?«

Wieder überraschte mich die Stimmlage der Frau. Sie schien in einen gut geführten Salon zu passen, nicht aber in ein schnödes Backhaus.

»Was glauben Sie, Verdienstausfall könn` wir uns nicht leisten. Ist schon so schwierig. Hab schon genug Probleme durch das verdorbene Roggenmehl. Und sein Blut, ausgerechnet ins Roggenmehl.«

Ihre Stimme wurde lauter und auch ihr Sprachbild, dass nicht so recht zum gehobenen Salon passen wollte, wurde deutlicher.

»Auch im Tod trifft der Kerl noch die falsche Entscheidung.«

Ich bezweifelte stark, dass die Fließrichtung des Blutes eine Frage einer bewussten Entscheidung gewesen war. Blut im Roggenmehl. Dunkles warmes Roggenbrot. Eines nach dem anderen erhoben sich die Härchen in meinem Nacken, während sich die Vorstellung langsam, wie die gelbe Mauerflechte, deren Schorf alten Mauern und Wänden überzieht, in meinem Verstand ausbreitete. Vermutlich würde ich nie wieder genussvoll, unschuldig in ein dunkles Butterbrot beißen können. Ich schluckte.

Hoberg warf mir einen Seitenblick zu.

»Aldenhagen, notieren Sie: Leichenfund auf einem Sack Roggenmehl und-«

»Zwei!« Sie hob den Kopf. »Es waren zwei Sack Mehl!«

»Also, Leichenfund auf zwei Sack Roggenmehl in der Backstube Boemke. Leiche wurde entdeckt von Bäckersfrau am frühen Samstagmorgen. Vermerken Sie auch die Datierung!«

Ich rechnete und notierte pflichtschuldig »der sechzehnte Tag im Thaumond anno 1788 zu Dortmund.«

»War noch jemand bei Ihnen?«

Sie schüttelte den Kopf.

»Nun, denn Frau, wie war das also?«

Sie schüttelte langsam den Kopf.

»Ich, also ich, ich bin aufgewacht. Also, so um vier Uhr

Wie jeden Morgen. Der Hahn drüben bei Husemann hatte noch nicht gekräht. Nur im Sommer, da immer. Woher der Hahn wohl weiß wie spät es ist?«

Sie befreite ihre Hände langsam aus dem Stoff ihrer Schürze und zupfte sich ein vergessenes Teigstücken vom Ringfinger.

»Sie sind also aufgestanden?«

»Nee, noch nicht, wollte ich, aber dann hab ich gemerkt, dass was nicht stimmt.«

»Weil ihr Mann nicht neben Ihnen lag?«

Hoberg warf mir einen scharfen Seitenblick zu. Ich beugte mich schnell wieder über mein Journal.

»Nein, er hat eigentlich nie, also nur selten« sie errötete. »Seit die Kinder- nun, er kommt nur noch selten zu mir.«

Sie flüsterte nur noch.

»Schloss gegen fünf Uhr am Nachmittag das Backhaus ab, ging dann noch zur Schenke oder wer weiß wohin und schlief dann oft abends im Backhaus, um mich nicht zu stören oder weil er morgens früh raus muss, hat er zu Anfang immer erklärt. Irgendwann wars dann einfach so.« Ihre Stimme war kaum noch zu hören, es schien fast, als schäme sie sich.

Hoberg räusperte sich.

»Nun, Sie sind also aufgewacht und« erinnerte er sie mit einem Seitenblick auf mich, »wussten nicht, was Sie geweckt hatte.«

Sie blickte hoch und nickte.

»Ja, genau, zuerst wusste ich nicht, was es war. Dann aber doch. Hat nicht richtig gerochen.«

Sie fuhr mit der Hand über die Schürze und nickte.

»Nicht richtig gerochen?«

65

Er schien nicht zu wissen, ob sie ihn ärgern wollte oder vielleicht doch etwas mitgenommen war, was man aufgrund des Geschehens durchaus vermuten konnte. Vielleicht waren ihre Sinne nicht ganz beisammen?

Sie aber nickte erneut. Mit dem Zeigefinger fuhr sie sich über den Nasenrücken, verharrte kurz an der Spitze.

»Na, nach Brot.«

Sie wippte im Takt der Worte mit dem Finger. »Also es hat eben nicht gerochen, nach Brot meine ich, verstehen sie?!« Sie betonte die Silben mit Bewegungen ihres Oberkörpers.

Ihre Mimik wurde lebhafter.

»Die erste Ladung für die Ochsenkarren nach Hörde macht er immer als Erstes am Samstag. Also riecht es schon früh nach dem Feuer und nach gebackener Kruste. Schon bei meinem Vater in der Stube war das so. Man kann erkennen, was gebacken wird und auch ob es gelungen ist.«

Ihre Arme, die gerade noch in der Luft Geschichten erzählt hatte, kamen zur Ruhe. Sie schien sich daran zu erinnern, warum sie uns das alles erzählte. Ihre Schulter sackten nach vorn und ihr Gesicht wurde wieder ausdruckslos. Selbst Ihr Stimme schien an Klang zu verlieren.

»Und da war nichts.«

Ihre ganze Haltung, alles zeugte von eben diesem Nichts.

Verloren wie das letzte Blatt am Baum, wenn der Winter vor der Tür steht.

Sie schluckte, faltete der Hände.

»Dann bin ich aufgestanden. Meine Füße wollten gar nicht über den Boden gehen, so kalt war es und dunkel und dann bin ich runter und habe eine Kerze genommen. Hatte noch Angst, weil wir doch nicht unnötig Licht machen, aber der Ofen war nicht an und ich hab sie angezündet und da, da.«

Sie schluckte, presste die Lippen aufeinander.

Flackernder Kerzenschein, nur ein kleines Licht, das kaum die Nachtschwärze durchdringt. Im tanzenden Schein erscheinen die Umrisse des Ofens, davor, auf dem Boden, ich stolpere fast darüber, ein Fuß und neben der Ferse, im Kerzenschimmer, ein dickflüssiger, rötlicher Tropfen. Oder gar eine Lache, die sich langsam am Knöchel vorbeischiebt?

Ich schüttelte mich unwillkürlich. Die arme Frau hatte sich nicht gerührt. Kaum konnte man eine Bewegung des Mundes erkennen, sie schien nur noch zu sich selbst zu sprechen.

»Da lag er dann. Und das Blut, sein Blut, das lief in die Säcke und ich dachte noch, das brauchen wir doch noch und dann. Ich glaub, da hab ichs erst verstanden. Er ist tot und wir sind allein.«

Sie hatte während der letzten Worte in Richtung der Backstube gesprochen. Nun verlor sich ihr Blick und sie senkte den Kopf.

Ihre Schultern strafften sich, ein schwerer Atemzug.

»Allein.«

Mein Bleistift kratzte über das Papier, hinter dem Haus bellte ein Hund. Im Haus war Gepolter zu hören. Der Amtmann und ich wandten die Köpfe zur zweiten Tür, die Bäckersfrau starrte noch immer verloren auf ihre Hände.

Schwere braune Stiefel, eine dunkelbraune gewebte Hose, ein grauer Mantel, mehr übergeworfen als angezogen, den Kopf gesenkt, um dem Türsturz auszuweichen. Eine große Hand stütze sich am Türrahmen ab, die Knöchel traten weiß hervor. Die andere Hand fest in einer Fellmütze vergraben, der Arm leicht angewinkelt, als würde der dazu gehörende Körper entweder loslaufen oder einen Faustkampf beginnen.

»Was ist hier los?«

Die Stimme, in der Klangfarbe ähnlich der Bäckersfrau, aber so, dass die Kirchgänger in den letzten Reihen problemlos von der Sakristei aus belehrt hätten werden können, ohne auch nur selbst leise sein zu müssen, donnerte über uns hinweg.

Über die Schwelle getreten, hob er nun seinen Kopf und mit zusammengezogenen Brauen, rot im Gesicht, blickte er Hoberg und mich wütend an.

»Was soll das?«

Er trat einen Schritt vor. Seine Mütze flog in Richtung der fast fertigen Wollsocken. Ich warf einen Blick zum Durchlass zur Backstube. Wenn ich schnell genug wäre.

»Wie kommen Sie dazu, meine Schwester aufzusuchen, ohne mir Bescheid zu geben?«

Er stieß fast an den Querbalken der Decke. Auf einer Zeichnung hatte ich mal einen aufgerichteten Bären gesehen. Damals erfasste mich Ehrfurcht, nun verblasste das Bild angesichts des riesigen, rotgesichtigen

Kerls mit bebenden Schultern. Wie ein Bruder von Atlas, nur ohne Bart und bekleidet.

Neben mir erhob sich Hoberg langsam und reckte sein Kinn. Seine Haarspitzen reichten dem Unbekannten knapp über die Schultern.

»Gildenmeister Wenker. Wie schön, dass Sie auch kommen konnten. Wie Sie wissen, bin ich Marktpolizist« die Vorwärtsbewegung des Kinns war mehr zu erahnen »und verantwortlich für die Aufklärung der Tötung« die Bäckersfrau zuckte zusammen, »Ihres Schwagers.«

Hoberg richtete sich noch etwas auf.

»Und ich habe jedes Recht dazu!«

Fast schien es, als würde er der körperlichen Präsenz seines Gegenübers die natürliche Macht seiner Position entgegenstellen.

Hätte in diesem Moment jemand zum Fenster hereingeschaut, es wäre ein perfektes Guckkastenbild gewesen. Die beiden Männer standen sich gegenüber, als würden sie sich in der nächsten Sekunde zum Duell fordern, die Frau und ich im Hintergrund erstarrt, wie Teile der Bühnendekoration.

Ein gedämpfter Fluch drang aus der Backstube herüber und erlöste uns. Die Bäckersfrau blickte auf, Hoberg ließ sich wieder auf der Bank nieder. Allerdings lautlos und mit gerade aufgerichtetem Rücken, ich ließ meinen angehaltenen Atem wieder fließen.

Den Mantel aufknüpfend, trat der Mann hinter seine Schwester und umfasste mit seinen Hände Ihre Schultern, wobei er Hoberg nicht aus den Augen ließ. Sie legte eine, im Vergleich deutlich kleinere, Hand auf seine und für einen kurzen Moment war einige innige Verbundenheit zwischen den beiden sichtbar. Die Geschwister, sie zuvor noch von so präsenter fast beängstigender Starre, er voll von lodernder Wut, schienen sich jeweils zur Ruhe zu bringen. Ich hoffte, wir würden beim Fortgang der Befragung nicht Zeuge eines möglichen Rückfalls, besonders des Bruders, werden. Der Gildenmeister nickte zum Amtmann.

»Nun Hoberg, dann fragen Sie.«

Hoberg schluckte, strich sich über die Brust und wandte sich wieder an die Frau.

»Sie haben also kein Brot gerochen und es war dunkel, dann sind sie hinunter gegangen, haben eine Kerze genommen und ihn dort gefunden?!«

Sie blickte wieder in Richtung Backhaus.

»Ja. Ich bin ich die Stiege hinunter. Und ins Backhaus. Und da.«

Ihr Oberkörper suchte Halt bei ihrem Bruder, sie drehte den Kopf in seine Richtung und lehnte sich in sein gewebtes Wams.

»Da, da war er dann zusammen mit seinem Blut und dem Mehl. Und dann habe ich gerufen, geschrien, dass doch jemand käme. Laut war ich an diesem Morgen. Ist sonst nicht meine Art.«

Hatte der Bruder gerade den Mund verzogen? Vermutlich hatte ich mir die Bewegung eingebildet.

»Und dann kam Hans.«

»Hans?«

»Der Geselle. Er schläft drüben im Schober. Er ist jetzt auch da, muss sich um die Brote kümmern, wir sind schon zu spät dran heute. Ich habe ihn dann losgeschickt, dass er Sie holt. Es schien mir besser, sie zu holen als den Pfarrer. Er ist gütig, das ist er, kann keiner Fliege etwas tun. Weiß aber nicht, ob er schon viel von der Welt gesehen hat, wär mir vielleicht umgekippt. Und zwei Männer, die mir in der Backstube rumliegen, das geht nicht. Also hab ich gesagt, sie müssen kommen.«

»Und als sie gewartet haben, was haben Sie getan?«

Sie schaute uns offen an, ihre Gestik wieder lebhaft. »Die Brote mussten ja in den Ofen, da hab ich also angefeuert und die Laibe geformt und dann hineingeschoben. Und auf Sie gewartet.«

»Sie haben gebacken?«, entfuhr es mir.

Hoberg warf mir einen scharfen Blick zu. Schnell wandte ich mich wieder meinem Journal zu.

»Ja, die Brote mussten ja nach Hörde und Melchior hätte es nicht geduldet, dass wir nicht liefern. Er war sehr gewissenhaft.«

»Er war ein alter Geizkragen!«, ihr Bruder mischte sich ein, ließ seine Schwester los, griff hinter sich und zog einen kleinen Hocker heran. Direkt neben seiner Schwester ließ er sich nieder. Auch in dieser Position überragte er uns noch, wirkte aber deutlich menschlicher.

»Er war ein Pfennigfuchser!«

Sie schüttelte den Kopf. Wie es schien, war dies der Beginn eines Abtausch der bereits häufiger Teil einer geschwisterlichen Auseinandersetzung gewesen war. Die Sätze flogen uns in schneller Abfolge um die Ohren.

»Er hat für uns gesorgt.«

»Er hat nur das Nötigste getan.«

69

»Es war immer genug zum Essen da«

»Unnütz verschleudert, nichts hat er aus dem Geschäft gemacht.«

»Er hat die Mädchen an Kindesstatt angenommen«

»Und sich auch von ihnen bedienen lassen.«

»Wir hatten ein Dach über dem Kopf nach dem Tod von Herrmann.«

»Er hat sich ins gemachte Nest gesetzt!«

»Du hast ihn nie leiden können!«

»Und ich hatte Recht. Er war nicht gut für Dich. Ich habe es Vater damals gesagt, aber er wollte nicht hören. Nicht mal als dann das mit dem Brot-.«

Er verstummte und ballte die Fäuste. Seine Schwester ergriff seine Hand.

»Du weißt genau, dass das nicht seine Schuld war. Er hatte damals schlechtes Mehl bekommen.«

»Pah! Ich versteh Dich einfach nicht. Niemand konnte ihn leiden und Du verteidigst ihn immer noch.«

Sie zuckte wieder mit den Schultern.

»Was soll ich denn sonst tun? Ach Gottfried! Was soll nun werden?«

Fahrig ließ sie ihre Hände durch die Luft gleiten.

Hoberg räusperte sich.

»Was können Sie mir über die Verbindung zwischen Ihrem Mann und Kromberg sagen?«

Sie starrte ihn an.

»Was meinen Sie?«

Einzelne Strähnen hatten sich wieder aus der Haube gelöst. Mechanisch strich sie sie zur Seite.

»Ich möchte wissen, in welchem Verhältnis ihr Mann zu Kromberg stand.«

»In keinem. Ich...ich...«

Sie blickte hilfesuchend zu ihrem Bruder. Dieser aber schien nichts beisteuern zu wollen und zuckte nur mit den Schultern.

»Hat es denn nicht Streit gegeben?«

»Nein... Ja..«

»Worum ging es in dem Streit?«

Hoberg beugte sich erwartungsvoll vor, Sie wich etwas zurück. Richtete sich auf und verschränkte die Arme vor der Brust.

»Ich weiß es nicht.«

70

Sie löste die Hände und rieb sich die Handflächen. Letzte Teigreste rieselten in ihre Schürze.

»Mein Mann war kein schlechter Mensch. Manchmal vielleicht etwas aufbrausend.«

Ihr Bruder schnaubte, sie blickte in seine Richtung, er holte eilig ein Schnupftuch hervor und schnäuzte sich die Nase. Ich war dankbar, dass er nicht den Ärmel oder gar die Hand zu Hilfe nahm.

Hoberg strich sich über das Gesicht, lies die Hand auf seinem Mund und seufzte.

»Nun, vielleicht erzählen Sie uns erst einmal, was zwischen den beiden vorgefallen ist. Sie haben doch sicher-.«

»Mutter!«

Eine gelbe Haube, die nur mit Mühe rotes Haar bändigte, zugehörig einer schlanken Gestalt, schoss an uns vorbei. Ein junges Mädchen schlang ihre Arme um die Bäckerin, sank auf die Knie und vergrub ihr Gesicht in ihrem Schoß. Sanft strich die Ältere der Jüngeren über die Haube. Ein Schluchzer ertönte.

»Es ist so schrecklich. Er – .«

»Ist tot, ja ich weiß!«

Die junge Frau löste sich abrupt aus der Umarmung und blickte ihre Mutter an.

»Nein ich – .«

»Ja, Kind, ich weiß, das schmerzt. Schau nur, Amtmann Hoberg ist hier.«

Die Jüngere drehte sich um und ihr Blick fiel erst auf mich, dann auf Hoberg. Sie richtete sich auf und strich fahrig über ihr Kleid. Ihre Wangen waren gerötet, die Augen verweint. Ihre roten Haare schienen ein Eigenleben zu haben und suchten sich ihren Weg aus der Haube.

»Oh, bitte verzeihen Sie. Ich-«

»Meine Tochter Anna, Amtmann Hoberg. Sie ist von Trauer überwältigt, das arme Kind.« An ihre Tochter gewandt fügte sie hinzu.

»Du wolltest Dich etwas ausruhen, nicht wahr?«

Das Mädchen blickte verwirrt zwischen uns hin und her.

Auch ihr Onkel erhielt fragende Blicke und nickte ihr zu. Sie murmelte »Äh, ich. – .«

Hoberg unterbrach sie.

»Nun, vielleicht könnten Sie mir vorher ein paar Fragen – «

71

»Sie hat nichts gesehen. Sie hat geschlafen. Geh ruhig Anna.«

Fast schob sie das Mädchen hinaus, an der Tür drehte sie sich noch einmal zu uns um.

»Amtmann Hoberg, ich bin müde. Mehr weiß ich auch nicht, ich muss auch gleich wieder in die Backstube, muss nach dem Rechten sehen. Wer weiß was Hans sonst, mein Bruder kann ihre restlichen Fragen beantworten.«

Sie wartete keine Antwort ab und verschwand hinter ihrer Tochter in der Dunkelheit des angrenzenden Raumes.

»Nun Gildenmeister.«

Der Bär blickte seiner Schwester und seiner Nichte hinterher. Langsam drehte er sich zu uns um, die Schultern gesenkt, seine Augenbrauen zusammengezogen, aber diesmal nicht aus Wut. Er strich sich über das Kinn und schien über etwas nachzudenken. Fast zahm geworden blickte er den Amtmann an.

»Ich denke, es reicht jetzt Hoberg. Es ist für uns alle nicht leicht. Und weitere Fragen werden die Sache nicht besser machen. Wie ich gehört habe, haben sie auch schon den Täter. Warum dann noch weiter fragen. Führen sie ihm seiner gerechten Strafe zu und lassen sie uns in Ruhe.«

Er stand auf und seine Gestalt füllte wieder den Raum.

»Alles Weitere klären wir Bäcker unter uns, so wie es sich gehört.« Ohne einen weiteren Blick an uns zu verschwenden, folgte er den beiden Frauen.

Hoberg atmete schwer. Sein Kiefer zuckte. Die Lippen fest zusammengepresst stand er auf, eilte durch die Backstube, rief dem Gesellen etwas zu und verschwand nach draußen. Er war schon fast wieder am Kirchgarten St. Reinoldi, als ich ihn einholte.

Sein Atem ging stoßweise, Satzfetzen drangen an mein Ohr.

»Unschuldig. Das ich nicht lache. Netter Mensch. Hah! Hat es nicht gewusst. Pah! Das Mehl war schuld!« Er stoppte so plötzlich, dass ich gegen ihn stieß. Er blickte mich an, sein ganzes Gesicht wütend verzerrt.

»Was denken Sie? War er ein netter Mensch?«

»Äh? Ich weiß nicht ich hab ihn nie getroffen.«

Er nickte. »Glauben Sie mir, er war böse. Und wenn er niederträchtig war, wäre es nur gerecht, wenn ihn jemand umbringt. Nicht wahr?«

Was war denn in dieser Stadt los? Schon bei Gierig hatte es einen Disput um mögliche Begründungen für Mord gegeben. Allerdings, je mehr ich erfuhr... Zwar hatte die Bäckersfrau ihren Mann verteidigt, aber zwischen den Zeilen hatte es wirklich so geklungen, als wäre er nicht der netteste Vertreter unserer Art gewesen. Nun, wenn die Logik mir nicht zur Lösung verhalf, dann aber in jedem Fall der Glaube.

»Du sollst nicht töten!«

Hoberg schürzte die Lippen.

»Aber das Böse muss ausgemerzt werden, hienieden und fortan!«

Nun, mit einem alttestamentarischen Bibeldisput würden wir wohl auch zu keiner Lösung kommen. Ich versuchte es anders.

»Mir schien, seine Tochter trauerte um ihn und seine Frau war rotgeweint, er war wohl kein durch und durch schlechter Mensch.«

»Weiber können nicht immer die Wahrheit erkennen.«

Hier fehlte mir nun völlig die Erfahrung und ich schwieg.

Die Sonne kam hinter den Wolken hervor und wärmte meine Wangen. Ich genoss das Gefühl auf meiner Haut und die damit verbundene Hoffnung auf lindere Tage. Verwegen knöpfte ich die obersten Knöpfe meines Mantels auf und lockerte mein Tuch.

»Gehen wir zu Bäcker Jucho.«

Er schien meinen fragenden Blick zu spüren.

»Er ist der Bruder der ersten Frau.«

Welcher ersten Frau? Ich seufzte und folgte.

Meine Mutter hatte mich einmal zu einem Markt mitgenommen, auf dem ein Teppichweber seine Kunst zur Schau stellte. Ich war fasziniert gewesen, wie einzelne Fäden nach und nach zu einem Muster verknüpft wurden. Mir schien, als würde man mir hier auch nur Blicke auf einzelne Fäden ermöglichen, allerdings gab es keinen Webstuhl, auf dem ich sie zu einem Bild zusammensetzen konnte.

Wir bogen in eine kleine Gasse zwischen St. Reinoldi und einer weiteren kleinen Kapelle ein. Ein Windstoß fegte Aromen von Gerste und Roggen, Hinweise auf einen Fuselbrenner, über die Straße. Wieder wechselten sich kleine Wohngebäude, Gärten und Ställe ab. Kurz vor St. Petri passierten wir ein Wirtshaus. Zum Schwan verkündete ein verwittertes Holzschild. Beim Nachbarhaus hielt Hoberg an, und klopfte. Nach einem erneuten Klopfen öffnete sich über uns ein Fenster.

»Ja? Wer stört?«

»Amtmann Hoberg, Bäcker Jucho.«

»Was wollen Sie?«

»Es geht um Ihren Schwager. Bäcker Boemke.«

»Er ist nicht mehr mein Schwager, aber ja, einen Moment.«

Das Fenster schloss sich und ein paar Minuten später öffnete uns ein weißhaariger Mann die Tür.

»Amtmann«, nickte er und wies uns den Weg hinein.

Die Wohnstube zeugte von der Abwesenheit einer weiblichen Hand. Spinngewebe in den Ecken, Asche vor dem Kamin und ein zerbrochener Krug auf einem Regalbrett. Es roch nach kaltem Tabak und einer dunklen Mischung aus Alter und Einsamkeit.

Schwer ließ sich der Mann auf einen Schemel sinken, der windschief neben einem grob behauenen Tisch stand. Mühsam bewahrte der Alte das Gleichgewicht und stützte seine Fäuste auf den Knien ab.

»Setzen Sie sich doch.«

Wir besetzten die Bank gegenüber. Der Amtmann rieb sich die Hände und ich holte meinen Stift und das Notizbuch heraus. Ich war froh, endlich auf einer Unterlage notieren zu können. Die Balanceakte auf meinem Oberschenkel waren der Lesbarkeit meiner Schrift nicht zuträglich.

Hoberg legte seine Hände auf den Tisch und sprach fast milde: »Wir stören nicht lange, Bäcker Jucho. Sie haben es sicher schon gehört, Bäcker Boemke wurde am Samstagmorgen getötet.«

Ein Grunzen, der Alte fuhr sich mit dem Handrücken über den Mund. »Schon gehört, ist nicht schade drum.«

»Weil er schlechtes Brot verkauft hat?«

»Ach das« mit einer groben Handbewegung wischte Jucho diese Vorstellung beiseite.

»Also hat er schlechtes Brot verkauft?«

»Brot, Brot. Es geht doch hier nicht um Brot. Er hat meine Schwester auf dem Gewissen!«

Ich blickte auf. Die weißen Strähnen umrahmten das runzelige Gesicht. Seine Brauen waren zusammengezogen, seine Lippen verkniffen. Ein kleiner Tropfen schlich sich verstohlen über seine Wange.

»Sie war jung, wissen sie. Und gütig. Sie hat sogar den Hund gestreichelt. War ein liebes Kind.«

Hoberg war kaum zu hören. »Erzählen Sie es uns.«

74

»Da gibt es nichts zu erzählen. Er hat sie ins Grab gebracht. So ist das. Hat sie nicht gut behandelt. Das hat sie nicht verdient. Meine kleine Marie. Sie war ein liebes Mädchen. Als Vater ihn uns vorstellte, schien sie sogar glücklich.«

Er griff unter seine Schürze und holte ein Tuch heraus. Vermutlich war es einmal weiß gewesen. Er wischte sich über die Augen und schnäuzte sich.

»Er war höflich zu ihr. Hat sich bestimmt heimlich die Hände gerieben, bekommt eine Hübsche und den Anteil an der Bäckerei gleich dazu. Gab ja nicht viele hier, die er hätte haben können. Und wir Bäcker wir achten schon drauf, dass kein Fremder reinpfuscht. Achten auf unsere Leute. Dann, nach der Hochzeit, da hat er sein wahres Gesicht gezeigt. Dachte erst, es ist, weil ich noch da bin. Aber er war geizig und ich denke auch er war grob zu ihr. Aber sie hat geschwiegen. Hat immer gesagt, ich bilde mir was ein. Sie wäre nun ein Eheweib, da wär nun mal alles anders. Aber das war es nicht. Nicht allein. Sie hat sich verändert. Ich habe es in ihren Augen gesehen. Sie war kein Mädchen mehr.«

Seine Hand hinterließ ein kratzendes Geräusch auf seinem Kinn.

»Dann wurde sie schwanger. Ein Junge. Sie blühte auf. Boemke war stolz und schien fast freundlich.«

Er fuhr sich mit dem Zeigefinger über Stirn und die Nasenwurzel. »Ich sehe sie noch mit dem Kleinen auf dem Schoss. Die Wangen gerötet, die Augen blitzten.«

Seine Hand sank herab, sein Blick verlor sich in der Vergangenheit.

»Dann war das Kind tot. War einfach nicht mehr aufgewacht. Lag da, eiskalt. Sie brach zusammen. Und als wäre es nicht schon schlimm genug für sie, hat er.«

Er seufzte tief.

»Er gab ihr die Schuld.«

Jucho sank in sich zusammen. Während der Erzählung schien er noch älter geworden zu sein.

»Ich habe versucht zu vermitteln. Er hörte gar nicht zu. Er tobte und beschuldigte sie.

Am nächsten Morgen fand man sie in der Scheune. Sie hatte sich einen Strick um den Hals gelegt und war gesprungen. Wir konnten sie nicht einmal in geweihter Erde bestatten. Ich hasse ihn. Von ganzem Herzen. Er hat sie dazu getrieben. Meine kleine, unschuldige Schwester.«

Die Stille lastete schwer auf uns.

Hoberg räusperte sich. »Es tut mir leid. Nun, er war wohl wirklich kein guter Mensch.«

Jucho zuckte nur leicht und starrte auf den Tisch.

Mit einem Seitenblick auf mich fuhr der Amtmann fort,

»Wissen Sie, ob er Streit mit jemandem hatte?«

»Nein. Ich weiß nicht. Vermutlich. War nie sehr zurückhaltend mit seiner Meinung. Aber ich weiß es nicht. Ich gehe nicht mehr so oft hinaus.«

»Kennen Sie den jungen Kromberg?«

»Den Jungen vom Schmied?«

Hoberg nickte.

»Ein netter Junge. Vielleicht ein bisschen wild. Sucht noch seinen Platz.« Der Alte schien froh zu sein, das Thema wechseln zu können.

»Ist auch nicht verwunderlich. War ja ein schreckliches Unglück damals.«

Er blickte in die Ferne, dann wieder zu uns und bemerkte meinen fragenden Blick. Fast wie einer der Fabulanten vom fahrenden Volk setzte er sich in Pose.

»Schätze, er muss etwa dreizehn oder vierzehn gewesen sein. Die ganze Schmiede stand eines Nachts in Flammen. Keiner konnte sagen warum. Der Schmied galt immer als zuverlässig und hätte nie unbeaufsichtigtes Feuer geduldet. Da war nichts mehr zu machen. Ein schreckliches Unglück. Und dann griffen die Flammen auf das Wohnhaus über. Seine Mutter wollte noch das Baby holen. Aber es war zu spät. Man konnte nicht mehr hinein. Und sie kamen nicht mehr hinaus. Das hat den Vater schwer getroffen. Der Junge war verstört. Hatte sehr an seiner Mutter gehangen.«

Schon wieder ein Brand, dass in dieser Stadt überhaupt noch Gebäude standen.

Hoberg hakte nach.

»Und er ist übel geraten?«

Der Alte schüttelte bedächtig den Kopf und kratze sich die Brust.

»Davon weiß ich nichts. Hielt ihn immer für einen netten Jungen.«

Er kratzte sich erneut.

»Können Sie uns sonst etwas sagen?«

Er hob bedächtig sein Haupt, griff sich ans Kinn und bewegte dann langsam seinen Kopf hin und her.

»Nein. Aber wer auch immer Boemke getötet hat, er sollte nicht bestraft werden. Er hat die Welt von einem Übel befreit.«

Et tu, Brute?

Er kratzte sich am Hinterkopf und blickte stumpf auf den Tisch. Wir erhoben uns, nickten stumm und überließen ihm seinen Gedanken.

Wir traten hinaus und ich atmete tief in die klare Winterluft. Die Wolkendecke hatte sich aufgelöst und die Wintersonne schien stündlich kräftiger zu werden. Ich wandte mich ihr zu, schloss die Augen und genoss die wärmenden Strahlen.

»Nun, was halten wir davon?!« Hoberg wies mit dem Kinn zur Haustür.

»Hmm?«

Je mehr ich über den Bäcker erfuhr, desto eher war ich geneigt, Juchos letzten Gedanken zu teilen. Jemand hatte die Stadt von einem Übel erlöst. Auch Hoberg schien diesen Gedanken zu haben. Mindestens sein Urteil über den Bäcker war bereits zuvor mehr als deutlich gewesen.

»Einer, der seine erste Frau in den Selbstmord treibt, seine zweite nicht gut behandelt und schlechtes Brot verkauft.«

Ich stimmte ihm zu, war aber nun wirklich neugierig.

»Was ist das mit dem schlechten Brot?«

Auch Hoberg schien das frühlingshafte Gefühl zu genießen und hielt sein Gesicht Richtung Sonne.

»Ach, ja, Sie sind ja nicht von hier. Hier weiß das jeder. Im Winter 1779 wurden Menschen von seinem Brot krank.« Er wandte sich den Türmen der Petrikirche zu.

»War schlimm damals. Es gab eine Untersuchung. Er hat sich rausgeredet, es sei nur verdorbenes Mehl gewesen, aber davon stirbt man doch nicht.«

»Es sind Menschen gestorben?«

Er schien mich nicht zu hören.

»Es war sicher Alaune oder Kalk. Wollte nur mehr Gewinn machen. Sie hätten ihn Schupfen sollen.«

Vor mir sah ich den Beleibten in einen engen Holzkäfig gequetscht, wie er immer wieder in einen Fluss getaucht wurde. Aus seinen Haaren rann das Wasser, sein Gesicht war nach Atem ringend verzerrt.

77

Ich hatte schon von Bäckern in Konstantinopel gehört, die ihr Brot zu leicht backten und dann mit ihrer Zunge an einen Pfahl genagelt wurden und in Wien waren sie vor 20 Jahren dafür gewippt worden. Aber mit Kalk oder Alaune gestrecktes Brot? Wie kommt man auf so etwas?

Hoberg öffnete die oberen Knöpfe seines Mantels.
»Wann können Sie mir die Protokolle vorbeibringen?«
»Ich äh, ich denke, wenn ich jetzt.«
»Gut, dann berichte ich jetzt Gerstein, von den Fortschritten und heute Abend treffen wir uns im Schwarzen Raben und sie bringen die Protokolle mit.«
Er wartete keine Antwort ab und stapfte Richtung St. Petri davon.

Auf dem Weg zum Markt spazierten Bruchstücke der Ereignisse des Tages durch meine Gedanken. Die klappernden Knochen, das nur in meiner Phantasie existierende blutige Mehl und das rothaarige Mädchen. Ich sah den Alten vor mir, wie er von seiner Schwester und seinem Neffen sprach und wie der Gildenmeister die Hand seiner Schwester ergriffen hatte. »Alles Weitere klären wir Bäcker unter uns.« Was wohl noch zu klären wäre? Auch Jucho hatte angedeutet, dass die Bäcker unter sich blieben. Ob Wenker zuvor schon Dinge selbst in die Hand genommen hatte? Je länger ich dem Amtmann folgte, desto mehr Personen lernte ich kennen, die mir verdächtiger schienen als der blonde Junge im Stroh. Und was war zwischen Mutter und Tochter gewesen? Es schien mir fast so, als hätte die Tochter zunächst von einer anderen Tragödie gesprochen. Aber was wusste ich schon. Vielleicht hatte ich das alles auch falsch verstanden.

Eine halbe Stunde später verkündete ein Glöcklein über der Tür mein Eintreten in den Spezereienhandel Brockhaus am Markt. Vor mir eine breite Theke mit unzähligen kleinen Schubladen. Rechts davor Fässer mit sorgfältig beschrifteten kleinen Anhängern. Ich las Grütze, Bohnen, Graupen und Heringe. Salzige Aromen nach Stockfisch und Pökelfleisch mischten sich mit Gewürzen und dem stechenden Geruch von Seife. Das breite Angebot überraschte mich.
»Guten Tag. Wie kann ich Ihnen dienen, mein Herr?« Aus dem hinteren Bereich, durch eine kleine Tür, vor meinem ersten flüchtigen

Blick verborgen durch einen Stapel Kisten mit Tee und Kaffee, trat ein Mann in einem grauen Kittel heran.

»Guten Tag. Ich benötige Papierbögen.«

Er trat an die linke Seite des Ladentischs. Darüber hing von der Decke an einer dicken Eisenkette eine große Waage. Er beugte sich nach unten. Wir führen Lösch- und Druckpapier. Ich kann aber auch feinstes Velinpapier besorgen.«

Gleich würde er mir noch holländisches Postpapier vorschlagen. Die Leere meiner Börse würde ihn überraschen.

»Äh, Druckpapier bitte.«

Er nickte und notierte etwas. In den Regalen hinter ihm lagen und standen unzählige Tiegel, Gläser und Kistchen. An der linken Seite stapelten sich Stoffe, rechts stand ein Fass und darüber waren zwei Leinensäckchen an einem Deckenbalken befestigt.

Er blickt wieder zu mir und rieb sich das Kinn.

»Benötigen Sie Quart- oder Folioformat?«

Ich zuckte mit den Schultern. Es war ja nicht so, dass ich offizielle Briefe schreiben wollte. Allerdings sollte ein Protokoll doch eher förmlich sein. Puh. »Äh, vielleicht fünf im Folioformat?!« Allein mit dem heutigen Bericht würde ich zwei Seiten füllen. Und Folio erschien mir dem Anlass angemessener. Ich würde Hoberg fragen, ob ich wie bei einem Brief in verschiedene Richtungen übereinanderschreiben dürfte. Ich bezweifelte, dass seine Antwort im Sinne der Ersparnis mehrere Blätter ausfallen würde.

Er notierte erneut.

»Dann bekomme ich bitte vier Taler und zwei Groschen.«

Er drehte sich um, öffnete eine Lade hinter sich und drehte sich mit Papier in der Hand wieder zurück zu mir.

»Ähm, ich bin, also ich habe, also man sagte mir, ich könne hier mit einem Konto der Schule – .«

Er stütze seine Hände auf die Theke und lächelte mich freundlich an. »Oh, dann sind Sie Schulmeister Aldenhagen? Hab, mich schon gefragt, wann ich Sie kennenlernen werde. Unsere Schulmeister sind immer wieder gerngesehene Kunden hier.«

Er griff nach einem dicken Kassenbuch und notierte vermutlich meine Bestellung sorgfältig.

Erleichtert nickte ich.

79

»Ja, bin ich, ich bin seit Samstag in der Stadt.«

Er schloss das Buch und begann meine Papiere einzupacken.

»Und wie gefällt es Ihnen so bei uns?«

Eigentlich eine berechtigte, die Höflichkeit gebietende Frage, aber wie sollte ich darauf antworten? Welche Floskel war angemessen, wenn man eigentlich sagen wollte, dass man bereits nach drei Tagen in mehr Abgründe geblickt hatte als zuvor im ganzen Leben? Ganz zu schweigen von einer näheren Bekanntschaft mit einem Toten und einem Besuch im Gefängnis.

»Ähm, nun, ja es ist.«

»Schulmeister Aldenhagen?!«

Ich fuhr herum und blickte auf einen der Jungen vom Vormittag, die sich so tapfer mit Ovid geschlagen hatten.

»Arnold?!«

Er nickte eifrig.

»Ja, genau. Was können wir für Sie tun? Sollen wir Bücher für Sie bestellen. Oder für die Messeangebote subskribieren?« Wie eine kleine pausbäckige Putte hüpfte er aufgeregt von einem Bein auf das andere.

»Junge, lass den Schulmeister in Ruhe. Hat immer Bücher im Kopf.«, fügte er an mich gewandt hinzu. War nicht das Schlechteste, wie ich fand, enthielt mich aber angesichts seines Tonfalls einer Erwiderung.

»Wird im Mai nach Düsseldorf gehen und da eine Kaufmannslehre beginnen. Wird einmal mit seinem Bruder das Geschäft übernehmen.«

Ungebremster Vaterstolz sprach aus ihm, der Junge schien von diesem Plan nicht ganz so begeistert. Seine zuvor noch lebhaft blitzenden Augen blickten nun betrübt auf seine Schuhspitzen.

»Hier, nehmen Sie. Ich regle alles mit Prof. Gierig.«

Ich nahm meine erstandenen Bögen – sorgsam verpackt – entgegen, verabschiedete mich vom Vater, nickte dem Sohn zu und ließ erneut das kleine Glöckchen ertönen.

Ein pfeifender Wind erfasste mich und ließ mich unwillkürlich meinen Mantel fester fassen. Zwar schien die Sonne noch immer, aber die Kälte des Windes hatte doch wieder die Oberhand gewonnen. Das Paket fest an mich gepresst und den Kopf leicht gesenkt, lenkte ich meine Schritte zurück auf den Markt. Das Nachlassen der Böen kurz vor dem Brunnen empfand ich als freundliche Geste der Steinbauten am Platz. Hier konnte man noch den mittelalterlichen Geist der Hanse ahnen. Nicht windschief, in ihrer Struktur prächtig, wenn auch in die Jahre gekommen, rahmten die mehrstöckigen Steinbauten das Areal, im Zentrum das Rathaus mit Wappen und Flagge.

»Schulmeister Aldenhagen? Hallo?«

Die Frauenstimme hinter mir war zwar leise, aber dennoch eindringlich.

»Schulmeister Aldenhagen? Bitte, entschuldigen Sie.«

Ich wandte mich um.

Zwei Frauen, eine gut gekleidet mit einer gebundenen Haube, neben ihr ein Mädchen mit einem großen geflochtenen Korb, aus dem leises Grunzen erklang.

»Schulmeister, Herr Aldenhagen. Bitte, Sie müssen mich anhören. Es geht um meine Schwester, verstehen Sie?!«, gehetzt sprudelte sie ihre Worte hervor.

»Sie waren heute Morgen bei meiner Mutter. Anna war auch dort. Und jetzt ist sie ganz verstört. Bitte, Sie müssen mir zuhören. Sie liebt ihn, verstehen Sie?«

Nein, ganz und gar nicht.

»Nun, Frau – ?«

»Geyer, ich bin Regina Geyer. Boemke ist, nun war, unser Stiefvater. Ich habe Angst um Anna. Sie ist anders als ich. Sie würde für ihn sicher auch etwas Dummes tun.«

»Für ihren Stiefvater?«

Ihre Augen weiteten sich, der Korb des Mädchens grunzte erneut und es legte seine Hand auf das Tuch.

»Nein, für Casper. Verstehen Sie denn nicht? Sie liebt den Jungen. Sie wollten heiraten. Mein Stiefvater wollte das nicht zulassen. Aber Mutter hat sich auf ihre Seite geschlagen. Es gab ständig Streit deswegen.«

Langsam schoben sich die Teile zu einem Bild.

»Ihre Schwester will den Mann heiraten, der ihren Vater.«

»Stiefvater!«

»Der ihren Stiefvater getötet hat.«

»Er hat ihn nicht getötet. Niemals. Ich kenne Caspar. Er kann keiner Fliege was zu Leide tun. Er versucht nur, ein Auskommen zu haben.«

»Ein Auskommen?«

81

Laut schlugen die Glocken.

»Oh nein, ich muss gehen, bitte, Sie müssen etwas tun. Das Glück meiner Schwester steht auf dem Spiel.«

»Ein Auskommen? Was meinen Sie?«

Aber sie raffte bereits ihre Röcke und eilte über den Markt nach Norden. Mit dem inzwischen quiekenden Korb im Arm folgte ihr die Jüngere.

Verwirrt blickte ich beiden nach, und während die Glocken die vierte Stunde des Nachmittags verkündeten, lenkte ich meine Schritte Richtung Burgforte und hoffte, das Angebot Köppens am gestrigen Abend wäre nicht nur einer Weinlaune zu verdanken.

Ich war gerade an St. Reinoldi vorbei, da erblickt ich linker Hand das von Köppen beschriebene Gebäude. Ein kleines Eckhaus, dass weniger durch seine Architektur, wie hier überall, grauer, leicht angegriffener Stein und dunkle Balken, sondern durch den intensiven Bewuchs durch Efeu auffiel. Die Fester wie kleine Durchlässe im fast undurchdringbaren Gestrüpp. Über der Tür eine kleine Messinglaterne. Ich ordnete meinen Mantel, strich mir einmal über die Haare, atmete tief durch und klopfte. Nach einem kurzen Moment stand der Hausherr selbst vor mir.

»Ach, der Herr Schulmeister. Schön, dass Sie gekommen sind. Kommen Sie herein, es ist so kalt draußen.«

Seine freundlichen Worte nahmen mir die Angst, seine Einladung missdeutet zu haben. Er trat mit einer weitgreifenden Armbewegung einen Schritt zurück. Ein kleiner düsterer Flur, von dem zwei Türen abzweigten und eine Stiege nach oben führte.

»Kommen Sie hier.«

Er wies auf die linke Tür und öffnete sie für mich. Ich blickte in sein Arbeitszimmer. Auf einem großen Tisch lagen aufgeschlagene Bücher, ein paar getrocknete Pflanzen und ein Vergrößerungsglas. An der Wand dahinter, vermutlich von weiblicher Hand gestickt und Köppen verehrt, der Denkspruch Labor ipse voluptas. Unter dem Tisch erkannte ich Schubfächer, die vermutlich Sammlungen von Steinen, Insekten oder Gewächsen enthielten. Vor dem Fenster zwei Schränke, einer mit kleinen Flaschen, der andere mit Büchern bestückt, an der Wand ein Barometer.

»Treten Sie nur ein. und schauen Sie sich um. Wenn Sie etwas Zeit haben, bitte ich Luisen um einen Tee für uns?« Er war schon fast wieder zur Tür hinaus.

»Nun, wenn ich nicht störe?«

»Ach was, ich freue mich über Ihren Besuch. Und mein geliebtes Eheweib ist froh, wenn ich sie nicht mit meinen Gedanken über Bücher langweile.« Er verschwand hinter der Tür.

Ich trat einen Schritt näher ans Regal und blickte neugierig auf die Bücherrücken. Linné, Virgil, und Fieldings Tom Jones. Augenblicklich beneidete ich den Mann. Ich strich ehrfurchtsvoll über die Buchrücken. Hinter mir trat der Buchhändler wieder ins Zimmer, in seiner Hand ein Tablett mit Kanne und Teegeschirr.

»Meine Frau lässt sich entschuldigen, heute ist Waschtag. Ich hoffe, Sie bestehen nicht auf Förmlichkeit, wir werden uns selbst bedienen müssen, fürchte ich.«

Er schaffte sich mit dem Ellbogen etwas Platz auf dem Schreibtisch und schenkte zwei Tassen ein.

»Nehmen Sie Zucker?«

Ohne meine Antwort abzuwarten, gab er etwas Zucker in beide Tassen.

»Ach, geben Sie mir doch Ihren Mantel. Ach, ich bin aber auch einer.«

Ich schälte mich aus dem Mantel, er warf ihn nachlässig über einen Stuhl, gab mir eine Tasse und mit seiner in der Hand, trat er zu mir ans Bücherregal.

Schauen Sie, ich habe eine Erstausgabe von der Insel Felsenburg. Hier«, er trat neben mich und griff in das Regal.

Die nächste halbe Stunde verflog in einem Staunen meinerseits, einem Präsentieren seinerseits und einem regen Austausch über Bücher, von denen wir gehört hatten und die wir gedachten zu lesen. Selbstverständlich war die Anzahl meines Anteils höher als seiner, dennoch erkannte ich den Hunger nach Gedrucktem in ihm, der auch mich oft umtrieb. Als ich signalisierte aufbrechen zu wollen, wiederholte er seinen Vorschlag, dass ich mir doch eines der Werke ausleihen könnte.

»Vielleicht ist das etwas für Sie?«

Er legte mir ein Büchlein in die Hände. Jonathan Swifts Reisebeschreibungen.

»Oder sind Sie eher ein Freund der Poesie?« Er langte nach oben.

83

Ich berührte mit der Hand seinen Unterarm.

»Oh bitte, wenn ich vielleicht?!«

Er folgte meinem Blick und lächelte »Sternes Shandy also. Eine ausgezeichnete Wahl.«

Er griff nach dem Buch und reichte es mir. Ehrfurchtsvoll strich ich über den Einband. Leder? Leben und Ansichten von Tristam Shandy, Gentleman. Der erste und zweite Band. Langsam wärmte sich der Einband in meinen Handflächen. Ohne Schwierigkeiten hätte ich mich ohne viel des Federlesens niederlassen können, um sofort in den spöttisch-philosophischen Betrachtungen zu versinken.

»Ich, ich, ich weiß nicht.«

Köppen winkte ab.

»Bringen Sie es einfach zurück, wenn Sie fertig sind und dann machen Sie mir die Freude und berichten Sie mir von Ihrem Eindruck. Ich spreche so gerne über Bücher.«

Ich lächelte. Das war bisher kaum nicht zu bemerken gewesen.

»Ja, das mache ich. Ich freue mich darauf!«

Er legte mich seine Hand auf den Unterarm.

»Ich freue mich auch. Es ist schön, in Ihnen einen Mann mit gleichen Interessen zu erkennen.

Ich schluckte. Was ich erwidern könnte, träfe nicht mal im Ansatz die Glücksgefühle meines Herzens, so schwieg ich. Auf der Suche nach angemessenen Abschiedsworten, fiel mein Blick auf den Schrank, in dem ich in der Zwischenzeit einige der Bezeichnungen auf den Fläschchen entziffert hatte. Salpeter, Virtiol, Phosphor. Vielleicht war er auch Freund von Experimenten der Chemie?

»Können Sie sich vorstellen, warum man Alaune oder Kalk in einen Brotteig mischen würde?«

Wenn er durch meinen Themensprung verwirrt war, so zeigte er es nicht.

»Alaune oder Kalk? Beides gehört nicht in ein Brot.«

»Ja, aber was würde passieren, wenn man es einem Brot zuführt?«

Er legte die Fingerspitzen aneinander.

»Ah, ein Experiment? Nun, vermutlich würde man nach dem Genuss Magenschmerzen bekommen. Hmm, und das Brot würde heller werden.«

84

Heller? Hmm, warum sollte ein Schwarzbäcker sein Brot heller machen wollen?

»Aber junger Mann, Sie wollen doch nicht Ihr Metier wechseln?«

»Nein, Nein.« Ich schüttelte den Kopf. »Mir gehen nur ab und zu Fragen durch den Kopf.«

Er lachte. »Etwas, das noch keinem Geist geschadet hat, solange er auch nach den Antworten strebt. Wenn Sie möchten, halte ich Ausschau nach entsprechenden Experimenten. Vielleicht findet sich in Baedeckers Unterlagen auch noch ein Artikel.«

Ich befand, seine Gastfreundschaft schon überstrapaziert zu haben, verzichtete auf eine neugierige Nachfrage und verabschiedete mich.

Auf dem Weg zurück zum Fahrenbergschen Haus nahm mich der Wind wieder in eine unwillkommene Umarmung. In der Ferne zogen sich dunkle Wolken zusammen. Das Wetter schien sich nicht entscheiden zu können. Ich beeilte ich mich, ins Warme zu kommen. Anstatt mich mit Aufwand oben umzukleiden, nutze ich einen Haken in der Wand, den ich am Abend zuvor schmerzhaft mit der Stirn entdeckt hatte, als ich im Dunkeln versucht hatte, mich an der Wand entlang zu tasten. Er war hoch genug angebracht, dass der Mantel fast hängen konnte, und nah genug am Kamin, dass er hoffentlich schnell trocknen würde. Mit Hilfe einer Schnalle klemmte ich ihn fest. Mir fiel einer meiner alten Lehrmeister ein. Er war Veteran gewesen und hatte einen Holzbügel besessen, auf dessen aufwärtsgebogenen Enden, er die gewichtigen Epauletten seiner Uniformjacke zur Trocknung auflegen konnten und so in jeder Jahreszeit jederzeit bereit war, in vollem Ornat zu erscheinen. Ob einer der Handwerker hier, mir einen solchen Bügel? Ach Firlefanz und Kikelkakel als hätte ich auch nur einen Stüber über. Ich opferte ein wenig Holz und bald knisterten die Scheite behaglich vor sich hin.

Ich ließ mich auf der Bank nieder, blätterte im Shandy, las ein paar Zeilen, konnte mich aber nicht auf das Schicksal von Walter und Toby konzentrieren, selbst das Steckenpferd zog mich nicht wie erwartet in seinen Bann, zu viel schwirrte mir im Kopf herum. Ich seufzte und beschloss, mich zunächst mit den Anfertigungen der Protokolle zu beschäftigen, die Hoberg heute Abend erwartete.

Auf dem Tisch breitete ich mein Journal mit den Notizen neben den neu erworbenen frischen Papierbögen aus. Meinem Schreibkästchen entnahm ich meine Tintenfässchen und die vorbereiteten Federn.

Ich nahm am Tisch Platz und begann mit der Niederschrift. Während ich meine Einträge zu Papier brachte, tauchten einzelne Sätze und Momente in meiner Erinnerung auf. Sie machten auf sich aufmerksam wie Luftblasen in einem Teich an einem lauen Sommerabend. Doch sie verschwanden auch ebenso schnell. Ich nahm mein Notizbuch zur Hand und notierte auf einer leeren Seite:

Bäckermeister Melchior Boemke, Opfer

Caspar Kromberg, Täter

Ich strich Täter durch und schrieb Verdächtiger daneben.

Ehefrau (zweite) trauert, bestreitet Streit.

Tochter trauert sehr.

Hier fiel mir die Begegnung auf dem Markt ein. Nein, die Schwester hatte nicht von Trauer um den Vater – Stiefvater – gesprochen, sondern von Liebeskummer und Angst um den Jungen Caspar. Ich fügte hinzu:

Um den Vater oder um den Verdächtigen? Liebeskummer?

Der Bruder, der Schwager hasst Boemke.

Regina, Annas ältere Schwester hält Caspar für unschuldig.

Selbstmord der ersten Frau – Boemkes Schuld? Bäcker Jucho hasst ihn auch. Nein, diesen Greis konnte ich mir einfach nicht knüppelschwingend vorstellen. Dann eher den Bruder der zweiten Frau. Gildenmeister – ich blätterte, bis ich den Namen gefunden hatte.

Gildenmeister Wenker. Aber warum?

Viele Ehefrauen wurden von ihren Männern nicht gut behandelt. Aber deswegen direkt den Mann der Schwester töten?

Oder war es wegen des schlechten Brotes? Der Bär hatte erklärt, man würde das in der Gilde unter sich regeln. Aber sicher hatte er nicht gemeint, dass man einen aus den eigenen Reihen umbrachte, nur weil er kein guter Bäcker war? Oder ging es um Konkurrenz? Soweit ich wusste, regelten die Gilden Wettbewerb bereits durch Heiratspolitik und eine festgesetzte Anzahl neuer Lehrlinge innerhalb der Familien. Vermutlich hatten sie auch Möglichkeiten, Gildenmitglieder auszuschließen ohne sie direkt zu dem Schöpfer oder, wie vermutlich in diesem Falle, dem Erbfeind zuzuführen.

In Gedanken stellte ich den Gildenmeister zunächst an die Seite. Zurück zum Kern. Was war mit Caspar Kromberg und Anna? Regina hatte von Liebe zwischen den beiden gesprochen. Und davon, dass es Streit um mögliche Hochzeitspläne gegeben hatte.

Aber brachte man denn seinen zukünftigen Schwiegervater um, nur weil dieser nicht zu eben diesem werden wollte? Was hätte die Tochter wohl dazu gesagt? Nun, die Stieftochter, wie die Schwester betont hatte. Einer Stieftochter, deren Mutter er auch nicht gut behandelt hatte. Vermutlich auch nicht seine Stieftöchter. Aber Frauen schlugen nicht zu, oder? Sie mordeten mit Gift. Ich hatte über eine Marquise de Brinvilliers gelesen, die ihren Vater und ihre Brüder vergiftet hatte. Aber nein, dem Bäcker war der Schädel eingeschlagen worden. Vielleicht doch von dem Jungen? Was aber, wenn beide unschuldig waren?

Ein Tropfen Tinte löste sich aus der Federspitze. Ich nahm ein Tuch und tupfte ihn ab. Im Tuch zerfaserte sich die Farbe. Kleine Verästelungen, wie ein Symbol. Ich kam nicht drauf. Warum war eigentlich Kromberg verhaftet worden? Ich erinnerte mich nicht. Es schien bereits alles geregelt gewesen, als ich kam. Kromberg war schuldig und es war nur unklar, warum er es getan hatte. Wenn er es aber nicht getan hatte?

Der wütende Schwager beugte sich mit geballten Fäusten über den zerschmetterten Schädel. Dann beleuchtete fahles Mondlicht den weißhaarigen Jucho, wie er sich von hinten heranschlich, den Brotschieber mit beiden Händen gepackt.

Fahles Mondlicht. Meine Phantasie ging mit mir durch. Aber wäre es nicht doch denkbar, dass nicht Kromberg der Mörder war. Regina schien überzeugt davon. Hoberg wollte Gerstein Bericht erstatten, wenn nun aber doch alles anders war? Würde das nicht einen Unschuldigen verdammen? Und den Amtmann in ein schlechtes Licht rücken? Ich sprang auf, Tintenspritzer verunzierten meine Notizen. Hastig warf ich den Mantel über und hetzte zum Richthaus.

Auf mein aufgeregtes Klopfen erschien der Automat.

»Sie wünschen?«

Keine tiefe Verbeugung, er stand brettsteif, als hätte man vergessen, seine Zahnrädchen aufzuziehen. Er musterte mich.

»Ah, der Schulmeister.«

Keine Freude, keine Ablehnung, nur eine Feststellung.

»Der Herr Amtmann hat Besuch.«

Eine weitere Konstatierung.

»Bitte ich muss mit ihm reden. Sofort.«

Kein Durchkommen. Trotz eines, wie ich fand, durchaus Marktpolizist tauglichem Befehlston.

»Herr Amtmann hat Besuch.«

Das wusste ich bereits.

Ich verlegte mich auf flehende Bettelei in Stimme und Mimik.

»Bitte!«

Der Automat griff nach der Tür und trat einen Schritt zurück. Ich machte mich bereit, meinen Fuß in die Tür zu stellen, er würde mir nicht die Pforte vor der Nase schließen!

»Ja nun Hoberg, das machen Sie gut.«

Hinter dem Ratsdiener ertönte Gersteins Stimme.

»Denken Sie daran, vor der Wahl soll alles geregelt sein.«

»Bitte Klagcamerarius Gerstein, und mein Amt?«

»Nicht jetzt Hoberg. Ich erwarte erst Ergebnisse. Wenn Sie sich bewähren, dann werden Sie auch angemessen belohnt werden.«

Die Stimmen näherten sich der Tür und der Ratsdiener wich zur Seite.

»Hoberg, ich erwarte ihren nächsten Bericht.«

In der Tür erschien Gerstein, erblickte mich, musterte mich stumm.

»Amtmann Hoberg«, ein Nicken in den Raum hinter sich, »Ratsdiener, Schulmeister« gerade noch so konnte die Kopfbewegung in unsere Richtung als Kenntnisnahme unserer Anwesenheit gedeutet werden, und er ging.

»Amtmann Hoberg, hier ist Besuch für Sie.«

Der Ratsdiener verstellte mir weiter den Weg, blickte aber nun ins Innere des Gebäudes.

»Amtmann Hoberg!«

Ich war mir nicht zu schade, mich wippend zu recken und auf mich aufmerksam zu machen.

»Ich bin es, Lehrer Aldenhagen. Ich muss Sie sofort sprechen.«

Er kam zu Tür. Er wirkte müde und als wäre er in Gedanken weit weg.

»Nicht jetzt Aldenhagen. Nicht jetzt.«

Er drehte sich um, nahm im Gehen seine Perücke ab und der Ratsdiener trat mir in den Weg.

»Sie haben ihn gehört. Bitte gehen Sie.«

Ich trat einen Schritt zurück, die Tür schloss sich mit einem dumpfen Ton.

Das war deutlich. Der Schreiberling wurde nicht gebraucht. In meine Enttäuschung mischte sich Mitleid. Gerstein musste ihm zugesetzt haben. Was für Konsequenzen wohl dem Amtmann drohten, wenn bis zur Wahl nicht alles aufgeklärt wäre? Nun, jetzt konnte ich erst einmal nichts tun.

Es war sowieso zu spät, Hoberg hatte Gerstein bereits berichtet. Nun, dann würde ich beim Abendessen mit ihm reden.

Ein süßlicher Geruch unterbrach meine Gedanken. Ich atmete tief ein und wie von unsichtbarer Hand geführt, ging ich die Straße entlang. Schmalzkringel. Aller Sparsamkeit zum Trotz erstand ich eine ganze Tüte. Ich beschloss, die Protokolle zu beenden und mich dann, begleitet von Schmalzkringeln, endlich dem Shandy zu widmen. Es wäre eine Schande, wenn ich die Chance, die sich durch Köppens Leihgabe auftat, vergeuden würde.

Vor dem Haus entschied ich spontan, meine Theorie zur Neugier des Weibes und im Speziellen die der beiden Witwen zu testen. Und, auch wenn ich es nur ungern zugab, sehnte ich mich nach einem freundlichen Gesicht.

Heute war nur die Dunkelhaarige zugegen. Ich präsentierte meine Schmalzkringel und sie bat mich in die Küche. Es war seltsam, allein mit ihr zu sein. Ich bot ihr die Tüte, sie nahm einen Schmalzkringel und ich griff ebenso zu. Zart, puderig süß und genau die richtige Menge an Fett. Ich wischte mir ein paar Zuckerkrümel aus dem Mundwinkel.

Vom Hof her hörte ich Geschnatter und Flügelschlagen.

»Magda versucht sich als Eierdieb.«

Die Witwe verschwand kurz im Nebenraum, sprach aber weiter.

»Schön, dass Sie vorbeischauen, ich habe etwas für Sie.«

Sie kam zurück, in der Hand hielt sie ein kleines, braunes Paket. Sie setzte sich mir gegenüber und entpackte es vor meinen Augen.

»Hier, die hat Friedrich gehört und er braucht sie ja jetzt nicht mehr. Hat gelacht, als ich sie ihm einpacken wollte. Und wenn er mal wieder kommt, dann sicher mit einer jungen Braut.«

Sie hielt mir ein Stück braunes Fell entgegen.

Ich nahm es. Warm, Kaninchen. Eine Mütze.

Ihre braunen Augen ruhten auf mir. Es war nicht unangenehm, sondern familiär. Wieder hatte ich das Gefühl, mütterlich umsorgt zu werden.

»Aber das kann ich doch nicht annehmen.«

Ich war allein in der Fremde und plötzlich schien mir diese Frau wie ein heimatlicher Anker. Sie hatte mich aufgenommen, hatte mir Freundlichkeit und Unterstützung entgegengebracht.

Ihr Gesicht strahlte plötzlich.

»Sie sind meinem Jungen so ähnlich.«

Sie stand auf, nur um sich sofort wieder niederzulassen.

»Junger Mann, ich weiß, Sie sind nicht mein Friedrich, aber ich würde mich freuen, wenn Sie in mir eine Vertraute sehen würden. Es würde mir viel bedeuten, wenn ich wieder jemanden umsorgen dürfte.«

Sie blickte auf ihre Hände.

»Und vielleicht nehmen Sie auch ab und zu einen Ratschlag an und lassen sich auf ein Gespräch bei uns blicken, ohne dass wir immer Schokolade trinken müssen.«

Bei jedem ihrer Worte wurde mir leichter ums Herz und ich ergänzte: »Oder Schmalzkringel essen!«

Wir tauschten ein verschwörerisches Lächeln und griffen beide noch einmal in die Tüte.

Die Haustür öffnete sich.

»Liebes, ich bin zurück! Philipp ist sicher zufrieden mit mir. Er mochte die Dunkelheit nie.«

Wir hörten Rascheln und dumpfes Poltern aus der Diele.

»Und wir benötigen die Kerzen ja nicht«, raunte mir ihre Schwägerin zu, als sie aufstand, um ihr entgegenzutreten.

»Wie schön, dann hattest Du eine angenehme Zeit?«

Das Zierkissen, heute tiefschwarz gekleidet, trat ein.

»Oh, Sie sind wieder hier? Wie nett. Möchten Sie eine heiße Schokolade? Mein Philipp liebte sie, besonders an kalten Tagen wie diesen.«

Sie band den schwarzen Schleier ab und öffnete die Bänder ihrer Haube.

»Oh, bringen Sie Neuigkeiten vom Mord? Haben Sie den Toten gesehen? Oh, was ist das?«

Auf ihren Wangen erschien eine zarte Röte. Ich reichte ihr die fast leere Tüte, mit einem entzückten Aufjauchzen nahm sie sich einen Kringel. Ob Philipp wohl auch? Ich klapste mir in Gedanken auf die Hand.

Sie hatte, wie ein Vögelchen pickend, das süße Gebäck in Windeseile verzehrt. Nun fuhren ihre Hände aufgeregt durch die Luft und sie ließ sich mir gegenüber auf die Küchenbank neben ihre Schwägerin gleiten.

»Bitte erzählen Sie doch endlich.«

Mit einem kurzen Blick in meine Richtung und in die ihrer Schwägerin holte sie die Erlaubnis ein und verzehrte mit ebensolcher Feinheit wie zuvor den letzten Schmalzkringel.

Ich tat ihr den Gefallen und berichtete nun beiden Frauen von meinen Erlebnissen.

»Das arme Ding, da kam sie hereingehastet und warf sich ihrer Mutter in die Arme. Und später dann ihre Schwester. Sie können sich meine Überraschung vorstellen, als sie mich auf der Straße ansprach.«

Die Damen nickten eifrig.

»Regina? Ja, das ist eine. Die hat sich nie was von einem sagen lassen.«

»Ist jetzt aber ganz zahm geworden. Ist Mutter geworden. Das verändert sie alle.«

»Nicht alle…«

Die Witwen sahen sich an. Die Dunkelhaarige strich über den Tisch, das Zierkissen blickte zum Fenster. Draußen auf der Straße quietschte das Rad eines Karrens.

Ich räusperte mich.

»Ob es wohl möglich ist, dass sich Hoberg irrt? Das nicht Kromberg der Täter ist?«

Sie sahen erst mich und dann einander an.

»Hmm« die Ältere sprach zuerst, »Hoberg ist einer, der alles genau nimmt. Ich denke nicht, dass er einfach so Vermutungen aufstellt.«

»Nein, er nimmt es wirklich immer ganz genau. Ich weiß noch, als mein Philipp mal auf dem Markt in einen Apfel biss, ohne zuvor zu bezahlen. Man hätte meinen können, er hätte die Stadtkasse geraubt, so lamentierte Hoberg. Regeln und Ordnung sind für ihn das Wichtigste.«

Beide Frauen nickten.

Ich war verunsichert. Ich kannte Hoberg natürlich nicht lange genug und doch stimmte ich den Damen bei ihrer Einschätzung seines Charakters zu, aber dennoch, irgendetwas passte nicht zusammen.

»Aber warum sollte der Junge denn den Bäckermeister töten? Wenn er wirklich in das Mädchen verliebt war, dann wäre das doch nicht der Weg zu ihrem Herzen? Und was hatte Hoberg in der Bäckerei gefunden, was den Jungen so aus der Fassung gebracht hatte?«

Die Damen schüttelten erneut den Kopf.

»Vielleicht fragen Sie Hoberg einfach danach?«

Ich nickte.

»Ja, das will ich nachher tun. Dachte, ich sage, ich müsste es ja im Protokoll korrekt wiedergeben.«

Dann würde vielleicht meine eigene Neugierde nicht ganz so auffallen.

Die Dunkelhaarige griff hinter sich und zog einen Korb zu sich heran. Steckrüben. Sie begann Blattwerk und Erde von den Wurzeln zu entfernen. Ihre Schwägerin rutschte etwas zur Seite und strich sich über ihr Kleid. Die Dunkelhaarige griff sich einen weiteren Korb und legte die erste nun fast weiße Wurzel hinein.

»Aber wenn es nicht Kromberg getan hat, wer dann? Die Vorstellung, dass hier ein Mörder frei herumläuft, gefällt mir gar nicht!«

»Dann muss es einer aus dem Ardey getan haben. Philipp sagte immer, diese Stadt ist so friedlich, da ist schon das Zwitschern der Amseln eine Störung.«

»Aber Sybilla, aus dem Ardey? Im Wald sind schon seit Jahrzehnten keine Räuber mehr gesehen worden. Was sollten sie auch hier holen wollen?«

»Dann müssen es die Geister des Schloßbesitzers sein!«

Die Nachdrücklichkeit ihres Ausrufs überraschte mich mehr als die Botschaft, hatte mich doch Mallinckrodt indirekt schon vorgewarnt.

Sie deutete meinen Blick wohl als Aufforderung.

»Ja Geister. Philipp hat uns davon erzählt, weißt Du noch?«

Die Angesprochene war ganz vertieft in die Säuberung der Rüben. Die Jüngere wandte sich wieder an mich.

»Es ist so, im Ardey liegt ein zerstörtes Schloss im Norden an der Ruhr, tief im Wald.« Sie senkte die Stimme und sprach mit der Stimme eines Marionettenspielers aus dem fahrenden Volke – eine Kunst, die ich ihr nicht zugetraut hatte.

»Damals, als das Schloss noch stand, war es eine dunkle Zeit für die Menschen dort. Der Schlossherr war kein guter Mann. Die Dorfbewohner hungerten und er half ihnen nicht. Im Gegenteil, er bestrafte sie für Verfehlungen sehr hart. Eines Nachts wurde der Schlossbesitzer bei einem Ritt durch seinen Wald gemeuchelt. Seit dieser Nacht sitzt sein Geist im Sattel eines Geisterpferdes, streift so durch den Wald und wer ihn nur von Weitem sieht, der hat sein Leben verwirkt.«

»Sybilla, das ist über 200 Jahre her und niemand weiß, ob irgendetwas davon stimmt und überhaupt, was soll das mit einem Mord zu tun haben, der hier hinter den Stadtmauern geschehen ist?« Die Dunkelhaarige schüttelte den Kopf und begann die inzwischen sauberen Steckrüben zu raspeln.

»Vielleicht ist es dem Geist im Wald zu langweilig geworden?« Meine Albernheit trug mir ein Keuchen der Jüngeren und einen missbilligen Blick der Älteren ein.

Nachdem wir den Geist mehr oder weniger freiwillig als Täter ausgeschlossen hatten, rückten nun andere ins Blickfeld.

»Dann war es sicher ihr Bruder. Ich mochte ihn noch nie. Er ist aufbrausend und unfreundlich. Und stark. Es gehört sicher Kraft dazu, einen zu töten.«

»Nun, nicht unbedingt, vielleicht hat der Mörder etwas erhöht gestanden, auf einer Treppe oder so?«

Ich stellte mir die Szene im Backhaus vor und schüttelte den Kopf. »Nein, da ist keine Treppe oder so gewesen.« Ich dachte an die Katze, aber auf dem Ofen konnte keine Person Platz genommen haben.

»Es muss jemand sein, den er kannte. Hätte Boemke sonst zugelassen, dass er in seine Backstube kommt? Dazu noch am späten Abend oder sogar mitten in der Nacht?«

Wir rätselten noch ein wenig, fanden aber keine weiteren Anhaltspunkte. Ich empfahl mich, um die Protokolle zu beenden, und versprach, am nächsten Tag wieder vorbeizuschauen.

Wie geplant machte ich mich rund zwei Stunden später auf zum Schwarzen Raben. Die Giebel begrüßten mich wie einen guten Bekannten. Der Wind zupfte spielerisch an meiner Mütze und erweckte das feine Fell zum Leben.

Wieder wischte der Wirt die Tische ab, allerdings war ich diesmal fast der einzige Gast. Ich nickte in Richtung Herkules, wählte den gestrigen

Tisch, nahm Platz, stellte mein Schreibkästchen ab und legte mein Journal und die Protokolle daneben.

»Grüße, Wirt Fley, gerne wieder eine warme Mahlzeit. Und Orsade.«

Er nickte und verschwand Richtung Küche.

Die Tür wurde aufgestoßen und kalter Wind ließ meine Papiere flattern. Hoberg trat ein und blickte sich suchend um. Dann kam er zu mir herüber und sank schwer auf die Bank gegenüber.

Seine Schultern nach vorn gesackt, seine Augenlider tief, schien das Gewicht seiner Aufgabe heute schwer auf ihm zulasten.

Fley erschien mit meiner Bestellung.

»Für mich auch, Wirt, und Brot dazu.«

Wenig später standen auch vor ihm ein dampfender Teller und ein gefüllter Krug.

Der erste Bissen, wunderbar heiß, mit Anis und Speck. Die angenehmen Röstaromen verdrängten das Wissen um die Details der Zubereitung der Schweinsfüße.

Nach und nach stellte sich Wohlbehagen ein. Hoberg kaute und schluckte. Er wischte sich mit dem Handrücken über den Mund und griff sich mit der anderen Hand in den Nacken und ließ den Kopf langsam kreisen. Dann seufzte er tief, blickte mich fragend an und zeigte auf meine Papiere. Ich nickte, er nahm sie sich und begann zu lesen.

»Gut gut, ich denke, das ist so ausreichend. Ich nehme sie nachher mit.«

»Danke. Da ist noch etwas, was ich ansprechen wollte.«

Sein Kopf ruckte hoch.

»Ja?«

»Ich, also, was wäre, wenn es nicht Kromberg war?«

Er regte sich nicht.

»Nun, also, was ist, wenn es ein anderer war? Der Bäcker scheint kein netter Mensch gewesen zu sein, das haben Sie selbst gesagt.«

Er nickte bedächtig und schüttelte dann vehement den Kopf.

»Aber natürlich war er es. Wer sollte es sonst gewesen sein.«

Wie mir meine Grübeleien gezeigt hatten, boten sich doch einige an.

»Außerdem ist er ein Taugenichts!«

Er legte seine Hände flach auf den Tisch. Seine Fingerspitzen in einer Linie ausgerichtet mit seinem Besteck.

»Aber wenn nicht? Wäre es nicht schrecklich, wenn ein Unschuldiger – und was würde Gerstein dazu sagen?«

Hoberg zuckte zusammen und strich sich über das Gesicht.

»Als würde es ihn interessieren.«

Er ballte seine Faust und legte sie mit Druck an sein Kinn. Sein Mund zusammengepresst, die Lippen blass. Das Hüpfen seines Adamsapfels brachte sein Tuch in Bewegung.

»Bitte, Amtmann, fangen wir es anders an. Wieso haben Sie Kromberg eigentlich verhaftet?«

Er starrte auf seinen Teller. Ein Pflaumenkern trieb im Bratensaft, langsam fuhr er mit einem Stück Brot um ihn herum. Als der Teller sauber, das Brot verzehrt und der Pflaumenkern einsam waren, zog er etwas aus seiner Westentasche. Nicht größer als eine Kastanie, oval geformt, braun und weiß, Gebunden an ein zerrissenes Lederband. Ein solch seltsames Ding hatte ich noch nie gesehen. Vielleicht ein Amulett der Gaukler?

»Das gehört Kromberg. Er hat es erkannt, sie waren dabei. Es ist das Erkennungszeichen unter Spießgesellen, da bin ich mir sicher. Ich fand es im Backhaus, als ich am Samstag früh gerufen wurde.«

Ich griff danach, aber er steckte es zurück in seine Tasche.

»Es ist ein Beweisstück.«

Er strich sich über die Brust.

»Nun, Aldenhagen, ich kenne den Burschen. Er betrügt auf dem Markt. Wir werden ihn morgen erneut inquirieren. Auch wenn ich denke, es führt zu nichts. Er ist verstockt und böse. Ich bin mir sicher, dass es um ihn nicht schade ist!«

Seltsam. Alle, die ich getroffen hatte, waren sich über den Charakter des Opfers einig und man war einer Meinung über Hobergs Genauigkeit und Regelnähe. Andererseits galt Kromberg als unbescholten, auch wenn ich mich an Reginas Anspielung auf sein Auskommen erinnerte. Hoberg zeichnete ein ganz anderes Bild von dem Jungen.

Ich war nicht lange genug in der Stadt, um mir ein eigenes Urteil bilden zu können, und war froh über die Chance, die sich morgen bieten würde. Ich war erschöpft vom Tag und froh, als Hoberg nach kurzer Zeit den Abend für beendet erklärte und mich im Licht seiner Laterne wieder bis zum Marktplatz begleitete.

Traumlos schlief ich bis zum nächsten Morgen.

DIENSTAG 19. THAUMOND 1788

Fast schienen mir die Katzenwäsche mit Eiskristallen und die lauwarme Biersuppe zur morgendlichen Routine zu werden. Nicht unbedingt ein glücksverheißender Tagesbeginn, aber auf eine spezielle Art doch vertraut und heimelig. Ich blickte von meiner Schlafstube hinunter auf die bereits vor mir erwachte Stadt. Links die Giebel St. Mariens, rechts blickte ich bis zum Mühlenberg, gerahmt von zwei Stadttürmen hinüber. Die Flügel der Mühle waren bereits in Bewegung, wenigstens schien einer aus den dauernden Windböen in dieser Stadt einen Nutzen ziehen zu können. Es versprach ein klarer Tag zu werden. Ob das an den streifigen Wolken lag, hinter denen man schon das erste Licht des Tages ahnen konnte? Vielleicht sollte ich mich näher mit den Observationes von Wind und Wetter beschäftigen. In meinem Studium hatte ein Freund einmal aus der physikalischen Zeitung vorgelesen. Seitenweise waren dort Beobachtungen der Windrichtung, des Barometers und Wettererscheinungen vorgestellt worden. Nein, das wäre doch nichts für mich. Ich würde mit meiner Unkenntnis leben müssen und das Wetter einfach so, wie es kam, genießen oder verfluchen und in einfältiger Unkenntnis auf das Beste hoffen. Nicht alles musste beobachtet und notiert werden, wenigstens nicht von mir.

Mit einem Seufzen griff ich nach Shandy, um mir die kurze Zeit bis zum Aufbruch, mit erbaulichen Gedanken zu vertreiben.

Die Glocke kündete vom Beginn des Schultags. Ovid und Odysseus gesellten sich im Laufe des Vormittags wieder zu uns und unterhielten uns mehr oder weniger angeregt. Nach der dritten Stunde wollte ich gerade das Schulhaus verlassen, als mich Prof. Gierig zu sich rief. Er ließ mich Platz nehmen und ich wappnete mich für eine weitere Rede.

Allerdings schwieg er und schaute mich nur an. Ich wartete. Es roch nach Staub und nach Moos. Nein, nicht Moos. Nach – .

»Schulmeister Aldenhagen, dies ist ein altehrwürdiges Gymnasium. Ich dachte, das ist ihnen bewusst.«

Der Schreck fuhr mir in die Glieder.

»Äh, ja, aber natürlich Professor Gierig.«

Ich setzte mich gerade und, wie ich hoffte würdevoll, zurecht.

»Und wieso dann dieses Verhalten?«

Wovon Sprache er? War es doch unangemessen gewesen, mit den Witwen zu sprechen? Hatte sich Hoberg über mich beschwert? Oder der Ratsdiener?

»Welches Verhalten? Ich habe doch nichts-«

In Gedanken ging ich meine letzten Tage durch. Was meinte er. Oder war es, weil ich ohne Begleitung im Hause Kagenbusch gewesen war? Oder das Gespräch mit den beiden Frauen auf dem Markt? Aber sie hatten mich doch angesprochen.

»Ich weiß leider wirklich nicht, was Sie meinen, Professor.«

Er blickte mich kopfschüttelnd an, ich schien ihm großen Kummer bereitet zu haben.

»Bei der gestrigen Gesellschaft wurde mir zugetragen, dass sie sich in den Gängen und besonders dem Keller des Hospitals und sogar am Katharinenturm herumgetrieben haben. Beides sind keine angemessenen Orte für einen Schulmeister! Ich bin enttäuscht, will Ihnen aber zugutehalten, dass Sie sich noch nicht auskennen. Aber ein Gefängnis? Wirklich, junger Mann, ich muss mich sehr über Sie wundern.«

Er zog seine Brauen zusammen und schüttelte wieder den Kopf.

»Professor Gierig, so war das nicht, ich musste dorthin, Amtman Hoberg hat mich mitgenommen.«

»Ich spreche nicht über Hoberg, sondern über Sie.«

Fast hörte ich die Stimme meines Vaters, wenn er mir Verfehlungen vorwarf, die ich mit dem Verhalten von Freunden zu begründen suchte.

»Aber ich musste ihn begleiten. Wissen, Sie , Ratsherr Gerstein.«

»Es ist mir egal, wen Sie hier alles kennen. Wenn Sie hier an dieser Schule unterrichten möchten, dann benehmen Sie sich entsprechend Ihres Amtes. Sie behelligen keinen Bürger und schon gar nicht die Frauen. Habe ich mich klar ausgedrückt?«

»Ja, aber.«

Sein Blick ließ mich meine Einwände herunterschlucken.

»Sie dürfen gehen.«

»Danke, ich... ich... guten Tag.«

Ich verließ den Raum. Meine Hände zitterten. Als ich auf die Straße trat, blendete mich die Sonne. Ich schwankte und stütze mich gegen das Mauerwerk. Fast beruhigend wirkte die scharfkantige Oberfläche an meine Hand. Der Geruch von Kohl stieg mir in die Nase. Vorbeigehende blickten mich an, einige nickten mir zu. Keiner schien zu bemerken, welcher Aufruhr in mir tobte. Die Vorhaltungen Gierigs hatte mich getroffen. Mehr noch, die Weigerung, meine Erklärungen anzuhören. Meine Stelle als Lehrer war gefährdet. Meine Arbeit, mein Lebensunterhalt, meine ganze Lebensgrundlage. Aber ich konnte doch auch nicht einfach zu Hoberg gehen und aufhören. Gerstein könnte mir sicher noch mehr schaden. Könnte man mir noch mehr schaden? Ich sah keinen Ausweg. Ich musste so schnell wie möglich diese leidige Schreibersache loswerden. Der Mord müsste einfach schnell gelöst werden, dann würde ich nicht mehr benötigt. Ich atmete tief ein und richtete mich auf. Einen Schritt nach dem anderen setzte ich mich in Bewegung.

Diesmal ließ mich der Ratsdiener ohne Einwände ein, klopfte für mich an die Tür zu Hobergs Arbeitszimmer und ließ mich nach entsprechendem Grummeln auch hier ein. Hoberg saß an seinem Schreibtisch und knetete seine Hände. Vor ihm auf dem Schreibtisch erkannte ich meine Protokolle.

»Guten Morgen Amtmann.«

Er schwieg und deutete nur auf den Stuhl. Ich ließ mich nieder.

»Können wir uns bitte beeilen. Ich möchte keine Schreiber mehr sein.«

Er grunzte, stand auf und schob die Papiere zusammen.

»Ganz in meinem Sinne. Kommen Sie.«

Der schon bekannte eisige Wind begleitete uns auf dem Weg zum Katharinenturm. Als wir vor die Zelle traten, blickte uns der Junge kaum an.

»Ich sage nichts« murmelte er leise. »Sie glauben mir ja doch nicht.«

»Wir haben gestern Anna gesehen.«

Hoberg warf mir einen fragenden Blick zu, schwieg aber.

Der Junge blickte mich an.

»Geht es ihr gut?«

Ich nickte.

»Sie möchte, dass sie mit uns reden.«

»Hat sie das gesagt?«

»Ja«

Eine Notlüge. Hoffentlich an der richtigen Stelle.

Er fuhr sich durch die Haare. Die Bewegung wirbelte kleine Staubwölkchen auf. Murmelnd begann er.

»Also, ich, wir. Also ich war in der Nacht da.«

»Ha!«, entfuhr es Hoberg.

»Ja, aber nicht im Haus. Ich habe nur Anna nach Hause gebracht. Aber ich habe sie nicht hineingebracht.«

Seine Stimme wurde fester.

»Ich, wir, wir haben uns am Abend getroffen. Wir sind hoch zur Kuckelke gegangen. Und habn, na, also geredet haben wir.«

Seine Finger zupften Stroh von seiner Hose.

»Geredet, ja. Und dann hat St. Katharinen die elfte Stunde geläutet und ich wollte Anna nach Hause bringen. Weil sie ja keinen Ärger bekommen sollte. Und wir sind los, aber irgendwie haben wir doch die Zeit verpasst und es war schon später und der Nachtwächter war schon da, der kommt immer zu Mitternacht oben am schwarzen Hof entlang. Also wir haben gesehen, wie er ging. Und wir hatten Sorge, dass sie zu spät wäre und sie wollte nicht, dass ich mitkomme. Ihr Vater sollte mich nicht sehen. Und schon gar nicht so spät. Dann ist sie schnell über den Hof ins Wohnhaus hineingehuscht. Das Backhaus ist ja abends immer abgeschlossen. Und ich bin dann auch nach Hause. Ich schwöre, es war genauso!«

»Und wann waren sie zu Hause?«

»Das muss so eine halbe Stunde nach Mitternacht gewesen sein. Vater war noch wach.«

Ich blickte auf Hoberg. Er schien zu überlegen, sagte aber nichts.

»Amtmann?«

Er trat dicht an die Zellentür heran.

»Und es war so wie Du gesagt hast?«

»Ich schwöre!«

Hinter mir nieste sich einer der beiden Wächter. Hoberg fuhr herum und stierte mit zusammengezogenen Augenbrauen. Der Aufseher wischte sich mit dem Handrücken über das Gesicht.

»Kalt hier, Amtmann!«

Hoberg wandte sich wieder zur Zelle.

»Hast Du nicht noch etwas vergessen?«

Caspars Augen weiteten sich.

»Nein, nein bestimmt nicht!«

Hoberg starrte ihn an.

»Und auf dem Markt? Hälst Du mich für dumm?«

»Nein, nein, ich nur«

»Nur was?«

»Es war doch nur etwas zu essen.«

Ich verlagerte mein Gewicht, im Stroh raschelte etwas. Hier war es vermutlich selbst den Katzen zu kalt.

»Ja, also ich, es war doch nur etwas Brot... und Äpfel.«

Hoberg nickte.

»Wusste ich es doch, Du bist ein Dieb!«

»Ja, aber ich hatte Hunger und kein Geld und es war doch nicht viel und ich wollte doch auch und es hat doch auch niemandem geschadet.«

»So, Du glaubst also, du hast niemandem geschadet? Wozu glaubst Du, sind die Gesetze da?«

Hobergs Haarspitzen reichten fast zur Steindecke.

»Denkst Du, jeder kann hier machen, was er will? Nur weil er denkt, er schadet niemandem? Du hast gegen das Gesetz verstoßen! Wie kannst Du denken, dass ich das dulde? Ich bin Marktpolizist und du wagst es, unter meinen Augen zu stehlen.«

Sein Gesicht war rot, mit winzigen Bewegungen zog er ein Tuch aus seinem Ärmel, schlug es aus, faltete es. Einmal, zweimal, und schob es Stück für Stück zurück in seinen Ärmel.

»Ein Mensch ohne Einsicht erkennt das nicht, ein Tor kann es nicht verstehen. Wenn auch die Frevler gedeihen und alle, die Unrecht tun, wachsen, so nur, damit der Herr sie für immer vernichtet.«

Ich fragte mich, ob das Notieren von Psalmen auch zu meinen Aufgaben gehörte.

Schweigend wandte sich Hoberg sich zu mir um.

»Gehn wir!« Er stapfte hinaus.

Der eisige Wind schien schon wie ein alter Freund. Sein Pfeifen übertönte fast den leisen Ruf.

»Herr Amtmann?«

Ich blickte die Straße hinunter.

»Herr Amtmann!«

Etwas lauter diesmal.

Ich blickte mich um. Aus dem Hoftor gegenüber trat ein Mädchen. Dick eingehüllt und winkte uns. Ich trat einen Schritt auf sie zu und erkannte Anna.

Ich gab Hoberg ein Zeichen und wir traten auf die junge Frau zu.

»Bitte, ich muss mit Ihnen reden. Bitte kommen sie mit.«

Ohne ein weiteres Wort lief sie die Straße hinauf Richtung Stadtmauer. Vor uns ragte einer der Türme auf. Er verfiel bereits, war fast nur noch eine Ruine. Das Mädchen verschwand hinter einem Mauerteil. Hier war vermutlich einst eine Tür gewesen.

Hoberg und ich zögerten kurz und folgten ihr dann vorsichtig über das Geröll. Die Wände waren mit knorrigen, braunen Ranken des Geißblatts bedeckt. Kurz ahnte man noch im Dämmerlicht des Rock der jungen Frau. Als wir zu der Stelle kamen, sahen wir einen kleinen Mauerdurchbruch. Das Tageslicht kämpfte sich durch das Gestrüpp.

Wir bahnten uns den Weg hinaus und standen an einem kleinen zugefrorenen Weiher. Anna stand mit dem Rücken zu uns. Wir traten auf sie zu. Die wechselnden Schatten der schnell ziehenden Wolken untermalten die Schatten auf ihrem Gesicht und betonten die Sorgenfalten.

Sie zog die Schultern zusammen und schlang die Arme um sich.

»Bitte. Caspar ist unschuldig.«

Sie griff nach Hoberg, zuckte aber im gleichen Augenblick zurück. Sie stand nun mit hängenden Armen vor uns.

»Er ist nicht der Mörder.«

Sie verschränkte die Hände ineinander und blickte Hoberg an.

»Ich habe mich spät mit ihm getroffen. Lang nach dem Abendbrot. Habe mich rausgeschlichen. Mein Stiefvater durfte das nicht wissen. Früher am Abend hatte er uns gesehen. Es gab Streit. Schlimmen Streit. Wir waren bis kurz vor Mitternacht hier am See. Es war so kalt. Auf dem Weg nach Hause haben wir, den Nachtwächter gesehen. Beinahe hätte er uns erwischt. Ich hatte Angst, dass er es dem Stiefvater erzählen würde.

Caspar war es nicht. Bitte Amtmann. Das müssen Sie mir glauben. Nein, er kann es nicht gewesen sein. Wir waren die ganze Zeit zusammen.« In Ihren Augen schwammen Tränen.

»Sie sind also als unverheiratete Frau nachts allein mit einem Mann zusammen.«

Sie wich einen Schritt zurück und schlug die Hand vor den Mund. Auch ich atmete scharf ein. So hatte ich es noch gar nicht betrachtet. Voller Romantik im Herzen hatte ich die Bedeutung der Situation für ein unverheiratetes Mädchen völlig übersehen.

»So, so ist es nicht.«

Sie blickte zu Boden und nestelte an ihrer Schürze. Über uns schrie eine Elster. Das Mädchen zuckte zusammen und blickte nach oben. Ihre Hand fuhr sich an die Kehle. Sie griff mit beiden Händen in ihre Schürze, richtete sich auf und blickte den Amtmann an.

»Caspar Kromberg und ich. Wir treffen uns seit einiger Zeit. Er will mich heiraten. Aber er hat nicht genug Geld und der Stiefvater – ach. Mutter mag ihn. Sie mag ihn sehr. Ich auch.«

Ihre Wangen röteten sich und sie lächelte.

»Er mag mich auch. Wir haben uns einander versprochen.«

Sie griff sich wieder an den Hals und zog diesmal ein Lederband unter ihrem Hemd hervor. Den Anhänger daran erkannte ich wieder. Bei Tageslicht erkannte ich es auch: eine Eichelhaube mit einem Steinchen darin, diesmal ein schwarzes.

Aber warum trug Anna ein Amulett der Gaukler?

»Wir haben gemeinsam gesammelt. Einen weißen Stein für mich, einen schwarzen für ihn. Und mit Harz hat Caspar je eine Locke des anderen zusammen mit dem Steinchen in die Eichelhaube geklebt.«

Sie lächelte bei der Erinnerung.

»Erst fiel es alles auseinander, aber er ist geduldig und hat gewartet und dann trocknete das Harz an und ich habe meine Schwester um Bänder gebeten. Ihr Schwager ist Sattler in Hörde. Sie hat das verstanden. Und dann haben wir uns einander versprochen. Es war ein wunderschöner Herbsttag.«

Ich blickte auf ihre Züge und konnte zum ersten Mal Overbecks entrückter Liebe ein Bild zuordnen. Ungewohnt sanft erklang Hobergs Stimme neben mir.

»Aber das beweist nicht, dass er es nicht war.«

Ihre Augen blitzen auf.

»Haben Sie nicht zugehört? Ich habe gerade meine Ehre gegeben, um die Wahrheit zu sagen. Ich war mit ihm zusammen. Er hat mich kurz vor Mitternacht nach Hause begleitet und ging dann selbst heim. Ich ging ohne ihn ins Haus, ich beeilte mich, denn ich hatte Angst, jemandem über den Weg zu laufen, da es schon so spät war. Aber niemand sah mich und ich schlief dann, bis mich Mutters Schrei weckte. Bitte, Sie müssen ihn frei lassen. Was soll denn aus mir werden?«

Sie legte die flache Hand auf ihre Brust, die andere etwas tiefer auf ihren Mantel.

»Er ist doch unschuldig.«

Als ihre leisen Worte vom Wind davon getragen wurden, stahl sich eine einzelne Träne über ihre Wangen. Wir ließen sie am Weiher zurück und bahnten uns unseren Weg zurück durch die Bruchstelle in der Stadtmauer.

Ich fror, meine Hose schlug klamm an meine Beine.

»Wie geht es nun weiter?«

»Die Sache ist klar. Er hat den Diebstahl zugegeben. Er ist durch und durch böse und er hat eine Strafe verdient.«

»Aber Anna?«

»Was ist, glauben Sie, nur weil der Kerl ein Weibsbild verführt hat, werde ich weich?«

Er blieb stehen.

»Hören Sie, ich habe noch anderes zu tun. Wichtige Dinge. Ich brauche Sie heute nicht mehr. Kommen Sie morgen zur Mittagsstunde zu mir und bringen mir die restlichen Protokolle.«

Er drehte sich um und schlug den Weg Richtung Richthaus ein.

Ein weiterer Windstoß und die Aussicht auf Wärme beflügelte meine Schritte zurück zum Lehrerhaus.

Ich dachte darüber nach, einen Brief nach Hause zu senden. Ich war nun schon den vierten Tag in der Stadt und hatte noch nichts über meine gesunde Ankunft hier verlauten lassen. Beim Eintreffen meines Schreibens am Frühstückstisch würden sich meine Eltern nur kurz erleichtert zunicken. Später würde sich Mutter zu Vater ins Arbeitszimmer setzen. Er würde sich umständlich seine Pfeife stopfen, sie würde ungeduldig mit den Füssen wippen, bis er endlich beginnen würde zu lesen. Wie es dem Jungen so ginge. Natürlich hätte er angemessenes Heimweh, aber er machte sich gut. Kollegium und Schüler liebten ihn, alles in allem ließ sich die Sache gut an. Vielleicht noch eine kleine Anekdote. Der Besuch bei Köppen oder Gierigs Herrenrunde würden seinen Vater sicher beeindrucken und Mutter würde sich über einen Bericht zum Marktgeschehen freuen. Alles klang in meiner Vorstellung besser als die freimütige Wahrheit. Ich beschloss, nur eine kurze Nachricht, en diligence, von meinem Wohlergehen zu senden und auf einen ausführlichen Brief zu einem späteren Zeitpunkt zu vertrösten. So würden sie sich keine Sorgen machen und mir wurde eine Gnadenfrist gesetzt, um zu entscheiden, wie viel Wahrheit meine Eltern vertragen konnten.

Es schien nur natürlich, sich bei den Witwen zu melden. Und so saßen wir bei einbrechender Dunkelheit wieder in der Küche. Die möglichen Einwände Philipps zur Unangemessenheit des Ortes wischte die Ältere resolut vom Tisch.

»Sybilla, die Bohnen machen sich nicht von allein und ich will hören, was er zu berichten hat.«

Und so saß ich auf der Bank und berichtete von meinem Tag.

Die Dunkelhaarige und Magda saßen mir gegenüber und friemelten die Schalen von eingeweichten Bohnen. Über dem Feuer röstete bereits eine Portion. Der holzig warme Geruch von Muskatnuss mischte sich mit den Aromen des Feuers und der Kräuter, die über dem Fenster gebunden war. Die Seufzer der drei Frauen begleitete meinen Bericht über die beiden Verliebten und als ich vom Liebespfand sprach, hielt Magda beim Friemeln inne und hielt die Hände samt Bohnen vor die Brust und blickte verzückt aus dem Fenster.

»Ach, Philipp und ich hatten auch immer geheime Zeichen. Auch wenn wir unsere Liebe niemals geheim halten mussten. Elisabeth, weißt Du noch, Vater mochte ihn sehr.«

»Nun, und was passiert nun? Caspar hat doch gestohlen, oder? Und das unter den Augen des Amtmanns. Das lässt er nicht auf sich sitzen, oder?«

Die Dunkelhaarige blickte auf und sah mich ernst an.

Ich nickte.

»Er ist von der Schuld Caspars überzeugt.«

Ihr Blick ruhte noch immer auf mir.

»Aber?«

»Ich, ich denke, ach, ich will nur hier in Frieden leben. Ich habe schon Ärger bekommen.«

Ich berichtete kurz von meinem Gespräch mit Prof. Gierig am Morgen. Auch wenn es sich eher als ein Abkanzeln seinerseits mit der Rolle des Schuljungen meinerseits angefühlt hatte.

»Ich will, dass das alles einfach vorbei ist. Ich will einfach nur Lehrer sein. Vielleicht hat sich ja auch die Kleine in der Uhrzeit geirrt oder sie lügt oder ach...«

Im Feuer knackte es und Funken schlugen aus der Öffnung. Magda stand auf, nahm den Topf vom Herd und leerte die gerösteten Bohnen in eine Schüssel. Es zischte und sprudelte und das intensive Aroma von Fleischbrühe stieg mir in die Nase.

»Wenn aber nun Caspar unschuldig ist, wer hat dann den Boemke umgebracht?«

»Vielleicht die Hand Gottes. Um ihn ist es nicht schade.«

Magda bekreuzigte sich.

Die Dunkelhaarige schüttelte den Kopf.

»Gott hat damit sicher nichts zu tun.«

Das Zierkissen und Magda sogen scharf Luft ein.

»Aber bei der Uhrzeit kann sich die Kleine wirklich geirrt haben. Rötger, der Nachtwächter ist nicht immer so zuverlässig. Er geht seine Runde immer von Ost nach West, ich höre ihn, wenn er vom Dominikanerkloster aus bläst. Aber jeder weiß, dass er auch mal gerne eine Pause macht oder gar nicht erst herumgeht.«

»Wie wäre es, wenn wir Madame befragen?«

Die Dunkelhaarige, Magda und ich fuhren herum. Das Zierkissen war aufgesprungen, hielt die Hände in die Luft und sah uns erwartungsvoll an.

»Madame weiß alles, sieht alles. Sie wird uns helfen!«

»Sybilla, das ist Unsinn.«

»Wer ist Madame?«

Ich blickte zwischen den Frauen hin und her. Der Blick der Dunkelhaarigen entrüstet, Magdas Ausdruck lag irgendwo zwischen

Entsetzen und Lachen und das Zierkissen voller Begeisterung, die Wangenröte der des hohen Fiebers sehr nahe.

»Madame kann in die Zukunft sehen. Sie liest aus dem Kaffee.«

Frauen, in farbenfrohe Gewänder gehüllt vor dem Zelt einer Gauklertruppe. Knorrige Finger zogen unsichtbare Linien auf die Hände gutgekleideter Frauen und nicht nur ein Stüber wanderte in die geflickten Rockfalten. Ein bunter Pfauenreif auf einem schwarzhaarigen, zartlockigen Kopf beugte sich über abgegriffene Karten mit erschreckenden Bildern und unheilvollen Symbolen und von gemurmelten Worten begleitet, fallen beißend riechende Kräuter in einen Topf mit einer blubbernden, wabernden Flüssigkeit. Das Zierkissen, in der Hand eine Tasse und eine hutzelige Alte, die mit dumpfer Stimme seltsame Andeutungen murmelte. Wie auf einer Theaterbühne wechselten sich die Szenen in meinem Kopf ab.

»Sybilla. Das ist doch Firlefanzerei!«

»Aber sie hat damals auch Philipp vorhergesehen!«

Die einzige Erwiderung war das mir schon bekannte Schnauben.

Zur fünften Stunde machte ich mich seufzend Richtung Gasthaus auf. Ich freute mich darauf, die Kollegen kennenzulernen, aber nach dem Vorfall heute Morgen, wollte der ängstliche Knoten in meinem Gedärm nicht mehr kleiner werden. Was wenn Gierig mich gar nicht mehr vorstellen wollen würde.

»Die Runde des Archis ist nebenan.«

Die dralle Wirtin wies auf eine kleine Tür an der Seite des Schankraums.

Ich klopfte zaghaft.

»He da.«

Neben mir erschien eine kleine, kräftige Frau, Arme und Hände beladen mit vollen Krügen.

»Nicht schüchtern, einfach rin!«

Ich öffnete die Tür und die Krüge samt einer kurzen Berührung ihrer Hüfte, drückten sich an mir vorbei.

»Schulmeister Aldenhagen. Schön dass Sie da sind.«

Vom Tisch, auf dem gerade die Getränke abgeladen wurden, erhob sich Professor Gierig und wies auf einen freien Platz zwischen einem kleinen rothaarigen Mann mit schmalen Schultern und einem großen, hoch aufgerichtetem, an dem man das Lot hätte ausrichten können. Beide nickten mir zu und der Schmale rutschte so zur Seite, dass ich mich auf die Bank schlängeln konnte. Auch vor mir wurde ein Krug abgestellt. Gerstenwasser, kein Bier.

»Meine Herren, gerne stelle ich Ihnen den neuen Lehrer für Latein und Französisch vor.«

Die Anwesenden griffen nach ihren Krügen, ich tat es ihnen nach. Professor Gierig prostete in die Runde und alle tranken einen Schluck.

»Clamor Heinrich Aldenhagen.« verkündete er, als wäre ich sein Erstgeborener.

Die Herrenrunde klopfte wohlwollend mit den Fingerknöcheln auf den Tisch.

»Ich darf vorstellen: Lehrer Heimlich, vorher Rector des Lyceums in Hattingen, Französisch und Englisch für die fünfte Klasse.«

Er deutete neben sich. Große braune Augen, eine helle Narbe direkt unter der linken Braue.

»Neben Ihnen« er deutet auf den schmalen Rothaarigen. »Herr Receptor Preller, da unsere Rechtsprofessur leider noch immer vakant ist, lehrt er die Grundkenntnisse der Rechtslehre. Wo wären wir ohne ihn!«

Der Receptor neigte würdevoll sein Haupt. Dann verzogen sich seine Lippen und es erschienen zwei erstaunlich tiefe Grübchen.

»Ach Professor, Sie schmeicheln mir!«

»Mitnichten mein Guter.«

»Und zu Ihrer Linken« gerade, aufgerichtet »Herr vom Stein. Rechenmeister und Lehrer der Arithmetik und der Buchhaltung. So können wir nicht nur auf das Studium, sondern auch auf andere Lebensarten vorbereiten. Mitte des Jahres erwarten wir zudem die Ankunft von Magister Spohn, der von der Universität Leipzig zu uns stoßen wird. Er wird Philosophie unterrichten. Meine Herren. Ich wünsche uns allen, ein freudvolles Miteinander und regen Austausch zum Wohle unseres gemeinsamen Werkes. «

Wie aufs Stichwort öffnete sich die Tür und beladen mit Tellern voll dampfenden Genüssen, trat die Schankfrau ein. In kürzester Zeit waren wir alle versorgt und ich führte mir den ersten Bissen des nach Zimt und Nelken duftenden Fleisches zu. Unter meinem Messer zerfiel der zarte, kross angebratene Ochsenmagen und gab Mandeln, Rosinen und einen

Hauch Safran frei. Die kräftige Brühe tat ihr Übriges, um das Gericht zu einem sicheren Kandidaten für die Liste meiner Lieblingsgerichte zu machen.

Der Receptor stieß mich mit dem Ellbogen an.

»Einmal im Monat treffen wir Kollegen vom Archigymnasium uns hier. Er« sein Nicken galt dem Professor, »meint, es stärke den Zusammenhalt, aber vor allem füllt es den Magen und Wirtin Lueg macht den besten Ochsenmagen in der ganzen Stadt.«

Ich war wohl nicht der Einzige, dem es schmeckte. Ich blickte in die Runde. Rechenmeister und Professores saßen hier Seite an Seite.

Ein Freund der Physik und kein Überheblicher, Professor Gierig wurde mir unleugbar sympathisch. Vielleicht ein wenig spröde und sicher sehr bedacht auf den Ruf des Hauses, aber das war auch Teil seiner Aufgabe und so wie es aussah, war auch sein Groll gegen mich kein andauernder. Möglicherweise konnte ich mich doch noch beweisen.

Aus einer kleinen Tasche zog mein Sitznachbar zur Linken eine kleine Mappe und band sorgfältig die Schnürung auf. Er stupste mich mit dem Ellenbogen in die Seite.

»Hier, schauen Sie!«

Als ich Herr vom Stein anblickte, glänzten seine Augen kindlich wie am Weihnachtsmorgen. Er hielt zwei kolorierte Drucke in der Hand.

»Schauen Sie nur mein Herren. Ich konnte meiner Sammlung zwei kleine Schätze zuführen.«

Er hielt die Karten hoch und schwenkte sie in die Runde. Die eine Karte zeigte eine Giraffe, die andere eine Ziege.

Mein Nachbar zur Rechten warf ein: »Herr vom Stein ermöglicht unseren jungen Geistern mit seiner Sammlung einen wunderbaren Einblick in die Tierwelt.«

Der Benannte nickte eifrig und ließ jeden seine Karten betrachten. Die Herren ließen wohlwollende »Ahs« und »Ohs« ertönen und machten sich gegenseitig auf Details der Drucke aufmerksam. Als ich die Geiß in den Händen hielt, beugte sich Herr vom Stein zu mir hinüber, wies auf das Tier und sagte. »Hennes.«

Ich sah auf, dann wieder auf den Druck, fand aber keine Beschriftung oder Ähnliches.

»Wie bitte?«

Vielleicht hatte ich ihn falsch verstanden. Ich kramte in meinem Gedächtnis und übersetzte.

Hae Dativ von hic – diesem

nes – du spinnst.

Auch das ergab keinen Sinn. Er sah mich verschmitzt an.

»Das ist sein Name: Hennes. Ich gebe allen Tieren meiner Sammlung Namen. Johannes schien mir zu vermessen. Also heißt er Hennes.«

Er blickte mich fast verschämt an.

»Sie sind mir fast wie liebe Freunde.«

Es gelang mir gerade noch, meine nach oben strebende Augenbraue zurück zurufen.

»Und wie nennen Sie die Giraffe?«

Er schüttelte betrübt seinen Kopf.

»Ich habe noch keine passende Bezeichnung gefunden. Sie entzieht sich mir mit ihrer Fremdartigkeit.«

Jetzt machte sich meine Augenbraue doch davon.

Dankenswerterweise sah er glücklich auf seine Karten und bemerkte meinen Gesichtsausdruck nicht.

»Vielleicht macht es ihnen Freude, meine Sammlung einmal anzuschauen? Ich habe auch eine wunderbare Zeichnung einer Biene.«

Nun es gab Schlimmeres, als ganz in der eigenen Sammlung aufzugehen. Und vielleicht hatte er auch Bilder von weiteren wilden Tieren.

Ich nickte also, aber meine Antwort ging in einem Poltern aus Richtung Küche unter.

Malerische Flüche und verschieden Geräusche, die ich als Einsammeln von zerbrochenem Geschirr, einer Ohrfeige, einer gemurmelten Schimpftirade und unterdrücktem Schluchzen interpretierte.

Wir wandten uns wieder unseren Tellern zu. Nach ein paar Bissen deutete Lehrmeister Heinrich mit seiner Gabel in meine Richtung.

»Ich habe gehört, Sie haben mit dem Mord zu tun?«

Gierig warf ihm einen Blick zu. Heimlich bemerkte es und versicherte schnell.

»Keine Klatschgeschichten Professor. Aber Sie müssen doch zugeben, der Tod ist ein interessantes Thema. Und wir wissen alle, dass es oft auch Möglichkeiten eröffnet, die Weltlichen vor Sünde zu bewahren.«

109

Er hielt seine Gabel, an der noch ein Restchen Brühe entlang lief und deklamierte:

»Wenn andre sich bey mir der Wollust Kitzel reget,
so seh ich gleich die kahlen Schädel an,
Und wie sich dort der Würmer Heer beweget;
Denn ists geschwind um schnöde Brunst gethan.
Das Schreckenbild der schimmelblaueb Knochen
Kann Eitelkeit, Geitz und Hoffart pochen.«

Vom Stein schüttelte sein Haupt.

»Na, na, Freund. Vielleicht mag euer Geist durch Knochen und Schädel so beeinflusst werden, die einfachen aber unter den Menschenkindern fühlen Furcht, abergläubische Furcht. Oder schlimmer noch, Sie stumpfen ab und nehmen den Tod als Teil ihres Lebens hin und sehen auch kein Unrecht mehr darin, das Leben zu nehmen. Nicht umsonst ist das zur Schaustellen der Gebeine im Schandkorb eine Strafe, die endlich und endgültig abgeschafft gehört!«

Der Rechenmeister, in der einen Hand ein Stück Brot, in der anderen die Gabel warf ein »Ich stimme meinem Kollegen zu. Die Knochen allein oder ein Blick auf sie, verändern nicht des Geistes Gang. Aber denken wir den Tod einmal aus anderer Sicht. Das Wissen um die Folgen des Todes, kostet doch einen das Ableben mehr als ein Drittel der gesamten Lebenskosten.«

»Ach was« ereiferte sich Heimlich »verscharrt wirst Du, wenn Du nicht aus dem gelehrten Kreise kommst. Die, auf die ihr anspielt, leisten sich sicher kein dreitägiges Begräbnis. Und mitleidige Pfarrer lesen auch dem Ärmsten die Totenmesse, auch wenn kein Kreuzer dafür in seine Tasche wandert.«

Leise murmelte Preller »Auch wenn dabei oft schneller und kürzer gelesen wird.« Vom Stein nickte.

»Aber Sie verkennen meine Herren,« Lehrer Heimlich sprach nun mit sonorer Stimme, »es geht hier beileibe nicht um die Selbstbetrachtung im Angesicht des nahenden Todes, sondern um Mord.«

Der Rothaarige räusperte sich. »Ist es denn überhaupt ein Mord über den wir hier sprechen?«

Ich runzelte die Stirn und antwortete.

110

»Nun, tot ist er gewiss und er hat sich die Wunde weder selbst zufügen können, noch kann es ein Unfall gewesen ein. Stadtphysikus Neuhaus war sich ganz sicher.«

Der Receptor schüttelte den Kopf. Er setzte seine Worte mit Bedacht. »Laienhaft gesprochen mag das stimmen. Allerdings müssen wir bei der Beraubung des Lebens, zwischen einem Todschlag, unversehenen Todschlag, einem Mord, einem halbschuldigen Mord und einem Meuchelmord unterscheiden.«

»Ach, juristische Spitzfindigkeiten! Jemand hat ihn mit Gewalt entleibt und das ist und bleibt Mord!« Heimlich schlug mit der flachen Hand auf den Tisch.

»Ist es denn Mord, wenn man die Gesellschaft vom Elend eines Elenden erlöst? Auch die Alten haben sich mit dem Tod beschäftigt. Moralisch verwerflich und wer der Gemeinschaft zur Last fiel, sollte sich besser selbst richten. Aber wenn es derjenige nicht schafft und stattdessen mehr Schaden anrichtet?«

»Aber das entschuldigt keinesfalls einen Mord!«

»Wirklich nicht? Was für Kosten entstehen der Stadt zum Beispiel durch Betrug oder Ärgernisse?«

Hitzig warf vom Stein ein. »Sollte also Mord nicht gesühnt werden, nur weil er an einem verübt wurde, der es verdient hat?«

»Selbstverständlich. Das Gesetz wurde gebrochen, aber vielleicht könnte man das Opfer und was es getan hat einbeziehen.«

»Sie meinen, so wie man bei den Schwangeren neuerdings auch den Vater Schuld zuweisen will? Ein überaus interessanter Gedanke.«

»Nein, keinesfalls kann ich Mord gutheißen. Wo kämen wir denn hin, wenn wir Gericht und Henker einfach umgehen würden, nur weil wir einen für schuldig halten.«

»War denn Boemke schuldig? Also hat er wirklich betrogen und der Stadt Geld gekostet?«

Meine Frage, von mir, ohne nachzudenken gestellt, ließ die Gruppe verstummen.

»Nun« Heimlich fasste sich als erster. »Ich denke«

»Ich denke« unterbrach Gierig scharf, »das genau das der Punkt ist. Wir wissen es nicht und maßen uns ein Urteil an. So sind wir nicht besser als Waschweiber am Brunnen!«

Alle wichen seinem Blick aus und widmeten sich selbst bei bereits leerem Teller intensiv wieder ihrem Besteck und ihren Krügen. Für ein paar Minuten schwiegen wir, nur das Kratzen des Bestecks und Geräusche des Geschirrs waren zu vernehmen.

»Darf ich vielleicht noch etwas aus der Vossischen Zeitung berichten? Mein Freund sandte mir in der letzten Woche einen interessanten Brief zu. Wenn die Herren möchten, lese ich ihn gerne vor.«

Erleichtert über den Themenwechsel und das Abwenden der unangenehmen Stille nickten alle.

»Lesen Sie, Preller, lesen Sie«, ermunterte Professor Gierig.

Der Receptor nestelte aus seinem Oberteil einen Brief und begann vorzulesen. Die nächsten Minuten drehte sich das Gespräch um Versuche der Brüder Montgolfier und den waghalsigen Versuchen, mit einem Luftball in die Höhe aufzusteigen.

Ich ließ die Überlegungen an mir vorbeigleiten und gab mich der Erleichterung hin, offensichtlich nicht zum Feindbild Gierigs geworden zu sein. Vielleicht könnte ich meinen Platz in dieser Stadt doch behaupten.

Meine Kollegen schienen alle fähig und an der Welt interessiert zu sein. Vielleicht würde mich mit dem ein oder anderen sogar in der Zukunft eine Freundschaft verbinden.

Plötzlich stieg mir ein seltsam unpassender Geruch in die Nase. Ich blickte zur Seite. An Prellers Ärmel klebte etwas Weissgraubräunliches.

»Ähm, Receptor«, ich deutete auf den Fleck.

»Oh verdammt, danke, mein gutes Eheweib bringt mich um.«

»Wegen etwas Dreck am Ärmel?« Ob die Ehe wirklich ein erstrebenswertes Ziel wäre?

»Nein aber weil sie weiss, woher er stammt.«

Er rieb über den Fleck. Staubig, krümelig verteilte sich der Schmutz über eine größere Fläche. Er rieb heftiger und schaffte es, bis auf ein paar hartnäckige Stellen, seinen Ärmel wenigstens grob zu reinigen, so dass die Zuordnung des Drecks, etwas was für ihn anscheinend höhere Bedeutung als der Schutz selber hatte, deutlich erschwert wurde.

»Verdammt, warum müssen wir auch im Hühnerhof wetten?«

Im Hühnerhof? Der Dreck war Hühnermist?

»Äh, was meinen Sie, Sie wetten im Hühnerhof?«

Verschwörerisch beugte er sich zu mir.

»Es ist nichts Bedeutendes, nur eine kleine Runde. Ich gehe nicht oft hin, aber ab und zu will ein Mann auch mal mehr als nur Arbeit und Vernunft. Das verstehen sie sicher.« Er blickte vorsichtig zu Professor Gierig, der aber war in eine intensive Debatte über die physikalischen Grenzen einer Luftbesteigung vertieft und zeigte kein Interesse für Tierfäkalien jeglicher Art.

Ich nickte dem Receptor ermunternd zu.

»Und darum waren Sie kürzlich in einem Hühnerhaus?«

Er nickte.

»Ja, ja. Nun, wenn Sie möchten, nehme ich Sie mal mit.«

Er fingerte noch immer an seinem Ärmel herum.

»Ach, das ist sehr freundlich, aber ich denke, ich halte nichts von Hahnenkämpfen.«

Er sah mich ungläubig an. Dann schlug er sich auf den Schenkel und lachte, wurde aber sofort wieder ruhig, als Gierig uns einen fragenden Blick zuwarf. Glucksend von unterdrücktem Lachen raunte er mir zu:

»Nein, keine Hahnenkämpfe, wir sind doch keine Wilden. Und auch keine Engländer. Wir spielen Karten und wetten ein bisschen um die Einsätze.«

»Karten? In einem Hühnerhof?«

Er nickte.

»Ja, im Hövelshof, da steht ein großes Hühnerhaus. Seit dem Tod des Alten, verfällt es immer mehr, da sich die Erben nicht über den Besitz einigen können. Und dann kam jemand auf die Idee, dass es ein guter Platz sei, um sich mal zurückzuziehen. Wir Männer brauchen ja auch unseren Freiraum und wenn man sich abends im Wirtshaus betrinkt, wissens am nächsten Mittag schon alle Waschweiber und dann ists nicht mehr weit, dann zieht dir dein treues Eheweib das Fell über die Ohren.«

Die Ehe schien einem wirklich nicht unbedingt zum Vorteil zu gereichen.

»Und wer gehört noch zur Runde?«

»Ach, eigentlich ist das nicht fest. Mal der eine, mal der andere, aber es finden sich immer genug um eine Runde Landsknecht oder seit Neuestem auch mal Taroc zu spielen.«

»War auch mal der Bäcker Boemke dabei?«

»Pah« er spie aus. Ein Blick zu Gierig, der war aber zum Glück in ein Gespräch mit seinem Sitznachbarn vertieft.

»Der Boemke, das ist so einer, ja, der war mal dabei, aber er hat Streit angefangen und Göddert hat ihn rausgeworfen und ihm gesagt, wenn er ihm noch einmal quer kommt, findet er sich schneller auf dem Gottesacker wieder, als er das Halleluja singen kann.«

»Oh, was ist denn passiert?«

Wir schienen doch beim Klatsch angekommen zu sein. Mit Seitenblicken versicherten wir uns der Abgelenktheit des Professors.

»Nun, ich war nicht dabei, aber man hat mir erzählt, Boemke hätte versucht zu betrügen und nicht einmal besonders geschickt. Vielleicht hat er´s auch geschafft und ist einmal zu oft damit durchgegkommen. Wer weiß das schon. Aber vor zwei Wochen ist es dann fast zu einem Faustkampf gekommen. Zum Glück für alle hat Wirt Fley die Streithähne trennen und Boemke nach Hause verbringen können. Das wäre was geworden, wäre es wirklich zu einer Schlägerei gekommen. Das Hühnerhaus ist nicht groß, sicher hätte es mehr als nur ein oder zwei blaue Augen gegeben.«

Hmm, hatte ich damit einen oder gar mehr neue Verdächtige? Einen Göddert, der sich betrogen gefühlt hatte? Und was war mit dem kräftigen Fley? Vielleicht war er auch Boemkes Opfer gewesen?

Physikus Neuhaus hatte auf den Hühnermist hingewiesen. War Boemke am Samstag noch einmal zum Hühnerhaus gegangen und war dann ein Streit eskaliert?

Das Hühnerhaus gehörte zum Hövelshof. Wie weit dieser wohl vom Bäckerhaus entfernt lag. Andererseits, in dieser Stadt lag nichts wirklich weit voneinander entfernt. Nun, ein Besuch beim Wirt Fley könnte nicht schaden. Vielleicht auf einen Krug Orsade, gegessen hatte ich jetzt reichlich. Bis Gierig die Tafel etwa eine Viertelstunde später aufhob und sich unsere Runde auflöste, hing ich meinen Gedanken nach.

Es war düster und eiskalt, als ich aus dem Wirtshaus trat. Ich ging mit Preller zurück Richtung Markt. Am Rathaus trennten sich unsere Wege und ich ging Richtung Süden zum Wirtshaus Zum Schwarzen Raben.

»Guten Abend, Wirt Fley. Einen Krug Orsade, bitte.«
Er nickte und kurz darauf brachte er mir das Gewünschte.

»Heute ganz allein?«

»Ja, ich, ich wollte nur, ach.«

Wie sollte ich unauffällig das Gespräch darauf bringen, dass ich vermutete, er sei in einen Streit verwickelt gewesen, der sich um Glücksspiel drehte?

»Nana, wo drück der Schuh? Wirte sind die besten Beichtväter, bei uns gibts den Wein auch außerhalb der Messe.«

Er wischte mit seiner Schürze über den Tisch, lachte beugte sich zu mir hinunter und blickte mich offen an. Das Wirtshaus war spärlich besetzt, in unserer Nähe keine Ohren, die hätten lauschen können oder auch aus unglücklichem Zufall heraus etwas hören könnten.

Ich nahm einen kräftigen Schluck.

»Nun, ich, es geht um den Hühnerhof.«

Er zog die Augenbrauen zusammen.

»Was ist damit?«

»Nun, ich habe gehört, dass Sie einen Streit mitbekommen haben. Zwischen Göddert und dem Bäckermeister.«

»Das mag sein, wie es ist. Was geht sie das an?«

»Boemke ist tot.«

»Ist mir zu Ohren gekommen. Ist nicht schad drum. Was hat das mit mir zu tun?«

»Nun, aber ein Junge soll dafür hängen und vielleicht ist er unschuldig. Ich, ich denke, er hat es verdient, dass man seine Schuld überprüft.« Nahm ich mir hier eine Freiheit heraus, die mir nicht zustand? Hinterging ich den Amtmann? Ich versuchte es anders.

»Ich denke, es ist möglich, dass jemand anderes ihn umgebracht hat.«

Während meines Gestammels hatte sich der Wirt mir gegenüber niedergelassen und schaute mich nun mit bohrendem Blick an.

»Hmm, und da glauben Sie, ich würde einen besseren Mörder abgeben?«

»Nein, nein, das nicht.«

Obwohl ich genau das vor noch nicht mal einer Stunde in Betracht gezogen hatte.

»Nein, ich dachte nur, Sie wüssten vielleicht mehr über die Hintergründe des Streits und was Boemke so für einer war.«

Er zog die Brauen zusammen, die Faust im Tuch verkrallt. »Ein schlechter Verlierer, ein Lügner und ein Betrüger, das war er!«

Der Wirt schien zu überlegen.

»Gut, ich sag Ihnen wie es war, dann können Sie es direkt dem Amtmann sagen oder auch nicht. Aber ich bin mir sicher, auch Göddert hat nichts mit dem Mord zu tun. Ist großspurig, ja, aber dass er jemanden umbringt? Nein, das glaub ich nicht.«

Und dann erzählte er mir die Geschichte, die ich bereits von Preller kannte und ergänzte hier und da ein paar Einzelheiten. Nichts davon wies darauf hin, das Fley am Samstag oder Sonntag früh noch einmal auf Boemke getroffen war. Blieb mir nur noch der mir völlig unbekannte Göddert.

»Melchior!«

»Weib, ich komme gleich!« rief der Wirt über seine Schulter.

»Wenn Sie noch immer nicht überzeugt sind, dort drüben in der Ecke, das ist Göddert.«

Ich folgte seinem Fingerzeig und blickte auf einen dürren älteren Mann mit dunklen Haaren, die sich langsam lichteten. Seine ganze Statur erinnerte mehr an eine Vogelscheuche, die bereits einen großen Teil ihres Strohs eingebüßt hatte. Seine Kleidung schlackerte um dürre Gelenke, seine Wangen waren eingefallen. Ich hatte wohl etwas zu lange zu ihm hinübergesehen, denn er hob den Arm und rief.

»Anfassen kostet Sie aber was mehr und Glotzen ist auch nicht umsonst!«

Ich errötete, nahm meinen Krug und trat zu seinem Tisch.

»Ich, nun, es tut mir leid, ich wollte Sie nicht anstarren, guter Mann.«

Sein Mund verzog sich zu einem Grinsen.

»Ach, einer der sich ausdrücken kann.«

Aus seinem Mund klang das nicht wie ein Kompliment.

»Darf ich Ihnen vielleicht etwas bestellen?«

Meine Geldkatze wimmerte leise vor sich hin.

»Willst also doch was von mir. Hab ich mir gleich gedacht. Göddert, hab ich gedacht, der will etwas von Dir.«

Ich nahm das als Zustimmung, ließ mich ihm gegenüber auf der Bank nieder und stellte meinen Krug ab.

»He Wirt, einen Krug für Herrn Göddert hier.«

Er gluckste.

»Hopfen, kein Waschwasser!«, ref er hinterher und fügte an mich gewandt hinzu: »Und das Herr kannste lassen. Einfach nur Göddert.«

116

Die Wirtin stellte – mit einem neugierigen Blick auf mich – einen Krug vor ihn hin und er nahm einen kräftigen Schluck.

»Was kann ich denn nun für Dich tun? Bist ja nicht zum Schnacken hier, oder?«

Was auch immer das bedeuten könnte. Ich sparte mir die Nachfrage.

»Nun Herr, äh nun, Göddert, ich habe gehört, es gibt im Hühnerhof.«

Er klopfte sich auf den Schenkel und lachte. Seine Arme zitterten dabei so sehr, dass sein Wams verrutschte und den Blick auf eine deformierte Schulter freigab. Unbekümmert zog er das Kleidungsstück wieder zurecht.

»Ach daher weht der Wind. Und da machste so ein Gewese? Hättste ja auch so kommen können, ist kein Geheimklub oder so, sind ja nicht bei den Maurern. Zu uns kommste auch ohne Winkelwaage. Musste nur was mitbringen für den alten Göddert, dann biste dabei.«

Er griff sich mit der Hand an den Bauch, die andere hielt den Krug.

»Muss auch nichts Besonderes sein, Frauchen soll es ja nicht merken, nicht wahr?«

Er grinste und beugte sich näher zu mir. Wieder der trockene, leicht beißende Geruch, den ich inzwischen als Hühnermist zu deuten wusste.

»Reicht mal ein Zipfel Wurst oder auch ein Hühnerbeinchen, soll ja nicht auffallen, macht aber den alten Göddert satt und dann machts Kartenspielen umso mehr Spaß.«

Er kratzte sich am Kopf und deutete mit der freien Hand auf seinen Krug.

»Aber keinen Fusel oder so. Hab gesehen, was Branntwein mit einem macht. Ich bleib bei meinem Hopfen. Hält mich am Leben und bei klarem Kopf und den brauchste, wenn Du spielen willst.«

Das klang nach einem harmlosen Vergnügen und auf eine spezielle Art sogar aufgeklärt und überaus vernünftig, fast philosophisch.

»Was machst Du so, wenn Du nicht spielst?«

Ich war überrascht, wie leicht mir das Du über die Lippen kam. Es schien mir nicht unangemessen. Im Gegenteil, er schien außerhalb einer mir bekannten Regelwelt zu existieren. Sein Leben schien, nun ja, einfach.

»Nun, ich helfe, wo ich kann, ich kann zuhören. Schaffen kann ich nicht mehr gut. Hab mir die Schulter verrenkt. Bin unter einen Karren gekommen, war noch ganz klein. Hat nie wieder richtig zusammengepasst.«

Er nickte Richtung seiner Schulter.

»Haste ja gesehen. Was solls, Kartenspielen kann ich noch und ab und zu findet sich immer noch was zu tun. Und wenn es hart kommt, hab ich noch ne Schwester.«

Sein Magen grummelte mehr als vernehmlich und er presste seine Hand darauf.

»He Wirtin, haben Sie etwas Brot? Und vielleicht etwas Suppe übrig?« Göddert blickte mich hoffnungsvoll an.

Das Gewünschte kam und ich deutete auf die gegenüberliegende Tischseite. Sie brummte »Göddert, Du bist der Einzige, der auf Befehl mit seinem Magen knurren kann.«

Er gluckste und sah mich mit angemessen beschämtem Gesichtsausdruck an, während er schnell nach dem Brot griff, es in die Suppe stippte und den ersten Bissen nahm. Ich konnte ihm nicht böse sein. Er war einfach Göddert. Und wenn ich es mir Recht überlegte, nein, er war vielleicht einer, der auf verschlungenem Wege bekam, was er wollte und sehr wahrscheinlich war er auch nicht immer ganz ehrlich, aber weder schien er mir körperlich in der Lage, Boemke erschlagen zu haben, noch machte er den Eindruck wirklich länger über etwas wütend zu sein. Er schien sich mit seinem Schicksal zu arrangieren und wirkte trotz oder gerade wegen seiner Lage äußerst zufrieden mit seinem Leben. Nein, er gab auch keinen neuen Verdächtigen ab. Ich seufzte, ich hatte nichts erreicht.

Göddert aß seine Suppe mit großem Appetit und wischte die letzten Reste mit einem Stück Brot aus. Dann trank er einen Schluck, viel konnte vom Bier nicht mehr übrig sein, und sprach bedächtig: »Es ist im Leben wie beim Kartenspiel. Es kommt nicht auf das Blatt an oder auf das Äußere. Man muss dahinter schauen, auf das, was die Leute wirklich wollen, was sie antreibt, wofür sie morgens aufstehen. Das sagen sie dir natürlich nicht immer offen, aber oft genug rutscht es ihnen raus. Oder man erkennt es daran, was sie wütend werden lässt. Den Boemke, den reizte es immer, wenn er dachte, er könnte jemanden übers Ohr hauen oder sich einen Vorteil verschaffen, so war er, das war sein Kern und er war gut darin. Wenn er also selbst übers Ohr gehauen wurde, dann hat ihn das fuchsig gemacht. Oder wenn du einen hast, der immer nur rechtsrum mit dem Karren fährt, den machst Du wibbelig, wenn Du ihn zwingst, links zu fahren. Das ist die Natur des Menschen, glaubs mir.«

Wirklich, an Göddert war ein Philosoph vorüber gegangen.

Oder auch nicht, eigentlich war er der Inbegriff des Philosophen. Und vielleicht steckte in seinen Überlegungen auch der Schlüssel zum Mord. Wer wurde denn vom Bäcker so gereizt, dass er nicht das bekam, was er wollte. Wenn hatte Boemke, um bei Göddert zu bleiben, einmal zu oft gezwungen, links zu fahren? Leider führte mich dieser Gedanke direkt zu Caspar und Anna.

Ich verabschiedete mich von Göddert, dankte ihm für das anregende Gespräch und dass ich mich über ein weiteres freuen würde. Beides meinte ich ernst. Ob er zu einem angemessenen Umgang im Sinne des Professors passte, war mir in diesem Moment egal. Wenn man sich vor Ehefrauen im Hühnerhof verbergen konnte, dann doch sicher auch vor gestrengen Professoren.

MITTWOCH, 20. THAUMOND 1788

Noch im Halbschlaf hörte ich die quietschenden Karren, das Blöken der Rinder und das Geschnatter der Frauen. Mittwoch, Markttag. Eiswasser, Ankleiden, Biersuppe, Wurststück und Brot.

Rasch zog ich mir meinen Mantel über und lavierte mich zwischen muhendem Rindvieh, Karrenrädern und aufgeregten Gemütern hindurch zum Markt. Die noch Ankommenden drängten in meine Richtung, Einzelne bereits advers. Vermutlich hatten viele nur die Waren geliefert, für das Verkaufen waren nun andere zuständig. Auch eine Vielzahl der Tiere, sowohl verkaufte als auch später für die Rückfahrt noch benötigten Lastentiere, wurden mir entgegengetragen, -gescheucht, -geführt und -gezogen. Als ich an der Ecke, die sich zum Markt hin öffnet, ankam, entfaltete sich vor mir wogende Aktivität. Aus dem bereits von weitem zu vernehmenden Grundlärm schälten sich einzelne Laute, wie das Blöken von Schafen, das Schleifen von Metall, Klappern von irdenem Geschirr und die anpreisenden Rufe einzelner Marktschreier. Die Gerüche ebenso typisch wie einzigartig. Eine ganze Wolke aus Gebratenem, Ausdünstungen aller Art, nassem Fell und Holz umfingen mich. Die Sonne war noch nicht aufgegangen und doch standen die Händler schon dicht an dicht. Einige verkauften direkt von ihrem Karren, andere hatten ihre Waren auf dem Boden oder auf Kisten ausgebreitet. Dazwischen saßen Handwerker auf Schemeln, die ihre Arbeit direkt neben bereits Fertigem präsentierten. Ich sah Korbmacher, einen Seiler und einen Pfeifenschnitzer. Einzelne Straßenhändler liefen herum, die ihre Waren in kleinen Kästen vor dem Bauch oder an Riemen geknüpft über der Schulter trugen. Verführerisch dufteten die Backwaren und vermischten sich mit dem Essig aus den Fässern, unterschiedlichsten Körpergerüchen und der feuchtkalten Luft, die an den Mauern der

Häuser entlang glitt. Ich hörte das Glucksen des Wassers in den Fässern der Träger und Wortfetzen aus der Menge.

»Nein meine Kleine, heute nicht.«

»Aber Mutter, bitte nur eine Zuckerstange!«

Ein Vogelhändler, behangen mit einer Vielzahl winziger Käfige, in denen die Bewohner mit Keckern, Tschilpen und Pfeifen ein seltsam melodisches Konzert gaben.

Ich schlenderte herum und kam zu einem schmalen Eckstand. Aus einem Weidenkorb schöpfte ein dunkelgelockter Mann Salz auf eine kleine Waage und von dort aus in kleine Säckchen, Beutel und kleinere Gefäße, je nach Wunsch seiner Kundschaft, der Stand eines Salzjunkers. Allerdings schien der gegenwärtige Handel nicht zur Zufriedenheit des Käufers ausgefallen zu sein.

»Hundsfott, elender. Du betrügst doch. Das sind niemals zwei Unzen.« Der Unzufriedene trug eine Lederkappe über dem grauen Haar, das ihm bis auf die Schulter herabhing, eine Fellweste und einen breiten, abgewetzten Gürtel. Aus seinem Kreuz schloss ich, er scheute die körperliche Arbeit nicht. Der Händler blickte sein Gegenüber mit unbewegter Miene an, strich sich langsam über sein Kinn, faltete die Hände vor der Brust zusammen und rief mit weit ausholenden Gesten: »Mein Herr, Ihr schimpft mich einen Betrüger? Ich habe schon Salz gewogen, als Ihr noch an den Brüsten Eurer Mutter hingt.«

Er wies mit geöffneten Händen auf den Weidenkorb.

»Nun, mein Herr, nach Baynards Versuchen in Oxford wiegt ein Cubikfuß gemeines Wasser aufs genaueste 76 Pfund Troygewichte. Wie Sie sicher wissen,« er blickte auf seinen Kunden und wies dann auf seine Waage, »enthält jedes Pfund also zwölf Unzen Sohle eine viertelhalbe Unze Salz. So werden dann 4864 Pfund Sohle, 17024 Unzen, welches genau 228 Scheffel ist, herausgeben. Ihr sehet mein Herr, ich kenne mich mit den Gewichten aus.«

In einer Geste, als predigte er den Schäfchen von der Kanzel, umfasste er zunächst mit weiten Armen seine Gemeinde und legte dann sorgsam seine Fingerspitzen in Höhe seiner der Brust zusammen, senkte für einen Atemzug sein Haupt, hob dann ruckartig den Blick und sprach, als würde er einem naiven Kinde eine völlig absurde Angst vor der Dunkelheit nehmen.

121

»Ihr könnte also ganz beruhigt sein, ihr bekommt zwei Unzen feinsten Salzes.«

Er wechselte vom Väterlichen ins Lehrerhafte. Ja, genau ich sah mich selbst, wie ich Erklärungen an uneinsichtige Schüler abgab.

»Aber, ich sehe schon, ihr seid noch nicht überzeugt. Nun, denn, seht hier.«

Er griff in ein feingewebtes Säckchen, holte ein etwa daumengroßes Gewicht heraus und hielt es hoch. »Hier habe ich ein Gewichtsstück von genau zwei Unzen, sehen Sie her, es steht sogar darauf.« Er hielt den silbernen Gegenstand mit der rechten Hand hoch und wies mit dem Zeigefinger seiner linken auf die schwarze Ziffer am unteren Ende. »Nun lege ich es hier zu meinen eigenen Gewichten auf die Waage. Sehen Sie, sind diese nun im Gleichgewicht oder nicht? Kommen Sie nur näher und sehen Sie genau hin.« Erwartungsvoll blickte er sein Gegenüber an und wies auf die Waage und die Gewichte. Auch ich trat unwillkürlich einen Schritt vor und stand nun neben dem Weißhaarigen, der auf die Szene vor sich starrte und verwirrt nickte. Dann griff er in seinen Überwurf, holte ein paar Münzen hervor und gab sie dem Händler. Dieser nickte, lächelte und gab dem Mann ein kleines Säckchen.

Ich war beeindruckt von der Vorführung des Händlers. Vor mir selbst konnte ich es zugeben, ich hatte die Berechnung keinesfalls verstanden. Aber er schien sein Handwerk zu verstehen.

Ich schlenderte weiter. Seine Worte wohlgesetzt, seine Gesten unterstrichen die Rhetorik. Und doch. Je länger ich darüber nachdachte, desto mehr erinnerte mich das Gesehene an ein Bühnenstück. Als wäre ich Zuschauer bei einem Theaterstück gewesen, dass auf den Märkten von Leipzig oder Königsberg spielte. Ich war noch nie dort gewesen, stellte es mir aber so vor. Aber was genau hatte ich eigentlich gesehen? Und was hatten der Kunde oder ich sehen sollen?

Der Duft nach Gebratenem stieg mir in die Nase. Am Ende des Marktes, in einem Winkel drängten sich die Ärmeren um eine Garküche. Mich schüttelte es, hatte ich doch genug über die Verwendung von alten Rössern oder Schlimmerem bei der Speisenzubereitung gehört. Andererseits, ich bezweifelte, dass es in Dortmund einen Schindanger gab. Vermutlich gaben die Wirte etwas oder der Rat sorgte für die Bettler und Waisen. Bisher war ich keinem entstellten oder von Krankheiten gezeichneten Erbarmungswürdige begegnet, sah man diese doch in den großen Städten an vielen Ecken. Die wenigen ärmlich Gekleideten, die ich hier gesehen hatte, schienen nicht Hungers zu sterben. Andererseits, vielleicht jagte man sie auch einfach direkt aus der Stadt.

Ein paar Stände vor mir sah ich Magda bei einer verhutzelten Frau stehen, die Strümpfe und Waren aus Linnen feilbot. Die Sommersprossige schien mich nicht zu bemerken und als ich mich auf Rufweite vorgearbeitet hatte, war sie verschwunden.

Ein Quietschen peinigte meine Ohren. Etwas abseits drehte ein Tagelöhner an einem Triebrad, auf dem ein Scherenschleifer gerade ein Werkzeug zurück in seine notwendige Form brachte. Angesichts des Schleifers stierem Blick, der emsig auf den Sandstein gerichtet war, stand zu befürchten, dass der Handwerker bereits durch langjährige Arbeit in seiner Sehkraft geschwächt war. Dennoch schien er nicht wenig zu verdienen, immerhin wurde ihm sein Rad gedreht. Er musst nicht mit beständiger Bewegung des eigenen Fußes ein größeres Rad drehen, wodurch dieses das Schleifrad in Bewegung hielt. Am Stand daneben gab es Hecheln für die Verarbeitung von Flachs und Mausefallen. Ob sich die Wächter des Katharinenturms hier eindecken würden?

»Feinstes Linnen, nur das Beste für sie!«
»Haben Sie auch dunkles Hasenfell?«

Zwischen zwei Karren kauerte ein Trödler auf dem Boden, neben sich einen Korb mit Lumpen. Er hustete trocken und blickte ins Leere.

»Zwei Scheffel bitte.«
»Kommt das aus Hörde?«
»Du Betrüger!«
»Du Dieb!«
»Beim alten Beurhaus, Dir muss man das Handwerk legen«

Auch das gehörte wohl zu jedem Markt dazu.
»Na, junger Mann, wie wäre es mit Sauerkraut und Fisch?«
Ich schüttelte lächelnd den Kopf und schlenderte weiter.

»Herr Amtmann, tun Sie doch etwas!«

Der Ruf kam aus Richtung des Brunnens.

»Ach, stell Dich nicht an, Nöller!«

Nach wenigen Schritten war ich bei der Gruppe. Hoberg stand mit dem Rücken zu mir vor einem Mann, der von einem Hocker aufgesprungen war, der zwischen allerlei Gerät, was aus den Teilen kleiner Tiere hergestellt wird, wackelte. Gerade fand er wieder in einen stabilen Stand zurück. Ich sah kleine Gefäße aus Hufen neben Beuteln aus Haut und Fell und Knotenriemen aus Sehnen. Neben dem offensichtlich wütenden Verkäufer stand ein ebenso erboster dicklicher Mann, der seine Fäuste erhoben hatte. Der Zorn der beiden Männer schien sich auf ein gemeinsames Ziel, auf den Marktpolizisten, zu richten. Hinter mir spürte ich, wie sich eine kleine Ansammlung Menschen zusammenzog. Aus der Menge wurden Rufe laut.

»Keine Sorgen Carl, der kann noch nicht mal einen Mörder überführen, der den Schlegel noch in der Hand hat, wie soll er sich da um Dich kümmern?!«

Dunkles Lachen folgte dem Einwurf.

Hoberg trat einen winzigen Schritt zurück, straffte seinen Rücken. Ich sah, wie sich seine Faust am hängenden Arm ballte.

Eine andere Stimme schlug vor:

»Vielleicht hat er ja nur nicht genug gekippt.«

Kichern und Murren hielten sich die Waage.

Hinter mir raunte jemand: »Hält sich für was Besseres mit seinem Jabot.«

Eine andere Stimme ergänzte: »Denkt, er könne uns befehl'n.«

Ich sah mich um, konnte aber keinem der Schaulustigen die Bemerkungen zuordnen.

»Du«, Hoberg zeigte auf den Kunden »verschwinde endlich und Du« sein Blick richtete sich auf den Händler, »wenn Du noch einmal Streit anzettelst, lasse ich Dir das Marktrecht entziehen.«

Seine Stimme klang gelassen, schien aber demjenigen, der sich der Anordnung widersetzen würde, eine mehr als düstere Zukunft vorauszusagen.

Beide Männer schienen abzuwägen, ob sich ein weiterer Disput für sie auszahlen würde, dann senkte der Händler die Fäuste. Der Feiste schnaubte. Mit einem Naserümpfen und einem Blick, der Hoberg, den

124

Händler und dessen Waren einschloss, verschwand er im Marktgewühl. Die Menge hinter mir zerstreute sich.

Hoberg drehte sich um, erkannte mich und nickte mir zu.

»Ohne mich würde es hier zugehen wie im liederlichen Gomorra.«

Er schlug den Weg Richtung Osten ein und ich ging ein paar Schritte neben ihm.

Autsch. Ein Ei landete auf meiner Brust.

Ein Knabe von vielleicht acht Jahren, in der Hand ein weiteres Ei, duckte sich und rannte weg. Ein etwas älterer Junge folgte ihm.

»Du Dummkopf. Den anderen solltest Du treffen!« Beide verschwanden im Gewühl.

Hoberg blickt an mir hinab. »Sie sollten sich säubern!«

Das war alles? Wollte er denn nicht den Übeltätern hinterher? Ich rieb über die Reste, machte es aber nur schlimmer. Als ich wieder aufsah, war der Amtmann bereits weitergegangen und tat, was immer ein Marktpolizist am Markttag zu tun hatte. Mit einem Mal schien mir das Treiben nicht mehr fröhlich. Der Platz war mir zu voll und Gerüche und Lärm bedrängten mich. Mit schnellen Schritten drängte ich mich bis zur breiteren Gasse im Norden und ging, nun ja, floh zurück in die sichere Zuflucht des Lehrerhauses.

Mein dritter Schultag, zur achten Stunde. Von der Witwe hatte ich einen alten, nussfarbenen Paletot ihres Friedrichs ausgeliehen. Auch wenn ich seine Mutter an ihn erinnerte, seine Statur schien der meinen nicht ähnlich zu sein. Der Überrock reichte mir fast bis zu den Waden. Ich hoffte nur, bald wieder meinen Eigenen tragen zu können. Ob er allerdings von der Sudelei befreit werden konnte, lag nun ganz in Magdas Händen.

Ich nickte Arnold zu. Er schaute mich kaum an und saß mit hängenden Schultern an seinem Platz. Die Glocke ließ mir keine Zeit für neugierige Fragen.

»Er ging, äh sagte, äh nein er ritt, äh« wir quälten uns durch die Memoiren. Noch immer schallten die Geräusche des Marktgeschehens durch die Stadt und trugen keinesfalls zu unserer Aufmerksamkeit in schulischer Angelegenheit bei.

Tock Tock Tock

Das laute Pochen an der Tür ließ uns alle zusammenzucken.

In den Schrecken mischten sich auf einigen Gesichtern Erleichterung und Freude über die Unterbrechung, die im Gegensatz zum entfernteren Lärm die Möglichkeit einer echten Pause bot.

Schwungvoll wurde die Tür geöffnet und ein Mann stiefelte herein. Gedrungen, ganz in rötlichem Braun gekleidet, reichte er Professor Gierig, der hinter ihm her eilte gerade bis zur Schulter.

»Zacharias, wir gehen!«

Seine Stimme dröhnte, als wäre unser Klassenraum auf der anderen Seite der Straße. Er wippte mit dem Fuß. Der Junge erhob sich träge und schleppte sich mit enervierender Langsamkeit auf den Mann zu. Es schien, als könne nichts, nicht einmal ein solches Ereignis das langweilige Dasein des Jungen bereichern. Bei näherem Blick vermeinte ich, eine gewisse Ähnlichkeit in der gedrungenen Gestalt zu erkennen. Vermutlich also sein Vater oder Onkel, blickte über meine Schulter hinweg auf einen Punkt an der Wand und spie »Ein Lehrer, der sich mit Gassenjungen prügelt. Was ist nur aus dieser Schule geworden!«

»Aber, aber«

Der Blick Gierigs brachte mich zum Schweigen.

»Ich habe Sie gestern gewarnt. Noch eine Verfehlung und Sie sind kein Lehrer mehr an dieser Schule!«

Die beiden Männer und Zacharias verließen den Raum und schlossen die Tür mit geräuschvollem Ruck. Zurück blieben vier Knaben, die mich entgeistert anblickten.

»Äh, lest leise für euch im Ovid weiter und übersetzt, ich werde euch morgen abfragen.«

Ich konnte jetzt nicht sprechen oder gar lehren. Worauf spielte der Mann an? Man hatte mich beworfen und man hatte mich nicht einmal gemeint. Zur falschen Zeit am falschen Ort. Aber die Konsequenzen waren fürchterlich. Ich war noch nicht einmal eine Woche an der Schule und nun wurden mir bereits Kinder entzogen.

Wenn das so weiter ging, würde ich im Lenzmond keine Arbeit mehr haben. Man würde mich aus der Stadt weisen. Diesem Schicksal wollte ich mich nicht ergeben. Aber was konnte ich tun. Zwischen Skylla Gerstein und Charybdis Gierig, mit Hoberg als Steuermann Baios, die

Ausweglosigkeit legte sich dumpf auf mein Gemüt. Es hatte geläutet, aber mehr als ein Nicken zur Entlassung brachte ich nicht zu Stande.

Die Kinder hatten den Raum verlassen. Es läutete bereits zur nächsten Stunde, aber weder ich noch der Schulraum würden gebraucht. Mittwochs fand nur am Vormittag Unterricht statt. Ich saß zusammengesunken am Pult und zeichnete mit dem Finger die Maserungen der Platte nach. Ich könnte mich Gott befehlen und mein Schicksal in die Hände der anderen Männer legen. Dann wäre es nur eine Frage der Zeit, wann ich kein Lehrer mehr sein würde. Alles hing zusammen. Der Mord, seine Aufklärung, Hoberg, das Schicksal Caspers und meines waren miteinander verknüpft. Dann war da noch der nagende Gedanke, dass Caspar vielleicht doch unschuldig war. Würde ich also, wenn ich nichts täte, neben meinem Untergang auch noch den seinen auf meine Seele laden? Mein Finger blieb an einem Astloch hängen.

Gierigs Stimme hallte in meinem Kopf wieder »Wahr ists, dem Menschen ist Verstand genug geschenket.«

Wohl gesprochen! Ich richtete mich auf und blickte auf die leeren Bänke. Ich hatte vielleicht bald keine Arbeit mehr und kein Dach über dem Kopf. Aber ich hatte Verstand und verdammt wäre ich, würde ich auch mein nächstes Leben riskieren und mit dem Leid eines Unschuldigen Schuld auf mich laden. Ich würde beweisen, wie es wirklich war und wenn es das Letzte, buchstäblich das Letzte war, was ich in dieser Stadt tat. In meinem Kopf begann sich eine Idee zu formen. Ich stand auf und.

TokTokTok

Ein etwas zaghafteres Klopfen diesmal. Ich ließ mich wieder zurückfallen. Ob Gierig beschlossen hatte, mich noch heute zu entfernen?! Zumindest stürmte er nicht wieder direkt herein. Ich schluckte, atmete tief ein. »Ja?!«

Die Tür öffnete sich und zu meiner Überraschung erkannte ich einen meiner Schüler. Den blonden Matthias, der uns gestern Morgen mit fantasievollen, wenn auch nicht vokabelgetreuen, Übersetzungsversuchen unterhalten hatte.

Hinter ihm der Grizzly aus der Bäckerei. Der Bruder der Bäckerin zog einen weiteren Jungen, vermutlich einen jüngeren Bruder von Matthias hinter sich her.

»Äh, hmm, guten Tag Gildenmeister Wenker, Matthias?!«

Ich stand auf und deutete ein Nicken an. Eine Verbeugung schien mir nicht angebracht.

Er schob die Kinder hinein und wies auf die Schulbänke.

»Setzt euch dort hin.«

Dann trat er einen Schritt auf mich zu und sprach:

»Guten Tag Schulmeister Aldenhagen. Ich bin Johann Gottfried Wenker. Vorsteher der Bäckergilde und Wirt des Gasthauses zur Krone.«

»Äh, ja, guten Tag. Wir haben uns schon getroffen. Was kann ich für Sie tun? Geht es um Matthias?«

»Nein, um den Vorfall.«

Vorfall, ah, nun das war eine interessante Umschreibung für Mord. Ich nickte trotzdem. Was blieb mir anderes übrig. Da er seine Kinder mitgebracht hatte, war ich vermutlich sicher. Aber was wollte er von mir? Zu einem Geständnis brachte man doch seine Söhne nicht mit, oder? In Ermangelung von Sitzgelegenheiten, die Schulbänke waren zu klein und auf meinem Pult war nur Platz für einen, blieb ich stehen.

»Nun, was kann ich für sie tun?«

Mit einem Seitenblick auf die Kinder, die sich mit hängenden Köpfen in die hinterste Reihe gesetzt hatten, sprach er leise.

»Ich möchte Sie bitten, zu vergessen, was vorgefallen ist.«

Oh, ein sehr direkter Einstieg, aber ob er seiner Sache dienlich war? Und wie stellte er sich das vor?

»Ich verstehe nicht...«

»Wenn Ihnen ein Schaden entstanden ist, werde ich mich selbstverständlich darum kümmern.«

Was sagte er da? Wenn mir ein Schaden entstanden war? Ein Mann war tot. Selbst wenn ich inzwischen sicher war, dass er kein besonders angenehmer Zeitgenosse gewesen war, kam mir Wenkers Aussage doch etwas wenig mitfühlend und am Kern der Sache vorbeigedacht vor.

»Nun, es ist vermutlich auch mein Fehler.«

Er trat einen Schritt auf mich zu. Ich kann stolz von mir sagen, dass ich nicht zurückwich. Weniger stolz gebe ich zu, dass ich vor Angst erstarrt war.

»Seit Agnes im Kindbett verstarb,« auf der Schulbank legte Matthias den Arm um den Jüngeren, »da sind wir allein. Und mit dem Wirtshaus und der Bäckerei, da ist Vieles zu regeln. Und vielleicht habe ich dabei auch mal die falsche Entscheidung getroffen.«

Worauf wollte er hinaus?

»Vielleicht hab ich ihn zu hart angefasst?«

Anstatt eines wilden wütenden Bärs rief er nun Bilder von Ochsen im Joch eines Mühlengangs in mir wach. Seine Schultern gebeugt, die Hände auf den Oberschenkeln. Er blickte zu den beiden Jungen.

»Ich habe oft mit ihm über das Bäckerhandwerk gesprochen und über den Wert der Waren. Mehl, Eier, Butter, ist alles nicht billig und man muss früh lernen, dass es auch im Sinne des Herrn ist, das, was er uns schenket zu ehren.

Bäckerhandwerk, hab ich immer gesagt, ist Vertrauenssache. Und dann macht er sowas. Na, die Folgen hat er sich nun selbst zuzuschreiben!«

War das ein Geständnis? Reichte das aus? Ich kannte mich nicht aus.

»Sollten wir nicht Amtmann Hoberg hinzuholen?«

Sein Blick ruckte zu mir, er schüttelte den Kopf.

»Nein, nein, schlimm genug, dass er es mitbekommen hat. Ich denke, wir können das unter uns regeln. Er muss ja nicht alles wissen.«

»Äh, ich denke, es wäre besser-.«

»Wissen Sie, Matthias ist ganz begeistert von Ihnen.«

»Ach, nun.«

Der abrupte Themenwechsel irritierte mich. Ich blickte auf den Blondschopf.

»Äh, hmm, ich kann nur sagen, er gibt sich Mühe.«

Wenker verzog den Mundwinkel. Ein Lächeln? Er nickte.

»Ja, hat erzählt, dass Sie noch keinen der Jungs geschlagen haben und noch nicht mal die Stimme erhoben. Ist ein guter Junge. Geht vielleicht zur Universiät. Könnten einen in der Gilde gebrauchen, der in der Juristerei belehrt ist.«

Ich nickte. Eine Kirchenuhr schlug.

»Vielleicht können wir nochmal auf den Mo- den Vorfall zusprechen zu kommen?«

Ich sah ihn an. Er nickte.

»Ja, Sie haben Recht. Nun, Cornelius. Komm bitte zu mir.«

Unauffällig angeschoben vom Älteren, kam der Jüngere zögerlich näher.

»Nun, sag, was Du zu sagen hast.«

Ich blickte auf den Jungen hinunter. Er stand vor mir, die eine Hand zupfte nervös an einem Ohr, die andere war zur Faust geballt. Sein Blick huschte auf dem Boden herum, seine Unterlippe zitterte.

Zögerlich murmelte er.

»Ich war`s.«

»Lauter mein Junge.«

»Ich war`s.« und plötzlich stolperten die Worte aus ihm hinaus, schnell und von heftigem Atem holen unterbrochen. »Ich habs gemacht. Ich wollte es eigentlich nicht, aber dann war ich wütend und ich war aufgeregt und plötzlich hat mir Reinold das Ei in die Hand gedrückt und dann hab ich`s geworfen.«

Er blickte seinen Vater an, dann zurück zu mir, dann auf den Boden.

»Und es tut mir leid, Schulmeister Aldenhagen.«

Gildenmeister Wenkers Hand legte sich auf die Schulter des Jungen. Die gleiche Geste, die ich auch zwischen ihm und seiner Schwester gesehen hatte. Hier mischte sich in den Trost auch Vaterstolz. Es musste nicht leicht für den Kleinen gewesen sein. Es ging um das Ei am Morgen. Himmel, was hatte mir meine Fantasie einreden wollen. Ich lächelte und streckt die Hand aus.

»Nun Cornelius« ein kurzer Blick auf den Vater versicherte mir, dass ich mir den richtigen Namen gemerkt hatte, »ich danke Dir für Deine Ehrlichkeit. Es ist ehrenvoll und in Gottes Sinne, für die Wahrheit einzustehen.«

Das Gesicht des Kleinen hellte sich auf. Man sah förmlich die Felsbrocken der Erleichterung von seiner Seele purzeln.

»Selbstverständlich komme ich für den Schaden auf.« Wenker griff an seine Geldkatze. Ich schüttelte den Kopf.

»Ich denke nicht, dass das notwendig ist.«

Ich sandte ein Stoßgebet zu Magda, dass ich Recht behalten möge.

Er nickte. Bär und Ochse waren verschwunden. Vor mir stand ein Vater. Einer, der seinem Sohn eine Lektion vermittelt hatte, die beiden mehr als schwergefallen war, die aber mehr als lehrreich für den Jüngeren sein würde.

»Wenn ich sonst noch etwas tun kann?«

Ich sah Kairos mir huldvoll winken. Eine solche Chance ergab sich sicher nicht noch einmal. Ich griff mit beiden Händen zu.

»Ich habe tatsächlich eine Frage. Bei unserem Gespräch mit dem Amtmann sagten Sie: „Alles Weitere klären wir Bäcker unter uns." Was meinten Sie damit?«

Er schien überrascht, aber nicht ungehalten.

»Jemand muss sich um die Beerdigung kümmern und um die Bäckerei und meine Schwester ist noch nicht zu alt, sie kann noch Kinder bekommen.«

»Und wo waren Sie in der Nacht als Ihr Schwager starb?«

Wenn er wahrnahm, dass das bereits eine zweite Frage war, so ließ er sich nichts anmerken.

»Sie wollen wissen, ob ich ihn getötet habe? Das habe ich nicht. Ich war zu Hause in meinem Bett neben meiner Frau. Auf dem Boden schliefen die Kinder und der Knecht unten im Backhaus. Einer von ihnen hätte es bestimmt gemerkt, wenn ich aufgestanden wäre. Spätestens der Hund im Hof hätte alle geweckt. Das dumme Vieh ist blind, aber ein guter Wachhund.«

Er blickte seinen älteren Sohn an, der stand auf und kam zu uns. Der Vater legte seinen Söhnen je eine Hand auf den Rücken und schob sie zur Tür.

»Nun, Schulmeister. Wir wollen Sie nicht aufhalten.«

»Eine letzte Frage noch«, er blieb stehen und blickte über die Schulter zurück.

»Wenn Sie erlauben, Gildenmeister Wenker. Glauben Sie, dass Caspar Kromberg es getan hat?«

Er schüttelte nachdenklich den Kopf.

»Ich kenne den Jungen kaum. Wenn Sie mich fragen, war es einer, den Boemke übervorteilt hat oder der ihn wirklich gehasst hat. Von beiden gibts vermutlich einige hier in der Stadt.«

Er nickte mir noch einmal zu, ging und schloss, die Jungen vor sich herschiebend die Tür hinter sich.

Ich suchte Halt an meinem Pult. Himmel, von Mord mit einem schweren Gegenstand zu einem Angriff durch ein Ei. Dennoch hatte mir das Gespräch, wenn ich denn dem Gildenmeister glaubte und das tat ich, wieder einen Verdächtigen von der Liste gestrichen. Und ich hatte wieder einen Hinweis auf die mögliche Unschuld Caspars erhalten. Der Besuch ließ mich in meinem Entschluss, das Geschehen aufzuklären, gestärkt zurück. Ich würde der Wahrheit auf den Grund gehen. Wenker hatte auch von Übervorteilung gesprochen. Wen hatte Boemke betrogen oder hereingelegt, wem hatte er geschadet?

Einer plötzlichen Eingebung folgend, stieß ich mich vom Pult ab, hastete zur Tür, die kleine Stiege hinunter und zur Haupttür hinaus. Gerade noch nahm ich wahr, wie der Vater mit seinen beiden Söhnen um eine Häuserecke verschwand. Ich lief ihnen nach. An der Ecke angekommen, erblickte ich sie ein kleines Stück vor mir.

»Gildenmeister Wenker, bitte warten sie kurz.«

Er hielt inne und blickte zurück.

»Äh ja?«

Ich stützte meine Fäuste auf die Oberschenkel und holte Atem. Vor Aufregung spürte ich nur am Rande, dass ich in der Eile keinen Mantel übergeworfen hatte.

»Wen hat Boemke übervorteilt?«

Er zog die Brauen zusammen.

»Bitte, sagen Sie mir nur einen Namen.«

Er seufzte, schob die Kinder ein Stück vor, so dass sie etwas weiter trotteten.

»Ich würde gerne nur einen Namen sagen, aber er hatte mit einigen Streit. Mit dem Märcker, der seine Apfelwiesen vermessen hat, hat behauptet, er hätte den Stein versetzt, mit Rutger dem Holzhauer, angeblich hätte er mit den Klaftern betrogen und hmm, ja, mit dem Mehlheber oben bei der Mühle. Gab schlimme Zwietracht hier, verdorbenes Mehl und schlimme Vorwürfe. Wäre fast aus der Gilde ausgeschlossen worden.«

Er blickte die Straße entlang.

»Cornelius, Matthias, wartet!«

Er setzte sich in Bewegung.

»Tut mir leid, ich muss nun wirklich gehen.«

Ich rief ihm einen Dank nach und lief nachdenklich zurück zur Schule.

Nachdem ich mich versichert hatte, dass der Schulraum tadellos in Ordnung war, zog ich meinen Mantel an, schloss ab und trabte zum Haus der Witwen. Ein Märker? Ein Holzhauer? Beide konnte ich noch nicht zuordnen. Aber verdorbenes Mehl, davon hatte ich gehört. Sogar mehrfach und aus unterschiedlichen Ecken. Vielleicht war doch etwas an der Geschichte dran. Sicher würde mir eine der beiden Witwen Auskunft geben können-

Sie hatten mich bereits erwartet.

»Natürlich erinnere ich mich!«

Ich stand im Türrahmen der Küche und sah zu, wie die Dunkelhaarige Knöchelchen und andere kleine Teile, vermutlich die Reste eines Huhns aus einem Korb holte.

»Das muss so rund acht oder neun Jahre her sein. Grad in dem Jahr als auch die junge Frau vom Amtmann starb. Traurige Sache damals. Sie waren so ein hübsches Paar.«

Sie griff nach einem Kanten Brot, legte ihn zu den Hühnerresten in den Mörser und zerteilte alles beherzt mit einem Stößel. Sie kippte die brockige Masse in einen Durchschlag aus Linnen, griff nach einem weiteren Stück Brot und hielt es vor sich in der Luft.

»Die Leute beschwerten sich damals über das Brot vom Boemke.«

Sie lies das Stück in den Mörser fallen und zerkleinerte es.

»Boemke wies die Schuld von sich. Meinte, er würde backen wie immer.«

Auch diese Brotbrösel landeten im Linnen.

»Aber Leute wurden krank und Boemke verlor Kunden. Das wollte der aber nun nicht und wandte sich gegen seine Konkurrenz. Das ging dann so lang, bis der Rat nicht mehr ohnehin kam, sich der Sache anzunehmen.«

Sie nahm ein Fässchen aus dem Regal hinter sich und goss Flüssigkeit über Hühnchen und Brot. Der kräftige Geruch verriet mir, dass es sich um Hühnersud handelte.

»War ein richtiger Aufruhr hier. Hoberg war da noch nicht Amtmann und sein Vorgänger sollte die Sache klären. Hat alle Bäcker befragt und diejenigen, die krank gewesen sind. Ich weiß nicht, ob es Boemke war, aber irgendwer hat dann mit dem Finger auf den Müller gezeigt. Da wurde dann bei ihm Unrat in der Mehlkammer gefunden. Hat beinah seine Mühle verloren. Hat sich dann aber rausgeredet, sein Knecht sei`s gewesen, glaub ich.«

Inzwischen war der gefilterte Sud zusammen mit Kardamom und Muskat – die Kenntnis um die Gewürze verdankte ich einer Fußverletzung, die mich als Kind fast drei Wochen in der Winterzeit ans Haus und in Ansehung an ihren Zugang zur Speisekammer, an die Köchin gefesselt hatte – in einem Topf gelandet.

»Der Knecht, ein tumber Kerl, um den es vielleicht schad war oder nicht, wer weiß das schon, verlor dann seine Anstellung. Der Müller zahlte wohl eine Strafe. War schließlich verantwortlich. Der Herr sorgt fürs Gescherr. Wäre besser ihm anheim gefallen, das Lager zu prüfen.«

Sie rührte mit weiter Armbewegung im Topf und gab etwas Butter hinein. Dann griff sie ihn mit beiden Händen und hängte ihn an den gusseisernen Haken über dem Feuer.

»Und der Knecht, was hat der gemacht?«

»War sicher nicht glücklich darüber. Hat sein Schicksal verflucht und hat wohl auch den Bäckern gedroht, besonders dem Boemke.«

Hmm, die Sache schien mir etwas lange her, als das es noch eine Bedeutung haben könnte.

»Und in diesem Winter, sind ihm zwei Kinder unter der Hand weggestorben. War wohl zu betrunken, um sich an der Almosenschüssel ein finden zu können. Die Kirchgänger sorgen schon für die Armen oben am Hospital ebenso wie der Rat sich um das Leprosenhaus und die Elende kümmert. Aber wenn sie nicht kommen. Man kann es ihnen nicht hinterhertragen.«

Sie schüttelte den Kopf und rührte noch einmal im Topf.

Der Knecht hatte vor Kurzem zwei Kinder zu Grabe getragen. Ob das die Wunden wieder aufgerissen und die Wut erneut befeuert hatte?

»Wissen Sie, wo er jetzt ist? Der Knecht, meine ich.«

Die Witwe wischte sich die Hände an einem Tuch ab und rieb sich den Nasenrücken.

»Hmm, man sagt, man findet ihn hinter dem Hospital Heiliger Geist. Seine Hütte steht in der Nachbarschaft westlich der Brüggepforte. Ist aber kein schöner Ort.«

Es klopfte und fast verstohlen trat Magda in die Küche, mit meinem Mantel über dem Arm.

»Ich ha-ha-habe de-de« sie wurde flammend rot und hielt mir das Kleidungsstück hin, ich griff danach und konnte ihn gerade noch auffangen, so schnell drehte sie sich um und war auch schon wieder verschwunden.

Die Witwe sah ihr traurig oder eher wehmütig, nein mitleidig hinterher.

Ich hob meinen Mantel. Kein Ei und auch sonst kein Stäubchen. Er sah so neu aus, wie es ein geflickter nur konnte. Mit der Hoffnung, dass Sie mich hören konnte, rief ich laut:

»Vielen Dank Magda!«

Die Dunkelhaarige lächelte und nahm den Faden unseres Gesprächs wieder auf: »Des Mehlknechts Behausung ist ganz in der Nähe des Backhauses Böhmke, ein zwei Wegegabelungen nach Westen. Man kann es nicht wirklich verfehlen.«

Ich dankte ihr für die Auskunft und sie ließ sich nicht hindern, mir noch ein Stück Brot und ein Wurstende für den Weg zuzustecken. Mein Widerstand hielt sich sehr in Grenzen, auch wenn ich die Tour sicher auch unverhungert überstanden hätte.

Ich dankte ihr und während die Kirchuhr den 11. Schlag tat, trat ich auf die Straße und wandte mich nach Norden. Im Schatten des Brüggeturms, die Fahne im Rücken, blickte ich mich um. Linker Hand die Straße mit Boemkes Backhaus, rechter Hand eine kleine, dem Wetter geschuldet, matschige Obstwiese. Sollte ich an der Mauer entlanggehen oder doch Richtung Hospital und damit den Weg zurückwählen. Aus einem Tor trat eine Gestalt in einer dunkeln Kutte, gestützt auf einen einfachen, von jahrelangem Gebrauch polierten Stock, der ihm in der Länge bis zu den grauen Augenbrauen reichte. Einer der schwarzen Brüder? War nicht eines der Klöster hier in der Nähe? Nun bei drei Klöstern innerhalb der Stadtmauern war sicher immer eins in der Nähe.

»Ihr scheint mir verloren, mein Sohn. Kann ich ich euch meine Führung anbieten oder die unseres Herrn?«

Auch wenn ich annahm, dass seine Ansprache meiner Seele galt, so antwortete ich ganz weltlich.

»Nun, ähm, Grüße, ich ja, also ich suche den Knecht, des Müllers« mir fiel auf, dass man ihn nie mit einem Namen genannt hatte. War es dann überhaupt möglich, ihn zu finden? Andererseits, bei nur einer Mühle, wie viele Mühlenknechte, ohne Mühle konnte es da schon geben?

Die Kutte vor mir bewegte sich als ihr Besitzer sich am Kopf kratzte.

»Nun, er war der Knecht des Müllers und er verlor seine Stellung vor einigen Jahren.«

Ein Leuchten strich über das Gesicht des Bruders.

»Ah, nun, ihr könnt nur den alten Bertram meinen. Bedauernswerter Kerl. Der Herr wache über ihn und sei seiner Seele im Jenseits gnädig. Hatte er doch schon im Diesseits ein schweres Schicksal. Früher hat er noch ab und zu im Klostergarten ausgeholfen. Nun aber nicht mehr. Er lebt, besser sage ich, er haust mit seiner Familie in einer der Hütten dort drüben. Lässt sich nicht mehr blicken, lässt sich nicht mehr helfen. Die arme Seele.« Er wies mit seinem Stock in Richtung der kahlen knorrigen Obstbäume.

»An diesem Ort, an welchem die Bauten mehr Schweineställen als Menschenwohnungen ähnlich sind. Der Herr segne Deinen Weg, mein Sohn.« Nach den letzten Worten wandte er sich um und schritt mit wiegender Kutte und klackendem Aufsatz des Stockes in die entgegengesetzte Richtung davon.

Ich rief ihm meinen Dank nach, sei es für die Auskunft, sei es für den Segen und folgte seiner kurzen Wegbeschreibung.

Wenige Minuten später stellte ich mit mehr als leichtem Unbehagen fest, dass seine düstere Beschreibung der Behausung, ebenso wie die Ausführungen der Witwe, durchaus angemessen waren. Die Hütten, wenn man sie so nennen wollte, waren vier bis fünf Schritte lang, und so niedrig, dass man den Arm aufs Dach hätte legen können; Gildenmeister Wenker konnte vermutlich über sie hinwegschauen. Der Vortritt diente augenscheinlich als Küche, damit wären die Stube und die Schlafkammer eines in allem im übrigen Raume. Die Öffnungen wurden des Nachts nur mit Lappen und Streu verstopft, nicht mit Türen verschlossen. Die Abwesenheit Selbiger ließ nicht wirklich einen alternativen Schluss zu, ging man von der Eiseskälte, die in dieser Stadt des Nachts herrschte aus. Durch Lücken in den Durchlässen erahnte ich in der Düsternis der Winkelhütten aneinandergedrängte Gestalten. Vermutlich fanden sich im Innern auch noch die eine oder die andere Schnapsflasche und ein Korb mit üblen Kartoffeln oder Schwarzbrot, dass die Bewohner wer weiß, wo zusammengeklaubt haben mochten. Nicht nur im Februar würden diese Bleiben kalt und feucht sein, kein Ort, der zum Verweilen einlud.

136

Aus einem kleinen Lumpenberg blickten mich große Augen an. Das Kind hielt in beiden Händen kleine Zweiglein.

»Hallo.«

Die Augen wurden ein kleines bisschen größer, dann drehte es sich halb zur Hütte hinter ihm um. Aus der Tür trat ein nur wenig älteres Kind in gleichem Gewand, schob das jüngere hinter sich und fragte forsch:

»Was willst Du?«

»Guten Tag, ich suche Bertram.«

»Und wenn wir wissen wo er ist?«

»Nun, dann würde ich mich freuen, wenn ihr mir den Weg weisen könntet.«

Das Kind schniefte, zuckte die Schultern und wies zu der Hütte am Ende der Reihe.

»Dort.«

Dann drehte es sich um und verschwand, woher es gekommen war. Das Kleinere blieb, wo es war, und es widmete sich wieder seinen Hölzchen.

Ich ging die wenigen Schritte bis zum Ende der Reihe.

»Hallo? Ist hier jemand.«

In Anbetracht der fehlenden Tür klopfte ich auf das Holz neben dem Durchlass. Keine Antwort.

Ich schlug den Lappen zur Seite und spähte in die Hütte.

»Hallo?«

Ein alter zerrissener Kornsack, daherum etwas Stroh, ein Berg Lumpen und Ausdünstungen der Kloake. Ich versuchte, flach zu atmen.

Ein Röcheln tönte aus dem Lumpenhaufen.

»Suchen S'e den alten Betram? Den werden S'e hier nicht finden feiner Herr.«

Zu der schnarrenden Stimme schälte sich in der Düsternis ein zahnloses, faltiges Gesicht aus dem Berg Lumpen hervor. »Hat mir seine Hütte vermacht.«

Ein keckerndes Raspeln.

»Nun, hab's'e übernomm'n. Wollt' ja eh keiner haben. Ist verflucht, meinen s'e.«

Wieder das krächzende Glucksen.

»Gestorben sind s'e ihm alle. Die Kinder, die Frau. Da in der Ecke hat s'e noch gewimmert.«

137

Ein noch faltigerer Arm und eine knotige Hand erschienen und wiesen zittrig auf die faserigen Überbleibsel in den Strohresten.

Ich schluckte, unterdrückte ein Schaudern und wünschte mich weit fort. Oder wenigstens fünf Schritte zurück, wo die Luft zum Atmen war.

»Äh, danke, gute Frau.«

Mein Magen meldete leichten Seegang. Ich legte meine Hand auf meinen Bauch und verzichtete auf den eigentlich notwendigen tiefen Atemzug. Nur noch kurz, ich presste die Lippen aufeinander. Hielt den Atem an und quetschte dann die Luft aus meinem Mund. Rasch holte ich einmal mit gerundetem Mund Luft.

»Wann ist er denn, also, ist er auch?«

»Tot meinen s'e, neee, das isser wahrlich noch nicht. Ob das aber ein Glück für ihn ist? Ist oben, im Hospital. Wo man besser nicht ist. Da sind nur Alte und Kranke und der Tod dazwischen.«

Im Gegensatz zu diesem schönen Fleckchen Erde. Im selben Moment schalt mich für meine Überheblichkeit und schwor mir, meinem Schöpfer bei nächster Gelegenheit nicht nur mit einem flüchtigen Gebet zu danken. Vielleicht mit einer Spende an das Armenhaus? Vielleicht würde ich etwas an das Hospital stiften?

»Äh nun, ja danke für die Auskunft.«

Ich trat einen Schritt zurück.

Die trockenen Lippen zogen sich in die Breite. Himmel, ich hoffte, sie versuchte zu lächeln.

»Mit'm Schlückchen, würden Sie mir mehr danken.«

Ich hatte noch nie Fusel mit mir herum getragen. Da fielen mir der Zipfel Wurst und das Brot ein. Ich nestelte in meinem Rock, holte Besagtes aus der Tasche und streckte ihr Beides auf der ausgestreckten Hand hin.

Das Bündel kroch näher, blickte mich misstrauisch an und mit der Geschwindigkeit einer Elster, die sich in ein glänzendes Ringelchen verliebt hat, griff die Klaue zu.

Im Gehen, das mehr eine Flucht war, glaubte ich zwischen den schlurbsenden Geräuschen auch ein »Danke, vergelts der Herr« zu vernehmen.

Ich ließ die Lumpen hinter mir zurückfallen und meine Füße trugen mich in fast eigenem Willen fort, bis ich das Ende der nächsten Wiese erreicht hatte.

Tief und erleichtert holte ich Atem, mehrere Züge. Ich hatte befürchtet, der Gestank nach Fäulnis und Menschlichem aller Art würde mir noch Stunden in der Nase hängen, aber die kalte Mittagsluft verscheuchte ihn unverhofft schnell.

Allerdings würde die Erinnerung an das sich regende und schnarrende Bündel mir vielleicht noch den ein oder anders Albtraum bescheren.

Ich wandte mich Richtung der zwei Kirchtürme und schritt kräftig aus. Bertram war also im Hospital. Hmm, das klang ganz so, als wäre der ehemalige Knecht unschuldig. Andererseits, er hatte nichts mehr zu verlieren und wenn alle glaubten, er sei im Hospital, würde er ungeschoren mit seiner Rache davonkommen. Seufzend schlug ich den Weg zum Hospital ein. Ich musste das überprüfen.

Beim letzten Mal hatte ich den Amtmann offiziell auf dem Weg zur Leichenhalle begleitet. Nun stand ich als Bittsteller vor der Hauptpforte und klopfte. Nach kurzer Zeit öffnete eine hochgewachsene Frau in einem dunklen Kleid und ich erklärte ihr mein Anliegen.

»Wir verlangen keinen Eintritt, aber wenn sie möchten, ist eine Spende herzlich willkommen. Es ist nicht so, als würden wir nur im Geist des Herrn leben können.« Sie lächelte und deute auf eine kleine Holzkiste mit einem Schloss und einem Schlitz am Deckel. Ich griff in meine Geldkatze und versenkte schweren Herzens, aber noch gefangen von der Szenerie in Bertrams Hütte einen Stüber.

Wohlwollen zeigte sich in ihren Zügen.

»Sie können mit mir kommen, ich mache meinen Rundgang, dann kommen wir auch beim alten Bertram vorbei.«

Wir betraten den Raum am Ende des Ganges, dessen Geräuschen ich beim ersten Besuch noch glücklich entronnen war. Holzbalken stützen sich auf das unverputzte Mauerwerk, ein länglicher Saal, einem Kirchenschiff nicht unähnlich. Zu beiden Seiten standen jeweils sechs Holzbetten, jeweils mit dem Fußende zum Mittelgang hin. Die Kranken lagen auf Strohsäcken, einige auf Leinentüchern. Am hinteren Ende war ein Bereich mit Tüchern abgehängt. Die Schreie, die von dort zu uns drangen, klangen fast unmenschlich. Ob gerade jemand amputiert wurde? Sie bemerkte meinen Blick.

»Bald werden wir mit Gottes Willen, neues Leben begrüßen dürfen. Eine seltene Freude, normalerweise begleiten wir nur Kranke, aber das Mädchen benötigt mehr als eine Hebamme. Möge der Herr ihre beiden Seelen noch nicht zu sich holen. Sie bekreuzigte sich.«

Wir schritten langsam die Betten ab, nicht jedes war belegt.

Am zweiten Bett auf der linken Seite nahm sie den Arm des Kranken, legte Zeige-, Mittel- und Ringfinger auf den Puls und wartete. Dann ließ sie den Arm los und nickte zufrieden.

Beim Bett gegenüber hob sie den unteren Teil der Decke und entnahm eine flache Schüssel. Am anderen Ende lag ein Gesicht auf den Kissen, in der Farbe war sich beides eins. Die Schwester warf einen Blick in Schale, notierte etwas sorgfältig in einem kleinen Büchlein, das sie aus ihrem Beutel nahm und kippte den Inhalt in einen Schacht der Mauer hinter dem Fußende des Bettes. Die Auswaschung der Schale ersparte sie mir und sich. Ich bedauerte die arme Kreatur, die sich um den Berg der Gefäße, zu dem sie das benutzte legte, kümmern würde.

Bei jedem belegten Bett blieb sie stehen und versah ihre Aufgaben. Wenn nichts zu tun war, strich sie das Laken glatt und murmelte freundliche Worte bei den Wachen und Segenswünsche bei den Schlafenden. Rechter Hand waren die Betten mit Frauen, linker Hand mit Männern belegt. Kinder sah ich keine. Hinter uns trat eine weitere Frau, in den Händen hielt sie Werkzeuge, die ich mir nicht näher anschauen mochte, in den Saal, eilte an uns vorbei und verschwand hinter dem Vorhang. Am vorletzten Bett auf der linken Seite blieb meine Begleitung stehen.

Ich blickte auf das Wesen, das sicher einmal menschlich ausgesehen hatte. Die Wangen hohl, die Augen hatten sich fast in die Höhlen zurückgezogen. Graue wirre Strähnen über den Ohren, der Rest runzelig wie ein alter Apfel. Die gekrümmten Hände tasteten ruhelos über die Decke. Die blutleeren Lippen stießen zischende Laute aus, im Mundwinkel hingen Speichelfäden.

»Macht es nicht mehr lang der arme Tropf. Wir helfen ihm nur noch mit Seelenspeise bis der Herrgott bereit ist, ihn gänzlich zu sich zu nehmen.«

Ich schluckte. Heute lernte ich eine mir zuvor ganz unbekannte Seite der Welt kennen.

»Seit wann ist er hier?«

»Nun, das muss so um Mariä Lichtmess gewesen sein.«

Ich rechnete nach. Selbst wenn er nicht direkt am zweiten Thaumond hergekommen oder -gebracht worden war, ganz sicher hatte er nicht vor fünf Tagen einen deutlich größeren Mann erschlagen und war dann unauffällig durch die Stadt bis hierher zurückgekommen. Nun, damit schied Bertram wohl als Mörder endgültig aus. Ich bedankte mich und verließ in Gedanken versunken das Gebäude.

Wieder war mir ein Verdächtiger abhandengekommen. Die Schlinge um Caspars Hals zog sich enger. Es wäre auch zu schön gewesen. Verdorbenes Mehl, ein ehemaliger Knecht auf Rache, der so krank war, dass der Herrgott selbst im Jenseits das Urteil hätte fällen können. Verdorbenes Mehl. Da war noch etwas. Etwas hing in meinen Gedanken. Mit wem hatte ich über Mehl, verdorbenes Mehl gesprochen? Die Bäckersfrau hatte vom Blut im Mehl gesprochen. Das war es nicht. Jucho? Nein, der hatte seine Schwester im Kopf gehabt. Hoberg? Natürlich. Ich hatte ja sogar Köppen noch gefragt. Alaune und Kalk. Alaune war ein Salz, wenn ich mich recht erinnerte. Salz.

Mir fiel die Szene beim Salzhändler auf dem Markt wieder ein. Allerdings ging es da nicht um Brot, sondern um Gewichte und Betrug. Aber der Händler hatte sich doch als ehrenhaft erwiesen oder nicht? Ich erinnerte mich daran, das Gewicht mit der Beschriftung gesehen zu haben, und die Waage war in die Balance gegangen. Aber irgendetwas stimmte nicht. Ich bekam es nicht zu fassen. Grübelnd ging ich durch den Garten des Hospitals, der mich in kargem Winterkleid und mit angenehmer Ruhe aufnahm. Was sollte ich als Nächstes tun?

Hatte ich in meiner Jugend nicht weitergewusst, hatte mir mein Hauslehrer empfohlen, »Suche Dir eine ruhige, warme Stelle, stille die leiblichen Genüsse und versenke Dich in Erbauliches. Die Antwort auf Deine Frage wird Dich finden.« Nun, sein Rat hatte mir weder geholfen, besonders gut bei den Prüfungen abzuschneiden, noch hatte sich mir nicht wirklich irgendwann einmal auf diesem Wege freiwillig eine Lösung gezeigt. Aber in jedem Fall hatte ich mich danach immer um einiges glücklicher und ruhiger auf die dann oft erfolgreiche Suche nach einer Lösung begeben. So würde ich es auch dieses Mal halten. Mich einen Moment, in der Stube aufzuhalten, um mich aufzuwärmen, schien kein schlechtes Vorhaben zu sein.

Ich überquerte gerade den Kirchplatz St. Reinoldi, da traf ich auf den Amtmann. Er schien besser gelaunt als am Morgen, denn er nickte mir fast freundlich zu. Ich ergriff die Gelegenheit beim Schopfe. Wenn mir einer weiterhelfen konnte, dann doch ein Marktpolizist.

»Ah, Amtmann Hoberg.«

Er blieb stehen. Sah mich an.

»Hmm?«

Nun, zumindest eilte er nicht direkt an mir vorbei oder winkte ab.

»Ich habe eine Frage.«

»Hmmm?!«

»Kann man Gewichte fälschen und woran erkennt man eine Fälschung?«

Sein Blick wurde scharf. Seine ganze Haltung gespannt.

»Warum fragen Sie das?«

»Nun, ich« und ich berichtete ihm vom Salzhändler und seinem Kunden.

Ich war gerade an der Stelle angekommen, als der Händler das Gewicht zeigte und auf seine Waage legte, da stampfte Hoberg auf, drehte sich um und stapfte Richtung Süden davon. Wir liefen an der Marienkirche entlang, passierten ein großes Gehöft und als die Stadtmauer mit einem ihrer Türme, dem Pulverturm neben der Zöllnerpforte, wie mir Hoberg erklärte, in der Ferne sichtbar wurde, kamen wir an eine Reihe von einfachen, flachen Häusern, mit kurzen Giebeln, die sich dem Wind gemeinsam entgegenstemmten.

Über jedem Vortritt hing ein kleines Schild, das einen Vertreter einer Handwerksgattung in typischer Pose zeigte. Dem Witterungsgrad der meisten Schilder nach zu urteilen, stammte der Zierrat aus eben jener vergangenen Zeit, als Dortmund, vereint im Bunde der großen Hansestädte seinen Reichtum gerne zur Schau stellte.

Ein Mann auf einem Schemel, einen Bolzen in der Hand, im Hintergrund eine Werkbank, ein Bogner also. Aus dem Fenster neben dem Vortritt drang das stetig schleifende Geräusch eines mit erfahrener

Hand geführten Hobels. Auf dem nächsten Schild wieder ein Mann auf dem Schemel, diesmal mit Bündeln um sich herum. Ein Bürstenmacher. Zwei Schritte weiter, kaum noch zu erahnen, ein Mann diesmal sass er neben Eiszapfen. Eiszapfen? Nein, das waren Spitzen. Ein Feilenhauer vielleicht? Das nächste Schild war neuer, wollte nicht so recht in die Reihe passen. Anstatt eines Holzschnittes war hier gemalt worden. Ein Scheffel und ein Säckchen. Hoberg hielt inne, trat unter das Schild, drehte sich kurz zu mir um, nickte und öffnete die Tür.

Sie schwang nach innen auf und gab den Blick auf einen Raum frei, der in der Länge mehr als das Doppelte der schmalen Front fasste. Fast ein Schober oder ein Lager. Die Wände waren vom Boden bis zur Decke voll mit Brettern, auf denen Gefäße und Behältnisse aller Art aus Metall, Glas, Porzellan und Holz standen, lagen oder sich gegenseitig im Stapel zu stützen schienen. Rechter Hand der Arbeitsplatz eines Korbflechters, halb fertige Gebinde und ein kleiner Schemel. Linker Hand, der Tür in unserem Rücken direkt gegenüber stand ein breiter Tisch, auf dem eine kleine Waage, mehrere Tiegel standen und darum herum verstreut einige Spatel und kleine Kellen lagen.

Ein knochiger, in helle, Überwurfe gekleideter Mann blickte bei unserem Eintreten lächelnd von seiner Geschäftigkeit auf. Ich erkannte den Salzjunker vom Morgen und nickte dem Amtmann auf seinen fragenden Blick hin, bestätigend zu. Der Händler rieb die Handflächen aneinander und nickte. Eine dunkelbraune Locke fiel ihm über die Stirn und er strich sie zurück hinter sein Ohr. Dabei fiel mir ein dunkler Ring, vermutlich aus Horn an seinem kleinen Finger auf.

»Ah, Grüße an diesem herrlichen Tag. Amtmann Hoberg unser allseits geschätzter Marktpolizist, wie freundlich von Ihnen mich bescheidenen Händler zu beehren. Einen kalten Wind bringt ihr heute mit hinein werter Herr.«

Er schürzte die Lippen, schlang seine Arme um sich und rieb sich mit den Händen die Oberarme. Durch die Bewegung zeigte sich unter dem Überwurf ein breiter, mit Knöpfen verschiedener Art verzierter Gürtel, in dem allerlei Utensilien und Werkzeuge mit kleinen Griffen steckten.

Er neigte den Kopf. Er war sehnig, füllte seine Kleidung nicht ganz aus, machte aber insgesamt einen präsentablen Eindruck.

»Was kann ich für Sie tun? Benötigen Sie Stein- oder Bergsalz?«

Sein Arm schwang mit nach oben gerichteter, offener Handfläche zu einem Brett rechts an der Wand, auf dem mehrere kleine irdene Gefäße, mit Pfropfen versiegelt, und ein Krug standen.

»Es handelt sich dabei um gegrabenes Salz, oder«, sein Arm sank hinab zu einem weiteren Regal, diesmal mit zwei bauchigen Körbchen aus Weidenrinde, vermutlich innen mit Wachs ausgekleidet, bestückt »Salz aus der Grafschaft Mansfeld? Ein Mehr im Preis, aber dafür rein wie die Gedanken der Jungfrau vor der ersten Nacht.«

Er rieb seine Handflächen aneinander. Sein Blick fiel auf mich.

»Oh, und Ihr bringt mir einen weiteren Kunden. Wie schön. Grüße auch an Sie werter Herr. Ich denke, wir hatten noch nicht das Vergnügen? Ich darf mich vorstellen? Salzjunker Donker aus Werle, Zugezogener. Ich bin der einzige Salzjunker Dortmunds. Kommen Sie her und verfeinern Sie mit meinen Waren Ihre Speise. Gelüstet es Sie nach Würze? Nun, dann sind Sie hier richtig. Ich kann Ihnen auch Salz aus dem Seewasser besorgen, allerdings nur nach Zahlung eines kleinen Obulus. Sie verstehen sicherlich, die Transportkosten. Ich verspreche Ihnen aber, Sie erhalten nur reinste Ware, nicht versetzt mit Sand oder schlechten Stoffen.«

Sein Gesichtsausdruck zeigte in höchstem Maße, Abscheu, als schien allein der Gedanke an eine Vermengung oder Streckung ihn in Ekel erschauern zu lassen. Er schüttelte den Kopf, fand sein Lächeln wieder und sah uns erwartungsvoll an. Hobergs Blick schien von etwas in der anderen Ecke des Raumes gefesselt zu sein.

»Ach meine Herren, wo steht mir nur mein Kopf. Sie sind ja nun keine Köche, oder?«

Er gluckste in sich hinein und trat einen Schritt, in der Richtung dem Blick des Amtmanns folgend.

»Sie, meine Herren, benötigen andere Waren. Waren für Männer, nicht wahr? Mein Fehler. Nun« er wies auf die Gefäße, die in der etwas dunkleren Ecke auf einer Holzkiste standen, daneben zwei kleinen Säckchen aus rauem Stoff.

»Hier, feinste Aschesalze, damit kann Ihr Bursche alle Öligkeiten aus Ihrer Kleidung entfernen.«

Hmm Aschesalze. Auch keine Alaune. War Alaune am Ende gar kein Salz? Und hatte ich so den armen Mann ganz umsonst in den Blick genommen?

Er wandte sich uns wieder mit offenen Armen zu.

»Nun, also meine Herren, womit kann ich Ihnen heute diesen?«

Der Amtmann stellte sich in seine, wie ich sie inzwischen heimlich nannte, Marktpolizistenpose und sprach fast sanft: »Nun, für den Anfang, möchte ich eure Gewichte sehen.«

Der Mann erbleichte, fing sich aber wieder und holte sich sein unerschütterliches Dauerlächeln zurück, das nun aber etwas gequält wirkte.

»Meine Gewichte, oh nun ja, Amtmann Hoberg. Selbstverständlich mein Herr«, eine weitere Verneigung und er trat zwei Schritte zurück.

»Nun, wo hab ich sie?« Zwei weitere Schritte zurücktretend, fast schien es, als würde er tänzeln, blickte er sich in dem kleinen Raum um.

»Nun, Sie müssen hier irgendwo... Ich bin mir ganz sicher. Ach, da fällt es mir ein, sie sind hinter dem Haus. Ich hatte sie mit zum Markt genommen, und dann hinter dem Haus abgestellt. Nur einen Moment bitte, die Herren.«

Sich wieder in unsere Richtung verneigend, tipselte er nun seitwärts auf die Tür zu, schaute sich suchend um, bückte sich plötzlich und ehe wir noch reagieren konnten, hatte er sich am Amtmann vorbeigedrückt und war schon aus der Tür hinaus.

»Beim Teufel!«

Hoberg war ebenso schon fast zur Tür hinaus, bevor ich überhaupt begriffen hatte, was passierte. Schnell setzte auch ich mich in Bewegung.

Auf der Straße sah ich Hobergs Mantel um die Häuserecke verschwinden. Ich preschte hinterher. Meine Stiefel rutschten auf dem matschigen Boden, aber ich glitt nicht aus.

»Gauner, bleib stehen!«

Über Stock und Stein, an einer kleinen Hecke vorbei, zwischen stacheligen Büschen hindurch bis zur Stadtmauer ging die wilde Hatz. Ich folgte dem Keuchen Hobergs und seinen Flüchen.

Um eine weitere Biegung hetzend, fand ich mich direkt vor dem Steinwall wieder. Hoberg, stand keuchend, die Arme auf die Oberschenkel gestützt vor mir.

Er richtete sich schwer auf und blickte gehetzt nach links und rechts.

Krahkrahkrah. Rechts von uns stoben Rabenvögel in die Luft.

Wir blickten uns an und wandten uns in diese Richtung.

Vor uns kleine knorrige Obstbäume, vermutlich die, auf denen die Vögel gesessen hatten. Rechts und links gesäumt von Mauern führte ein Pfad um ein verwittertes Holzgebäude herum.

Dahinter erhob sich die Stadtbefestigung. Wenn diese nicht ausgerechnet an dieser Stelle geschliffen oder so durchbrochen, wie am Weiher war, so saß der Halunke in der Falle.

Hoberg wies auf den Pfad zu meiner Linken und als ich nickte, schlug er den anderen ein. Wachsam und vorsichtig schob er sich vorwärts. Ich trat auf die andere Seite des Gebäudes, vermutlich ein alter Stall oder ein Schober. Es drangen keine Geräusche heraus und die vertrockneten Ranken an den Holzbrettern entlang zeugten von einer mehr als tagelangen Verlassenheit.

»Hab ich Dich!«

Dem Ausruf des Amtmanns folgten ein dumpfes Poltern und ein Schmerzensruf, dann brach vor mir plötzlich die Holzwand auf und Donker preschte wie ein Wahnsinniger auf mich zu. Sein Gesicht zu einer grimmigen Maske verzerrt, ließ er keine Zweifel aufkommen, dass er sich keinesfalls durch mich oder auch nur durch meine physische Anwesenheit aufhalten lassen würde.

Hätten meine Eltern erlaubt, dass ich mit den Gassenjungen raufte, wäre ich wohl besser vorbereitet gewesen. Auch mein Studium würde mir nicht helfen. Ich konnte zwar leidlich mit einem Degen umgehen, hatte aber gerade leider keinen zur Hand. Ich entschied mich für eine unehrenhafte, aber zielführende Lösung. Ich wich ihm mit dem Oberkörper aus und stellte ihm ein Bein.

Da sein Schienbein, in vollem Lauf von meinem Stiefel gestoppt wurde, kam er aus dem Tritt und flog in einem Bogen kopfüber auf den Weg. Er versuchte sich, im Fallen abzufangen, verheddert sich dadurch in seinem Überwurf und während er sich wand, trat ich ihm kurzerhand auf den nun nicht mehr hellen Umhang und hielt ihn dadurch an Ort und Stelle.

»Amtmann Hoberg!« rief ich. »Hier her!«

Schnaufen und Keuchen kündeten von seinem Erscheinen. Er erfasste die Situation, griff nach dem Arm des Salzjunkers und mit einer Behändigkeit, die ich ihm beileibe nicht zugetraut hätte, zog er den Halunken wieder auf die Beine.

Die Gegenwehr war erloschen.

146

»Und nun, Krämer, werden Sie uns die Gewichte zeigen.«

Donker ließ den Kopf hängen. Sein mit Schlamm getränkter Überwurf tropfte und bröckelte, seine dunklen Locken hingen wirr in die Stirn. Als Hoberg sich in Bewegung setzte, ließ sich der Händler einfach mitziehen. Diesmal nahmen wir den Weg, der allerdings auch nicht viel weniger matschig war als unsere vorherige Route querfeldein.

Unsere Jagd war nicht unbemerkt geblieben. Hinter einem Schafstall lugten zwei Kinder hervor und neben einer Pumpe zeigten zwei Frauen kaum verhohlen ihre Abneigung. Ob über unseren Aufzug oder unser Verhalten oder einfach nur unsere bloße Anwesenheit? Genau war es nicht auszumachen.

Hatte ich aber eine Menschentraube oder gar Jubelrufe oder wenigstens Glückwünsche erwartet, so wurde ich enttäuscht. Entweder ich hatte das Spektakel in seiner Einzigartigkeit unterschätzt oder die Neugierde der Einwohner hielt sich mehr als in Grenzen.

Der Händler humpelte leicht, Hoberg hielt sich die Hüfte. Ich hatte bis auf ein paar Kratzer von den Hecken keine Blessuren davon getragen und dem Himmel sei es gedankt, auch meine Garderobe war unversehrt geblieben. Wie hätte ich Magda um die Rettung eines weiteren Kleidungsstücks, das erneut nicht durch mein eigenes Handeln, sondern durch unglückliche Umstände verschmutzt worden war, bitten können?

Wir kehrten zurück in den Verkaufsraum des Händlers. Kleinlaut und ohne weitere Worte bückte er sich und zog unter dem Tisch ein kleines Korbgeflecht hervor. Er seufzte, hob es hoch und stellte es auf den Tisch. Er hob den Deckel und zum Vorschein kamen eben diese Gewichte, deren Zwei-Unzen-Einheit ich am heutigen Morgen gesehen hatte. Das Eisen schimmerte silbern, die Beschriftungen waren gut lesbar. Der Amtmann nahm eines der Gewichte in die Hand und kratzte an der Oberfläche.

Er zeigte mir den silberfarbenen Abrieb und das Gewicht an der versehrten Stelle. Dort war kein Eisen. Dort war kein Metall. Zu sehen war Holz. Ich blickte auf den Krämer. Er schien sich nur mühsam am Tisch festzuhalten und starrte ins Leere.

»Betrug. Direkt unter meinen Augen. Du wagst es!«

Fassungslos starrte Hoberg den Händler an. Dieser schien in sich zusammenzusinken und wünschte sich vermutlich an einen anderen Ort außerhalb der Reichweite des nun drohend vor ihm stehenden Marktpolizisten.

»DU hast auf MEINEM Markt betrogen. DU.«

Jedes Wort langsam, mit jeder Silbe lauter werdend und mit eindeutiger Betonung.

Er atmete schwer.

Vermutlich fielen ihm ausreichend Schimpfwörter ein, aber er schien keines über die Lippen zu bringen. Ob ihm die Angemessenheit bezüglich seines Amtes oder ob der Schwere der Tat die Auswahl erschwerte, vermochte ich nicht zu entscheiden.

Hoberg ballte die Fäuste, atmete vernehmlich ein, öffnete und ballte sie erneut.

»Du.«

In diesem Wort lagen Verachtung, Hass und vielleicht auch ein Hauch von Demütigung.

Er griff nach der Schulter des Händlers wie nach einem bereits angeschimmelten Apfel. Packte dann aber fest zu. Der Händler zuckte und knickte leicht zur Seite.

»Nun, Freund.«

Selbst mir lief ein Schauer über den Rücken. Seine Worte verhießen Inquisition und Höllenfeuer.

Auf dem Weg zum Richthaus, denn im Gegensatz zu Caspar, würde Donker in den Keller dort verbracht werden, da es sich um eine Marktangelegenheit handelte, fluchte Hoberg leise vor sich hin. Dazwischen blaffte er Fragen und der Händler stammelte leise Antworten. So erfuhr ich, dass er durchaus das Recht hatte, seine eigenen Gewichte zu nutzen. Allerdings hätte er sich dafür beim Eichmeister der Stadt melden müssen. Dort hätte man dann seine Gewichte gewogen und Stadtwappen und Jahreszahl jeweils unten und an die Seite geschlagen. Auch die entsprechende Anzahl Loth oder Pfund wären aufgebracht worden. Dafür hätte er auch entsprechende Gewichte aus Eisen, anstelle der bemalten Holzexemplare erwerben müssen. Um sich diese Kosten und um sich die für die Messung zu entrichtende Eichgebühr zu ersparen, hatte er sich eigene verfertigt. Dabei sei ihm der Gedanke gekommen, auch direkt die Gewichte selbst zu fälschen. Sein Geschäft war dadurch einträglich geworden. Leider hatte er so auch

Aufmerksamkeit auf sich gezogen. Und so sei ihm Boemke vor ein paar Monaten auf die Schliche gekommen.

»Aber Amtmann, nein, ganz gewiss bin ich kein Mörder. Ein Fälscher, ja, das geb ich zu, aber gewiss kein Mörder.«

Ob Hoberg im glaubte, zeigte er nicht. Er schob ihn nur wortlos durch den kalten Saal bis zu einer kleinen Tür, entriegelte sie und schob den Mann in den dunklen Raum.

»Welche Strafe erwartet ihn?«

Hoberg zog die Augenbrauen zusammen.

»Zwei bis drei Reichstaler für das Fälschen. Ob sich noch Betrogene melden, bleibt abzuwarten.«

Seine Schultern zuckten.

»Es ist beileibe nicht genug! Aber ich werde dafür sorgen, dass er nie wieder auf meinem Markt betrügt.«

Der Automat, die eisige Halle, Hoberg am Schreibtisch. Fast schon vertraut, aber bestimmt nicht wie alte Freunde.

Wir saßen uns gegenüber.

»Kromberg hat gesagt, er war nicht im Haus und das Mädchen hat es bestätigt. Er hat sie nur zur Tür gebracht.«

»Er hätte danach ins Backhaus gehen können.«

»Aber er hatte keinen Grund.«

»So kommen wir nicht weiter.«

»Wir könnten den Nachtwächter fragen, von dem die beiden gesprochen haben.«

Es klopfte an der Tür, dann öffnete sich die Tür und der Automat kündete Gerstein an. Dieser hielt sich nicht mit Höflichkeiten auf und trat ein. Ich stand auf, um ihn zu begrüßen. Er beachtete mich nicht und ließ sich auf den freigewordenen Stuhl fallen.

Hoberg stand auf, mit geradem Rücken und blickte diensteifrig auf Gerstein. In seiner Stimme schwang Stolz gepaart mit einem Quentlein Hochmut.

»Wir haben einen Erfolg zu verzeichnen.«

»Ah, der Mörder ist der gerechten Strafe zugeführt? Guter Mann! Wusste doch, dass ich auf Sie zählen kann.«

Der Amtmann wich nicht zurück, schien aber eine Nuance blasser zu werden.

»Äh nein, aber wir haben einen Betrüger gefasst. Er hat auf dem Markt gefälschte Gewichte eingesetzt.«

Gerstein wischte sich ein Stäubchen vom Halstuch.

»Einen Betrüger?«, fragte er mit leiser Stimme?

Hoberg nickte.

»Nur einen Betrüger?«, die Stimme des Ratsmannes wurde mit jeder Silbe lauter, ähnlich wie ich es zuvor beim Amtmann erlebt hatte. Hobergs Nicken erstarb.

»Einen Betrüger auf dem Markt?«, donnerte Gerstein.

»Was interessiert mich ein Marktfälscher? Lasst ihn eine Strafe zahlen, verweist ihn der Stadt, bannt ihn. Was weiß ich, es ist mir egal!«

Hoberg wagte einen weiteren Versuch.

»Aber er hat das Eichmaß der Stadt gefälscht und –.«

Die harsche Handbewegung des Ratsmannes ließ ihn verstummen.

»Schweigt! Nichtsnutz.«

Gerstein stand auf.

»Berichtet mir etwas, was mich interessiert. Ist der Fall abgeschlossen?«

»Ja, nun fast, eigentlich.«

»Stottern Sie nicht herum!«

Der Fritzstock knallte auf den Boden.

»Ich will die Angelegenheit beendet wissen. Kümmern Sie sich um den Mörder. Sie haben ihn doch längst. Bringen Sie ihn an den Galgen.«

»Es könnte sein, dass er es nicht war«

Die Raumtemperatur sank um einige Grade. Langsam drehte sich Gerstein zu mir um. Sein Blick galt mir wie einer Made, die er überraschend in einem rotwangigen Apfel gefunden hatte.

»Wie bitte?«

»Es kann sein, dass Caspar Kromberg unschuldig ist.«

»Was Schulmeister Aldenhagen damit sagen will, ist.«

»Schweigen Sie!«

»Ich erwarte«, er betonte jedes Wort und fixierte dabei den Amtmann, »dass dieser Fall bis morgen früh geklärt ist. Es ist mir dabei vollkommen egal, wie Sie es anstellen. Hängen Sie ihn, jagen Sie ihn aus der Stadt oder finden Sie einen anderen Schuldigen. Ich will morgen von Ihnen nur noch ein Nicken und das Wort erledigt hören. Habe ich mich klar ausgedrückt?«

Hoberg nickte.

»Nun, Sie wissen ja, was für Sie auf dem Spiel steht.«

Beim fast versöhnlichen Ton in seiner Stimme stellten sich meine Nackenhaare auf.

»Sie wissen ja, wer die Besetzung des Postens des Marktpolizisten beschließen wird. Und tagen wird der Rat sicher nur, wenn bei der Wahl alles glatt läuft.«

»Ja, Klagcamerarius, selbstverständlich.« Der kriecherische Ton besänftigte meine Nackenhärchen nicht ein Quäntchen. »Ich werde alles daransetzen. Ich verspreche es. Sie können sich auf mich verlassen Herr Kämmerer.«

Die Bewegung Hobergs erinnerte an die des Automaten, aber weicher, als würde sie im Wasser ausgeführt.

»Nun Herr Amtmann« Gerstein tippte mit seinem Stock auf, diesmal fast sanft. »Ich denke, wir verstehen uns. Ich erwarte Ergebnisse morgen pünktlich zum achten Schlag.«

Ohne sich noch einmal um uns zu kümmern oder uns auch nur eines Blickes zu würdigen, wandte sich Gerstein zur Tür, stieß sie auf und stapfte, den Stock auf den Boden rammend nach draußen.

Ich blickte durch die nun leere Türöffnung in die Halle. Die Steinwände wirkten abweisend. Ich begriff: Gerstein wollte nicht die Wahrheit, er wollte seine Ruhe. Hoberg wollte sein Amt behalten und ich nun, wenn ich ehrlich sein wollte, ich auch. Nichts wäre mir lieber, als wieder nur ein Lehrer zu sein. Was kümmerte mich Caspar Kromberg? Ich kannte den Jungen nicht einmal. Das Bild der rotwangigen Anna schob ich einfach beiseite.

»Nun, Aldenhagen, bringen wir es zu Ende. Ich werde Kromberg morgen früh aus der Stadt bringen lassen und dann Klagcamerarius Bericht erstatten.«

»Aber«

»Nichts aber. Selbst wenn der Knabe verliebt ist, warum sollte ich das Schicksal eines solchen Tunichtguts über das meine stellen?« Er sah mich an.

151

»Nun, wie auch immer. Ich muss nun zum Marktplatz und hab noch Einiges zu erledigen. Wir treffen uns morgen früh zur neunten Stunde am Katharinenturm. Denken Sie an die restlichen Protokolle, dann wird diese vermaledeite Sache ein Ende haben.«

Wir erhoben uns, da hielt mich der Amtmann plötzlich an der Schulter zurück.

»Aldenhagen?«

»Ja?«

»Das haben Sie gut gemacht. Sie wussten, irgendetwas stimmt nicht. Sie erkannten zwar nicht das große Ganze, aber Sie haben das Richtige getan und sind der Sache auf den Grund gegangen! Er nickte, mit seiner Hand, immer noch auf meiner Schulter, übte er leichten Druck aus.

»Ganz richtig! Erst überprüfen, sich seiner Sache sicher sein und dann handeln! Dank Ihnen bekommt ein Schurke nun seine gerechte Strafe und kann keinen Schaden mehr anrichte.«

Meine Wangen erwärmten sich.

»Danke, Amtmann Hoberg.«

Es musst ihn Überwindung gekostet haben. Schließlich war der Betrug auf seinem Marktplatz und damit irgendwie unter seinen Augen geschehen. Etwas, das er sichtlich und auf seine Art nachvollziehbar, persönlich nahm. Ich dankte ihn noch einmal und mit stolzgeschwellter Brust verließ ich das Richthaus. Zwar ernüchterte mich der kühle Blick des Automaten und die auf andere Weise kalte Luft vor dem Haus etwas, aber dennoch trug mich die Woge meines Wohlgefühls bis zum Lehrerhaus zurück und nach Ablegen des Mantels direkt in die süßen Gedanken des Gentlemans, von den ich nun seit dem Tag lesen wollte, als mir Köppen das Leder in die Hand gab.

Nach einer vergnüglichen Weile gewann das Pflichtgefühl die Oberhand und ich setzte mich daran, die Protokolle zu beenden. Kurz dachte ich daran, die Seiten mit meinen Informationen zu Bertram zu ergänzen, doch war dies weder Teil von Hobergs Arbeit gewesen, noch hatte sich daraus irgendetwas für Caspar, sei es nützlich oder schädlich, ergeben. Ich nahm aber dennoch die Verhaftung des Salzjunkers auf. Er war ein Fälscher, ich glaubte aber nicht, da war ich mit Hoberg einer Meinung, dass es sich bei Donker auch um den Mörder handelte. Sicher er hatte ein Motiv, da aber war er nicht der einzige in dieser Stadt, aber es passt nicht zu ihm. Wie hatte mein Studienfreund es damals immer genannt? Der Kern des Menschen? Donker war ein Trickser, ein Täuscher. Aber er war nicht wirklich gewalttätig. Zwar hatte er sich gegen Hoberg im Schober verteidigt, aber war dann innerhalb von Minuten zusammengebrochen und seitdem geständig und schilderte offen, fast ein wenig stolz sein Vergehen. Nein, er würde niemanden heimtückisch ermorden. Er hätte den Bäcker irgendwie ausgetrickst, hätte etwas zu seinem Vorteil gedreht aber Mord? Nein, da gehörte mehr dazu. Allerdings schrieb ich diesen Gedanken auf ein gesondertes Blatt, so dass Hoberg selbst entscheiden konnte, ob der Bericht Teil des Protokolls werden sollte oder nicht.

Meine Feder glitt sanft über den Bogen. Ich nahm mir die Zeit, vermied das kratzende Geräusch der eiligen Handschrift und machte mir doch nur etwas vor. Weder die Schonung des Kiehls noch den Wunsch nach Stille, sondern das nagende Gefühl, einen Fehler zwar nicht zu begehen, dennoch aber zu dulden tief in meiner Brust. Ein Fehler, der einen Jungen das Leben kosten konnte. Ich griff nach meinen Notizen und blätterte.

Wenn Caspar unschuldig ist, wer war es dann? Ich hatte genügend Verdächtige kennengelernt und fast ebenso viele wieder verworfen. So kam ich nicht weiter.

Es war ein Rätsel. »Ein Rätsel muss dem, der es auflöst, eine Freude verursachen; und dem der es nicht auflöst, eine Verwunderung, dass es dennoch so auflößlich war. Ist es überdies noch lehrreich, so ist es vollkommen.« Ich kannte meinen Basedow noch aus dem Studium. Ich bezweifelte, dass der große Schulmann damit die Aufklärung eines Mordes gemeint hatte. Dennoch wollte ich seinem Gedankengang folgen und wie ein Kind die einzelnen Teile zusammensetzen, die dann hoffentlich das noch Unbekannte sichtbar machen würden.

Vielleicht käme ich voran, wenn ich mir zunächst den Ablauf vor Augen führte. Samstag am späten Abend, schrieb ich nun, und etwas darunter, Caspar bringt Anna heim.

Ich ließ ein wenig Platz und schrieb vier Uhr, die Bäckersfrau wird wach. Boemke ist tot.

Nun, das ließ mich vermuten, dass er zwischen Mitternacht und vier Uhr ermordet wurde. Ich grübelte. Hätte man nicht Geräusche hören

153

müssen? Die Straße war sehr still und die Winterluft trug Laute sehr weit. Was wäre, wenn er früher ermordet wurde. Der Bäcker schloss zur fünften Abendstunde das Backhaus. Und jeder würde davon ausgehen, dass der Haushalt zur zehnten Stunde am Abend tief und fest schliefe. Nur im warmen Sommer blieben die Menschen freiwillig länger draußen. Was wäre also, wenn der Mörder vor der Heimkehr Annas sein grausiges Tagwerk verrichtet hatte? Die Bäckerin hatte ja von den seltsamen Schlafgewohnheiten des Mannes berichtet. Niemand hätte seine Abwesenheit über die Nacht seltsam gefunden oder auch nur bemerkt.

Oder aber er war zur Zeit der Heimkehr Annas ermordet worden. In diesem Fall hätte der Nachtwächter vielleicht etwas gesehen.

Pok Pok Pok.

Ich fuhr aus meinen Gedanken hoch, stand auf und öffnete die Tür. Ich sah keine Sommersprosse, so tief hatte sie den Kopf gesenkt. Sie murmelte so leise, dass ich ihre Nachricht mehr ahnte, als hörte.

»Witwe Sybilla bi-bittet sie herüberzukommen.«

Ihre Röcke streiften mein Schienbein, als sie zurück zur Nachbarstür eilte. Ich schloss die Tür vor der Kälte. Das Zierkissen? Was könnte sie denn wollen? Ich verschloss das Tintenfässchen, säuberte meine Feder und schob meine Notizen sorgsam zusammen. Die Protokolle mussten noch etwas warten.

Ich klopfte an der Nachbartür. Magda öffnete, deutete auf den Wohnraum und verschwand. Das Zimmer war dunkel, trotz des frühen Nachmittags. Sie hatten Tücher vor die Fenster gehängt.

Aufgeregtes Flüstern und monotones Gemurmel. Die beiden Witwen saßen auf dem Sofa. Nein. Die Ältere saß, aber ihre Schwägerin balancierte auf der vordersten Kante und federte aufgeregt. Die Dunkelhaarige in einem sandfarbenen, einfachen Kleid. Sybilla in cremefarbenem Samt, die Hände in einem Muff, auf dem Haupt eine glitzernde Spange, fast wie ein Krönchen. Wären mir beide auf der Straße begegnet, hätte ich vermutet, eine Dame auf dem Weg zur vornehmen Teegesellschaft mit ihrer Zofe.

Beiden gegenüber saß ein eine äh ein Wesen, eine Norne, eine Vettel. Faltig und krumm hockte sie auf meinem, nun, auf dem mir bereits durch direkten Kontakt bekannten, Stuhl. Ihre knorrigen Finger krallten sich in ihre Röcke. Ein dunkelgeröstetes Aroma hing in der Luft. Auf dem Tisch stand eine Kanne, daneben drei mehr oder weniger gefüllte Tassen.

Sybilla lächelte mir zu und zuckte mit den Schultern. Ich blieb unschlüssig an der Tür stehen, da mir kein geeignetes Sitzmöbel zur Verfügung stand und mir ein Platz auf dem Sofa vermessen vorkam.

Das Zierkissen wippte und die Alte nahm die vor ihr stehende Tasse, warf einen Blick hinein und drehte sie in der Luft herum. Ein letzter Tropfen landete auf ihren Röcken, machte aber keinen farblich eindeutigen Unterschied. Das Weib griff nach der Kanne und goss den zurückgehaltenen Satz in die Tasse, stellte die Kanne ab, hielt die Tasse vor sich in die Luft und bewegte murmelnd ihre freie Hand über die Öffnung.

»Stellen Sie die Frage!« krächzte sie.

Das Zierkissen federte aufgeregt auf der Sofakante. Ein Blick der Alten ließ sie erstarren. Ehrfurchtsvoll flüsterte sie:

»Wer ist der Mörder?«

Erwartungsvoll sahen drei Augenpaare auf die Frau, die nun begann, die Tasse in einem weiten Kreis durch die Luft zu schwenken. Einmal nach rechts, einmal nach links, zuletzt einmal im weiten Kreis rechtsherum. Dann führte sie die Tasse nah an ihr Gesicht und hauchte dreimal hinein. Sie ließ die Tasse, mit der Öffnung nach unten, auf die Unterschale sinken. Ihre Hände formten unbekannte Gebilde über der Tasse, untermalt von kaum hörbarem Gemurmel.

Plötzlich verharrte sie mitten in der Bewegung.

Unwillkürlich hielt ich den Atem an. Alles im Raum schien zu erstarren.

Aus dem Hof drang Gänseschnattern an mein Ohr. Ich verlagerte mein Gewicht. Im Hausgebälk knarrte es.

»Ha!«

Mit einem kühnen Schwung, bei dem ich um das Leben der Tasse fürchtete, drehte sie dieselbe um und sah hinein.

Wieder ein Murmeln.

Sie ließ die Tasse sinken und stellte sie achtlos beiseite. Stattdessen legte sie nun ihre Fingerspitzen an die Unterschale auf der braune Tropfen, dunkle Schlieren und krümeliger Kaffeesatz ein Muster bildeten. Für mich sah es danach aus, dass die Schale nun von einer mit intensiver Säuberung angefüllten Zukunft kündete.

Sie legte den Kopf in den Nacken und prononcierte:

»Inauspicatum dat iter oblatus lepus.«

Sie blickte zur Decke, als sähe sie über uns die Scharen der Wintervögel am Himmel. Langsam senkte sie den Kopf, bis ihr Kinn im Kragen versunken war.

Hörbar sog sie Luft ein und stieß sie seufzend wieder aus.

Mit dem nächsten Atemzug hob sie ihr Haupt und stierte mit halbgeöffnetem Mund auf einen Punkt an der Wand hinter den beiden Frauen.

Mit einem leichten Klack schloss sie den Mund. Ihr Blick streifte mich flüchtig, verharrte kurz bei der Dunkelhaarigen und verhakte sich dann in den aufgerissenen Augen Sybillas.

Fast poetisch krächzte es:

»Grauen. Unheil. Gefahr. Ich sehe es.«

Das Zierkissen schlug die Hand vor den Mund.

»Aber keine Angst, Euch trifft es nicht.«

Die Hand sank auf den mageren Busen.

»Ich sehe einen Hasen, aber er blickt westwärts.«

Verwirrte Augen suchten die ihrer Schwägerin.

»Was soll das denn heißen?«

Der Stimme der Dunkelhaarigen war keine Ungeduld anzumerken. Sie schien fast fröhlich.

Das Weib nahm die Unterschale und präsentierte sie zur Begutachtung. Sie deutete auf einen der bräunlichen Flecke und auf einen verschmierten Tropfen.

»Hier, hier sitzt er.«

Ich versuchte ihn, den Hasen zu sehen, spürte aber weiterhin nur das Bedürfnis, Aschenlauge zum Säubern zu besorgen.

»Der Hase bedeutet nichts Gutes.«

Das Zierkissen nickte eifrig.

»Ward ein Has' in Deiner Tasse gefangen.

So ist ein Menschenkind gegangen.

Liegt der Hase an einem Ort

So war es ganz vermutlich Mord.

Er war zu gehen noch nicht bereit, wurde

Dahingemeuchelt vor seiner Zeit.«

Vom Sofa erklang ein gehauchter Schreckensruf.

Meine Ungläubigkeit stieg. Wenn wir nach einem Mörder fragten, musste es ja jemanden dahingerafft haben. Und wer in der Stadt wusste nicht schon davon?

Die Alte warf den Kopf in den Nacken und verdrehte die Augen.

Laut beschwor sie:

»Alles ist da, alles wird gesehen, aber wer wird es verstehen!«

Minuten später war sie verschwunden, mit kleinen Päckchen beladen und die Geldkatze gefüllt. Sybilla hatte sich zurückgezogen, nicht ohne einen Hinweis darauf, dass Philipp sicher gewusst hätte, was das alles zu bedeuten hatte. Ich folgte der Dunkelhaarigen in die Küche. Sie fachte das Feuer an und warf zwei Handvoll süße Kastanien auf den Rost und schon bald durchzogen nussig-süßliche Schwaden den Raum.

Wir saßen uns gegenüber und puhlten die Schalen. Mit den ersten warmen Stückchen stellte sich gemütliche Behaglichkeit ein.

»Haben Sie einen Hasen gesehen?«

Ich blickte sie an.

»Äh, nun, ich, vielleicht und ich konnte es auch nicht genau sehen.«

»Ach was, junger Mann, seien sie ruhig ehrlich. Da war nichts.«

»Also halten Sie es auch für Scharlatanerie? Aber Sie haben ihr Geld gegeben?«

»Ach, Hanna ist ein altes Waschweib. Sie hat keine Familie und lebt von dem was die Nonnen in St. Katharinen geben und was sie für das Kaffee-Lesen bekommt. Es ist nichts Schlimmes und Sybilla ist glücklich und wir tun unsere Christenpflicht und geben Hanna Geld, ohne dass sie Almosen annehmen muss. Und sie ist jedes Mal eine gute Gesellschafterin. Sie versteht ihre Rolle. Besteht darauf, dass Sybilla zur Sitzung eine neue Kiste Kaffee kauft und auch darauf, dass die Reste von ihr mitgenommen und beim nächsten Mondschein in angemessener Form den Waldgeistern dargebracht werden.«

Ich nickte.

»Aber wirklich weitergebracht hat das jetzt niemanden.«

»Hatten Sie das erwartet?«

Auch noch nachdem ich wieder in meiner Wohnstube saß, ging mir die Begegnung nicht aus dem Kopf. Zwar glaubte ich nicht an

Kartenlesen, Kaffeesatzlesen oder dergleichen, trotzdem, etwas nagte an mir. Etwas, das die Alte gesagt oder getan hatte. War es der Hinweis auf die Auguren gewesen? Aber was sollte die Innereienschau der römische Priester mit einem Mord hier zu tun haben. Alles ist da, alles wird gesehen, aber wer wird es verstehen! Ich verstand es nicht und was an mir nagte, es wollte mir nicht einfallen. Seufzend griff ich nach den Protokollen und beendete meine Arbeit.

Fast hätte ich darüber die Einladung zur Lehrerunde vergessen. Es war einfach, zu viel geschehen in den letzten Tagen. Ich beendete die Protokolle, als mich gerade noch rechtzeitig mein Magen daran erinnerte, dass er noch nicht versorgt worden war und bei der Überlegung, wo ich denn nun zu Abendessen könnte, fiel mir der freundliche Austausch am Sonntag wieder ein. Ich richtete mich wieder präsentabel her und machte mich auf den Weg.

Dunkle Wolken zogen am Himmel, an dem bereits der erste Stern zu sehen war, als ich mich Richtung Westentor wandte. Um mich herum herrschte reges Treiben. Da wurden Fester geputzt, Vortritte gefegt und Schilder mit Kränzen umwunden. Aus einem Hof drang der Geruch von Seifenlauge zu uns. Nicht nur die Gebäude, auch die Menschen würden sich in frischgewaschenem Aufzuge präsentieren. Über einer Haustür versuchten zwei Frauen eine lange Girlande, gewunden aus Zapfen, getrockneten Weinreben und, wenn ich es richtig wahrnahm, kleinen Lavendelsträußchen vom letzten Sommer, zu befestigen. Lachend und rufend zogen und zuppelten sie das Gebilde zurecht, während ein kleiner Junge mit schräg gelegtem Kopf das ganze Geschehen kritisch beäugte.

»Mutter, es ist schief!«

Die Frauen lachten und zupften den Schmuck weiter zurecht. Zwei Häuser weiter waren sich zwei Burschen freundschaftliche Schmähungen an den Kopf, während sie gemeinsam einen Kranz, mit bunten Bändern umflochten, an einen Haken hoch über der Haustür wuchteten. Am Fenster des oberen Stockwerks hing ein weiterer Bursche und hielt das Gefüge mit einem Seil in Position.

Die ganze Stadt machte sich bereit für das große Ereignis, die Wahl.

Auf der Höhe der Schweineställe, die Luft diesmal leider nicht vom Backhausduft versüßt, hörte ich Rufe.

158

»Herr Schulmeister! Warten Sie!«

Ich drehte mich um und sah Lehrer Klöpper. Dick einmummelt, wippte er eilig auf mich zu.

»Lassen Sie uns gemeinsam gehen. Oder störe ich Sie? Ich denke, als Lehrer der Höheren Schule wollen Sie vielleicht oder auch nicht!? Ach, ich würde gerne auch dort unterrichten.«

Er sah mich erschrocken an.

»Halten Sie mich nicht für vermessen. Ich könnte es nicht. Aber ich stelle es mir vor. So viel Wissen. Ich wünschte, ich ach, ich rede wohl zu viel«

»Äh, nein. Wir können gerne –.«

»Ach wie schön. Kommen Sie. Es ist nicht mehr weit. Brrr, es ist kalt.«

Er schüttelte sich.

»Finden Sie nicht auch? Ich habe gelesen, dass es am Eismeer so kalt ist, dass Tränen auf der Wange gefrieren. Was denken Sie? Also ich kann es mir kaum vorstellen. Und dort soll es weiße Bären geben. Ich habe ein Bild von einem brauen Bären gesehen. Ob weißes Fell dicker ist als braunes? Und ob Eisbären auch musikalisch sind? Es soll ja Bären geben, die Musik machen können.«

Was für Gedankensprünge dieser Mann machte. Aber er strahlte reine Freundlichkeit aus und ich genoss seine Anwesenheit.

»Ich kann mir das nicht vorstellen. Sie etwa? Ist es nicht seltsam, wie viele Tiere wir noch nie gesehen haben. Ich habe von einer Menagerie gelesen. In Dresden. Dort soll es sogar wilde Tiere geben. Haben Sie schon einmal einen Löwen gesehen? Oder Affen? Die sollen ja ganz besonders klug sein.«

Den Rest ging in Ächzen unter, als er die schwere Wirtshaustür aufzog.

»Ach, da sind wir schon.«

Wir wurden vom dämmrigen Schankraum verschluckt. Abgestandene, aber warme Luft und Stimmengemurmel. Die Frau, die Gerstein an meinem Ankunftstag gegrüßt hatte – augenscheinlich die Wirtin – kam auf uns zu. »Guten Abend die Herren. Lehrer Klöpper, zuverlässig wie die Turmuhr.«

Sie nickte mir zu.

159

»Ach, der Neue! Willkommen auch Ihnen. Noch einer der gelehrten Herren. Wenn die Stadt von einem genug hat dann sinds Schulmeister und Kirchen.«

Ihr breites Lächeln nahm ihren Worten den Stachel. Im hinteren Teil des Raumes hatte ich den ergrauten Lugh und die Leberflecken entdeckt. Klöpper zog mich am Ärmel.

»Ach, schauen Sie Hahn und der Ehrwürdige sind bereits da. Kommen Sie! Ach, ich freu mich dass sie nun auch hier bei uns sind. Guten Abend die Herren. Schulmeister Aldenhagen bring ich mit. Sie haben sich ja schon kennengelernt. Möchten Sie vielleicht hier neben mir?« er wies auf einen Hocker. »Oder doch lieber die Bank?«

Benommen ließ ich mich neben Lugh auf die Bank sinken.

Klöpper griff sich einen Schemel.

»Ach, da kommen ja auch Velthaus und Schulte!« Letzter keuchend, Ersterer nickte in die Runde.

Ich fühlte, wie die Anspannung, die ich zuvor gar nicht bemerkt hatte, nachließ. Eine nette Runde. Ich streckte meine Beine aus und genoss die Behaglichkeit, die gleichermaßen von der Wärme des Raumes und der herzlichen Gruppe ausging. Der Austausch über Nichtigkeiten des Alltags, wortreich, nicht überraschend meist geführt von Klöpper, umhüllte mich wie ein warmes Tuch. Velthaus rieb sich über den Bauch.

»Ich habe solchen Hunger!«

Die Runde lachte. Seinem Umfang nach zu urteilen, war er mit diesem Gefühl sehr vertraut.

»Ich hoffe, die Wirtin hat ihre gute Heringspastete gemacht oder Graupensuppe.«

Wir bestellten jeder eine warme Mahlzeit und fürs Erste, wie Klöpper kichernd betonte, Orsade.

Das Essen kam und wir genossen unsere ersten Bissen. Allerdings dauerte das Schweigen nicht lange an. Lugh stieß mich in die Seite und fragte: »Nun Aldenhagen, wie war es bei beim Professor? Hatten Sie das Glück, etwas über tote römische Poeten zu hören?«

Velthaus schüttelte seinen rundlichen Kopf.

»Nein, nein, er war nicht bei der erlauchten Gesellschaft Harmonie, er war bei der Sonntagsrunde.«

Die Runde lachte und stieß sich gegenseitig wie Schuljungen an. Ich war mir nicht sicher, ob sie gerade einen Scherz auf meine oder Gierigs

160

Kosten machten, es war aber nichts Arges in ihrem Blick, so lachte ich einfach mit.

Lugh mahnte uns: »Nana, meine Herren. Es ist nicht Übles daran, im Kreise Gleichgesinnter zu parlieren.«

Wieder Gelächter.

»Ach was, sind sich nur zu fein im Gasthaus zu sitzen. Trinken Reden und Spielen auch, nur hinter verschlossenen Türen die gelehrten Herren«, der Einwurf kam von Hahn.

Velthaus blickte mich über den Tisch hinweg an.

»Wo gehörst du hin? Zu uns Schulmeistern oder zu den Gelehrten?«

Eine wirklich gute Frage, auf die ich keine Antwort kannte.

Die Sonnenblume murmelte: »Ich hätte nichts gegen ein bisschen Gelehrtheit. Es gibt zu viel Branntwein und zu wenig Bücher in der Stadt!«

Hahn stieß ihn an.

»Vielleicht zu viel in der Stadt aber ganz sicher zu wenig auf dem Tisch. Hey Wirtin eine Runde für uns!«

Mit dieser Runde kam mein erstes Bier in der Stadt. Dunkel samtig, etwas Malz. Ich könnte mich daran gewöhnen.

Velthaus wandte sich an Lugh. »Ich habe gesehen, wie der Busche vom Wandschneider heute Morgen auf dem Markt mit dem Fischhändler gesprochen hat. Ob etwas besonders Gutes für morgen zubereitet wird?«

Anscheinend war die Bestückung der Essensstände eine sehnsüchtig erwartete Überraschung zum morgigen Ereignis.

»Velthaus rief: ach, es wird Barsch sein. Was anderes lässt sich doch zur Winterszeit kaum fangen.«

Schulte tupfte sich mit einem Tuch über seine Stirn. Er schien noch immer außer Atem.

»Ach, der Junge fängt auch Bitterfische. Und Hechte. Im Flüsschen hinter dem Ostentor, ausserhalb der Mauern.«

»Lass das nicht den Amtmann hören.«

Sonnenblume richtete sich auf, legte seine Hand auf die Brust und blickte über unsere Köpfe hinweg in den Schankraum.

»Das ist gegen die Regel meine Herren. Nur mit einer Genehmigung fischen Sie im Gebiet der Mark.«

Er blickte uns nacheinander streng an und hob den Zeigefinger.

161

»Und ich als Amtmann werde mich darum kümmern, dass das nie wieder geschieht.«

Die anderen glucksten.

»Ach der olle Regelfuchs. Immer hat er was zu mäkeln. Hält sich für den einzigen, der für Ordnung sorgen kann.«

Lugh murmelte: »Na, vielleicht hat es da mal gar nicht so unrecht.«

Velthaus blickte mich an.

»Ach ja, sie müssen ja mit ihm herumziehen. Sie werden ihm doch nicht sagen, was wir hier besprechen?«

Alle blickten mich an und ich schüttelte nur den Kopf. Nein ganz sicher nicht. Ich bezweifelte auch, dass der Amtmann etwas auf die Meinung der Runde gab.

»Ach wer interessiert sich schon für ein paar Fische!«

»Barsche!«

»Egal!«

»Nein, denn nur Barsche sind Berben, sind bärtge Barben.«

Die Runde kicherte und prostete sich zu.

Klöpper erhob sich, reckte seinen Krug empor und deklamierte:

»Im Teich, im Strom, wo Schlei und Karpfen springen,

Forell und Schmerl durch Sand und Kiesel dringen,

Der Frösche Feind, der Krebs, geharnischt laicht,

Und, ganz vertieft, die bärt'ge Barbe streicht,

Und was er sonst bald mit beglückten Händen

Zu angeln pflegt, bald in der Netze Wänden

Gefangen führt, bald, wie den fetten Aal,

In Reusen lockt, zum frohen Abendmahl.

»Mittagsmahl« murmelte Schulte »wenn schon Hagedorn, dann richtig.«

»Ach, die Kunst muss sich dem Leben nun mal anpassen können.«

»Das Leben ist eine Kunst.«

Alle nickten. Velthaus nahm noch einen Schluck, dann blickte er in seinen Krug und schaute bekümmert in die Runde.

»Schon leer meine Herren.«

Die anderen sahen ihn an, Klöpper stimmte an:

»Was soll die Zauderei? Ihr Brüder!

Kurz ist die Stunde, singet Lieder«

Die anderen fielen ein, ich brummte mit und begann zu ahnen, dass ich in dieser Stadt wohl trinkfester werden müsste, sollte ich zukünftig regelmäßig in Gierigs und dieser Runde teilnehmen dürfen.

»Und trinkt und leert das volle Faß«

Für die Wirtin schien dies ein Stichwort zu sein, denn ohne Aufforderung brachte sie eine neue Runde.

»Die Zeit hat allzustarke Schwingen,

Wer kann sie halten? Laßt uns singen,

Ein jeder fülle sein Glas«

Bevor wir noch die letzte Strophe ganz vollendet und unsere Gläser zum Prosten erhoben hatten, stimmte Lugh an:

»Bekränzet die Tonnen,

Und zapfet mir Wein;

Das Jahr hat begonnen,

Wir müssen uns freun!«

Ich erinnerte mich dunkel, dass es sich dabei eigentlich um ein Mailied handelte. Das aber hielt weder mich noch die anderen davon ab, die Strophen zu schmettern.

Wir waren eine fröhliche Runde. Ein Lied ging in das andere über und sei es nun, um Geld zu sparen, oder sei es, um dem Weingeist nicht zu sehr zu huldigen, das Singen und der Spaß an der gemeinsamen Runde standen eindeutig im Vordergrund.

Als ich mich fast eine Stunde später wieder auf den Heimweg machen wollte und nach meiner Geldkatze kramte, stieß Klöpper mich an.

»Sie müssen nicht bezahlen. Das Gasthaus gehört der Stadt, wir Lehrer dürfen hier zweimal in der Woche essen. Hat ihnen das keiner gesagt?«

Nein, diese durchaus wichtige Kleinigkeit war mir bisher verschwiegen worden. Das Klimpern der gesparten Münzen im Ohr, machte ich mich wieder auf den Heimweg.

Im Haus war es eiskalt. Ich fegte den Kamin aus und entzündete ein kleines Feuer. Eigentlich hatte ich vorgehabt, mich heute um die Zusatzstunden zu kümmern und Vorschläge für Gierig aufzuschreiben. Allerdings schien mir sein Ohr dafür im Moment nicht offen genug.

Ich versuchte mich an Grandison, aber der fesselnde Sog der Geschichte wollte sich nicht einstellen. Auch für Shandy fehlte mir die Ruhe des Geistes.

Nervös stand ich auf und legte einen Scheit nach. Mir ging die Geschichte einfach nicht aus dem Kopf. Wenn also die beiden die Wahrheit gesagt hatten, so war Anna kurz nach Mitternacht nach Hause gekommen und Caspar danach ebenfalls direkt nach Hause gegangen.

Gefunden hatte seine Frau Boemke gegen am Morgen zur vierten Stunde. Wer also hatte sich in der Zeit dazwischen Zutritt verschafft oder war von Boemke hereingelassen worden und warum?

Anna und Caspar hatten den Nachtwächter gesehen. Vielleicht hatte dieser die beiden auch gesehen. Und vielleicht sogar den wahren Täter. Hatte Hoberg ihn eigentlich befragt? Mit mir zusammen nicht. Seufzend stand ich auf, schob die glimmenden Reste aus dem Kamin in meine kleine Bettpfanne und stieg die Treppe nach oben.

Ich ließ mich auf die Kante des Bettes nieder. Ich beschloss, mich nur des Nötigsten zu entledigen, und legte mich fast vollständig bekleidet nieder.

Wie befürchtet, konnte die kleine Wärmequelle nicht die klamme Kälte vertreiben. Ich fand keinen Schlaf. Ruhelos warf ich mich hin und her. Ein Federkiel kratze mich. Wieder warf ich mich auf die andere Seite.

»Horcht auf. Die 11. Stunde hat es geschlagen. Alles ist ruhig, alles ist sicher.« Der Ruf des Nachtwächters drang an mein Ohr.

Der Nachtwächter! Ich sprang aus dem Bett. Ich benötigte die Kälte des Bodens nicht, um hellwach zu werden. Ich stolperte die Stiege hinunter und griff nach meinem Mantel. Während ich in die Stiefel schlüpfte, kämpfte ich mit den Ärmeln.

Ich sah auf die Straße hinaus. Da der Mond in seinem letzten Viertel stand, war es finster. Ich blickte kurz auf den Spanhalter und die Kienspäne. Da waren wieder die Warnungen der Dunkelhaarigen. Ich zog meinen Mantel enger um mich und trat auf die Straße.

Ich lauschte. Da, schwere Schritte und metallenes Klappern. Ich lief, nein stolperte in die Richtung, aus der ich die Geräusche vermutete. Das Licht der Sterne half mir dabei, größere Hindernisse früh genug zu erahnen, Stolperfallen der fäkalen Art waren hoffentlich im Zuge der Vorbereitungen auf das große Ereignis morgen bereits weggefegt worden. Zur Sicherheit hielt ich meine Hände ausgestreckt, um im Notfall das Gleichgewicht schneller wieder zu finden.

Das Krächzen eines Nachtvogels und irgendwo hinter mir in der Dunkelheit ein lautes Knacken.

Etwas vor mir sah ich eine Laterne hinter einer Gebäudeecke verschwinden. Ich keuchte, rannte in die Richtung und hoffte nur, ich würde im Dunkeln nicht in Schneeresten oder anderer Feuchtigkeit ausgleiten.

Die schweren Schritte klangen ganz nahe.

Ich bog um einen Vorsprung.

Da stand er. Die Laterne in der Rechten, unbeweglich wie ein Fels und blickte mir entgegen.

»Wasn Mann? Folgst mir auf Schritt und Tritt. Kann er den Morgen nicht erwarten oder will er mir Vorhaltungen machen, ich sei zu laut?«

Sein Gesicht versteckte sich im Schein seiner Lampe zwischen Augenbrauen und Bart. Ich trat näher und versuchte Atem zu fassen.

Er hob die Laterne noch höher und leuchtete mir ins Gesicht.

»Ach, der Schulmeister, das Hündchen des Herrn Amtmann.«

Sein Bart zitterte. Ich hoffte, er schmunzelte darunter.

»Folgt er mir, weil er denkt, ich würde saufen? Man hats meinem Vater vorgeworfen und dem Großvater und seinem Vater. Ich aber nicht. Nein, nein, der alte Fridus säuft nicht. Ist immer hellwach!«

Ich schüttelte den Kopf.

»Nein. Guten Abend guter Mann. Ich möchte sie etwas fragen.«

»Fragen will er? Soll er.«

Mit diesen Worten nickte er mir zu, drehte sich um und stapfte voran.

»Muss aber weiter. Der Ruf muss erfolgen. Immer pünktlich!«

Ich fiel in seinen Schritt ein.

»Vor vier Tagen, bei der Bäckerei Boemke. Haben Sie da etwas gesehen?«

»Beim Toten?«

»Hmm.« nickte ich zustimmend. Er stapfte gleichmäßig voran und schüttelte seinen Kopf.

»Nein, da war nichts.«

»Sind Sie sicher? Auch nicht ein junges Paar.«

Es war seltsam, mit ihm zu sprechen, während er unbeirrt nach vorne blickte.

»Nein, niemand. Wieso auch. Ist ja tiefe Nachtzeit. Sollen doch alle schlafen.«

165

Seinem Tonfall nach zu urteilen hielt er mich für ein naives Kind, dass sich in der Welt noch lange nicht auskannte.

»Aber es hätte doch sein können.« Fast wäre ich in dieser Rolle aufgegangen und hätte mit dem Fuß aufgestampft.

Er schüttelte den Kopf und wiederholte geduldig: »Nein. Niemand und nichts.« Und fügte hinzu: »Und um den Alten ists nicht schade.« Noch einer, der Boemke nicht mochte. Wie könnte es anders sein. Aber ich wollte nicht aufgeben. Vielleicht, wenn ich ihn nur lang genug piesackte, vielleicht würde er sich doch an etwas erinnern.

»Es muss so gegen Mitternacht gewesen sein.«

Abrupt blieb er stehen. »Die zwölfte Stunde? Da bin ich am Westentor. Wie sollte ich dann da was beim Mehlhaus sehen?«

Wie, er war nicht da gewesen? Das konnte nicht sein. Anna und Caspar hatten ihn doch gesehen. Sagten sie.

»Und wann sind Sie dann beim Backhaus?«

»Beim Kloster bin ich zur Zehnten.«

»Und das ist beim Bäcker?«

»Junge, soll ich Löcher innen Bauch bekommen? Was interessiert ihn mein Weg? Will er auch Nachtwächter sein? Kann er aber nicht. S'gibt nur einen. Und der bin ich!«

Ich blieb stehen. Genau. Es gibt nur einen Nachtwächter und dieser stand vor mir. Und er war zu dieser Zeit, als er am Backhaus gesehen wurde, am Westentor gewesen. Ich hatte am Samstag die Stadt durch eben dieses Tor betreten. Es lag fast am anderen Ende der Stadt. Das bedeutet, er war nicht einmal in der Nähe gewesen.

Wenn es aber nur den einen Nachtwächter gab, wen hatten dann Anna und Caspar gesehen? Immer vorausgesetzt, die beiden hatten nicht gelogen. Aber ich hatte mich längst entschieden, beiden zu glauben. Die Antwort war so simpel wie beängstigend.

Sie hatten den Mörder gesehen.

Als ich wieder aufblickte, war der Nachtwächter bereits weitergegangen. Er schien keinen Wert auf Abschiede zu legen, so blickte ich ihm nur kurz nach und als das Licht der Laterne um eine Häuserecke verschwand, drehte ich mich um und ging langsam zurück zum Lehrerhaus. Was sollte ich nun tun? Auch wenn das Rätsel um den Nachtwächter gelöst schien, für mich fügte sich alles ganz passen zusammen, so wurde dadurch die Identität des Mörders nicht enthüllt.

Ich schrak zusammen, als sich ein Schatten über mir in die Nacht erhob. Ein Käuzchen schrie. Mit schnellen Schritten ging ich zurück und legte mich erneut zu Bett.

Ich wälzte mich in dieser Nacht unruhig herum. Traumfetzen und Gedanken an die Erlebnisse der vergangenen Tage fochten in meinem Geist um Beachtung. Aber jede Eingebung, jede Idee verflüchtigte sich, sobald ich sie zu fassen suchte.

DONNERSTAG 21. THAUMOND 1788

Als ich erwachte, schmerzte mein Rücken. Was für eine Nacht. Ich versuchte, erneut einzuschlafen, aber Morpheus wollte mich nicht mehr in seine Arme schließen. Zwar hatte ich Abhandlungen über die Berechnung der Zeit anhand des Verhältnisses zwischen dem Sternbild des großen Urs und dem Polarstern studiert, aber weder konnte ich durch mein Fenster einen der nötigen Himmelskörper sehen, noch konnte ich mich an Details erinnern.

Also verließ ich mich auf mein Gefühl und beschloss, es müsste etwa die dritte Stunde in der Früh sein. Ruhelos stand ich auf und kramte in meiner Reisetruhe. Aber weder konnte mich mein Orangenöl, noch die Gedanken an die Bücher in der Stube zu einem ruhigen Geist zurückfinden lassen. Ich entzündete ein kleines Talglicht. Achtete sorgfältig darauf, es weit entfernt von jeglichen Gegenständen abzustellen. So beschloss ich, mich anzukleiden. Die zuvor notwendige Morgenwäsche zelebrierte ich dieses Mal. Ich schöpfte Eiskristalle ab und schmolz sie im Seifenlappen. Sodann ließ ich den ihn über mein Gesicht gleiten und wiederholte das Prozedere noch zwei weitere Male. Als meine Haut vor Kälte prickelte und sich dann mit einem ebenso krabbelnden Gefühl erwärmte, fühlte ich mich meinem Selbst schon wieder ein winziges Stückchen näher.

Ich zog mich an. Sorgfältig und bedächtig. Jede Bewegung begleitet von tiefen, gleichmäßigen Atemzügen. Aber was ich auch tat, es half alles nichts. In meinem Magen saß ein Knoten, meine Nerven flatterten. Ich stieg die Stufen hinab in die Stube. Mit einem Blick auf die beiden Bücher, die neben den Protokollen lagen, entschied ich mich, kein Feuer anzuzünden. Was hätte ich davon, ich würde mich doch nicht konzentrieren können. Ich nahm die beschriebenen Papierbögen, faltete sie und verstaute sie in meiner Tasche. Mit einem Grunzen, das sowohl meiner Unruhe, der Kälte als auch meiner ganzen Lage galt, nahm ich meinen Mantel vom Haken, zog ihn an, löschte die Kerze und verließ das Haus.

Es war noch immer dunkel, St. Reinoldi hatte gerade zur vierten Stunde geschlagen, als ich mich vom Markt aus Richtung Backhaus Boemke wandte. Ich wollte noch einmal mit Anna sprechen. Der Nachtwächter war der Mörder. Der falsche Nachtwächter. Ich musste mehr über ihn erfahren. Vielleicht konnte ich so Hinweise auf seine wahre Identität erhalten. Und das musste schnell geschehen. Gerstein wollte heute einen Abschluss, denn heute war Tag der Wahl.

Die beiden Witwen hatten es mir erklärt, das ganze langwierige Procedere. Wer in welcher Reihenfolge wann das Rathaus zu betreten hatte. Und was dann in langen Reden besprochen und zelebriert werden würde. Die Letzten, die Wichtigsten, würden kurz vor dem neunten Schlage das Gebäude betreten. Dann würde Ratsdiener Wolters, der Automat, die Türen verschließen und sich zurückziehen.

Draußen würde es sicher lustiger zugehen. Die wartenden Familienmitglieder und alle Anwesenden würden von Tanzmeister Verron unterhalten werden. Wie ich in der Lehrerrunde erfahren hatte, würde es mehr als nur einen Essensstand geben und bisher war es bei jeder Wahl so gewesen, dass sich die Händler immer ein Angebot speziell für diesen Anlass einfallen ließen.

Klöpper hatte sogar vermutet, dass es in der Stadt geheime Ecken geben würde, in denen man auf die Gerichte, aber auch auf einzelne Zutaten Wetten abschließen konnte. Ich hatte an das Hühnerhaus gedacht, aber geschwiegen. Während also draußen bereits ein Fest im Gange war, würde man sich im Rathaus mit dem Reglement der Ratswahl herumplagen müssen. In den letzten Jahren hatte der ganze Prozess bis in den Nachmittag hinein gedauert. Dann endlich würde als Zeichen Rauch aufsteigen und in einer feierlichen Prozession würden die neugewählten Ratsmitglieder in entsprechender Reihenfolge auf die Straße treten. Danach würde gemeinsam weitergefeiert werden, auch wenn ich vermutete, dass sich die Vornehmeren nur eine kurze Zeit unter das Volk mischten und dann in den eigenen Stuben den Tag ausklingen ließen. Für die wenigsten Bewohner und Gäste der Stadt würde der Tag mit der Abendstunde enden.

Gerstein hatte den Amtmann für die achte Stunde einbestellt. Er erwartete einen gelösten Fall. Wenn also Hoberg zu diesem Zeitpunkt nicht den falschen Täter, bereits bestraft, präsentieren sollte, musste ich ihn noch vorher überzeugen, Anna und Caspar zu glauben. Ob sich der Mann überzeugen ließe? Mir fehlten noch immer Beweise. Und wenn ich welche vorlegen könnte, reichte die Zeit? Konnten vier Stunden reichen, um ein Leben und eine Liebe zu retten? Außerdem müsste derjenige, den die beiden für den Nachtwächter gehalten hatten, gefunden und überführt haben. Würde der Amtmann im Zweifel seinen eigenen Posten gefährden, nur um einen jungen Mann zu retten, mit dem ihn nichts verband? Einen, den er für einen Dieb hielt.

Ja, einen, der ein Dieb war.

Würde ich das riskieren? Nun ja, ich tat es bereits. Zwar hatte ich heute Vormittag frei, wenn allerdings bekannt würde, wie sehr ich mich in die Angelegenheiten einmischte, wäre meine Zeit in dieser Stadt abgelaufen. Ich sah Gierig vor mir und den Vater von Zacharias. Keiner der beiden schien sich sehr für Caspar oder mein Schicksal zu interessieren. Auch von Gerstein, dem ich das Ganze eigentlich zu verdanken hatte, konnte ich keine Unterstützung erwarten. Ich hatte gesehen und vor allem gehört, wie er mit dem Amtmann umgesprungen war.

Gerade als ich die Margarethenkapelle passierte, trat mir, dick eingemummelt, eine Gestalt entgegentrat. Ich erschrak, so früh hatte ich noch niemanden erwartet, der sich für mich interessierte. Die anderen Frühaufsteher um mich herum waren mit den letzten Vorbereitungen beschäftigt, lieferten Waren an oder zogen mit den Tieren aus der Stadt.

»Holla, guten Morgen.«

Ich blieb stehen und versuchte zu erkennen, ob mir Freundlichkeit entgegenschlug. Eine unförmige Pelzmütze mit seltsamen seitlichen Klappen erinnerte mich an den Jagdhund unseres Nachbarn. Vom Gesicht war kaum etwas zu erkennen, denn über den mehrfach geflickten Pelzmantel war ein dickes Wolltuch gebunden, das Mund Nase und einen Teil der Augen verdeckte. Die Hände steckten in Fellfäustlingen. Der Fellmensch zog nun einen der Handschuhe ab, lockerte das Wollstück und zog es über die Nase herunter.

»Ach, Sie sinds, Physikus Neuhaus. Ich hatte sie gar nicht erkannt.«

»Sie meinen, ohne den stechenden Geruch und meine Werkzeuge?«

170

Und ohne klappernde Schalen. Mich schauderte. Ich lächelte ihm zu.

»Nein, ich meinte wegen.«

Wie sollte ich ihm sagen, dass er wie ein der nördlichsten Erdbewohner auf mich gewirkt hatte? Er schien meinen Blick auf sein Erscheinungsbild dennoch zu verstehen.

»Es ist praktisch und warm. Sie glauben nicht, wie ich in der ersten Zeit in dieser Stadt gefroren habe. Dieser ständige Wind!«

Und ich wie ich das verstand. Wir waren Brüder in diesem Geiste. Ich nickte.

»Was tun Sie hier in aller Herrgottsfrühe?«

»Ich war bei Bäckersfrau. Wollte ihr den hier geben.«

Er nestelte mit der vom Fell freien Hand in seinem Mantel und hielt mir dann die ausgestreckte Hand hin. Darauf lag ein kleiner, matter, messingfarbener runder Knopf.

»Äh?«

Ich schaute vom Knopf zu ihm und wieder zurück.

»Er hatte sich in den Falten des Hemdes von Boemke verfangen. Ich habe ihn erst gestern Abend entdeckt, als ich ihn fertig gemacht habe. Muss ja unter die Erde der Mann. Und als der Bestatter kam und wir den Körper anheben, da kullert der Kleine hier plötzlich am Boden rum. Hab ihn aufgehoben und wollte ihn der Ehefrau geben. Hängen ja meist an sowas die Weiber. Erinnerungen an Dinge, wenn der Geliebte nicht mehr da ist. Bin heute früh extra los, dachte, dann hat sie etwas, dass sie festhalten kann, wenn sie am Grabe steht. Aber sie sagt, er gehört nicht ihrem Mann. War sich da ganz sicher. Er hätte nie Messingknöpfe getragen. Hätte Wert auf Horn gelegt, irgendeine Familientradition.«

Den Knopf immer noch in der Hand, kratzte er sich mit dem Ringfinger unter der Klappe der Pelzkappe am Kopf. »Können Sie mir den Gefallen tun. Ich muss eigentlich zurück ins Spital. Und dann ist ja noch das große Fest, ich wollte mich noch frisch machen und dann dazustossen. Sie sehen doch Amtmann Hoberg sicher heute. Können Sie den mitnehmen?«

Er bewegte seine Hand mit dem Knopf.

»Bitte, ich kann ihn doch nicht die ganze Zeit mit mir herumtragen.«

Nun, und ich wüsste nicht, was denn nun Hoberg mit einem Knopf sollte. Aber was konnte es schon schaden. Ich würde ihm einfach zusammen mit den Protokollen übergeben und hoffentlich auch mit weiteren Informationen.

»Äh, ich, hmm, ok.«

Ich streckte die Hand aus, und er ließ ihn in meine Handfläche fallen. Der Knopf war warm in meiner Hand. Ich ließ ihn in meine Manteltasche gleiten.

»Puh, was für eine Kälte. Geht einem durch Mark und Bein.«

Er zog sich seinen Fäustling wieder an und schob sich das Wolltuch wieder über die Nase.

Gedämpft durch den Wollstoff hörte ich:

»Gut, danke. Nun, ich muss weiter. Vielen Dank noch einmal.«

Er nickte mir zu und lief in die Richtung, aus der ich gerade gekommen war.

Ich setzte vorsichtig meinen Weg zum Backhaus fort. Hier, soweit weg vom Marktplatz, hielt man eine größere Reinigung nicht für nötig. Unrat lag auf dem Boden, den ich glücklicherweise nur roch, aber nicht in der plötzlichen glitschigen Matschigkeit unter dem Stiefel spürte. Fast stolperte ich über ein Fass. Als ich abbog und mich Richtung Kockelkepforte wandte, wurde es wieder etwas leichter. Die Häuser standen etwas weiter entfernt, so hatte die Himmelslichter eine Chance. Hier begannen auch Handwerker und Tagelöhner mit den Vorbereitungen des Tages, Tiere wurden gefüttert und gemolken. Babygeschrei drang an mein Ohr.

Ich klopfte an die Eingangstür des Hauses Boemke. Niemand öffnete. Ich trat hinüber zum Backhaus. Aus den Ritzen der Tür drang Lichtschimmer auf die Straße. Ich griff nach dem Türgriff.

»He da!«

Ich fuhr herum. Hans, auf seinen Armen eine Kiepe mit Holzscheiten hochbeladen.

»Oh, äh, Moment.«

Ich griff erneut nach der Tür, machte einen Schritt zurück und zog sie auf. Er trat hindurch, ich hinterher, froh der unwirtlichen Dunkelheit entkommen zu sein.

»He, wer? Ach, Sie sind es.«

Die Frau stand an der Waage, einen Scheffel in der einen, den geöffneten Mehlsack in der anderen Hand.

»Schickt er nun schon seine Schergen? Traut sich der feine Herr Marktpolizist nicht mehr selbst her?«

Ich war nicht als Verteidiger Hobergs gekommen und ganz sicher auch nicht in seinem Auftrag, also überhörte ich die Begrüßung einfach.

»Guten Morgen, Bäckersfrau Boemke. Ich möchte gerne mit Anna sprechen.«

Die bemehlte Hand stoppte in der Bewegung.

»Das arme Ding schläft noch. Und selbst wenn nicht. Glauben Sie, ich lass sie einfach mit ihnen reden? Sie wollen doch nur den Jungen aufs Schafott bringen.«

Sie schippte Mehl aus dem Sack auf die Waage. Es zeugte von ihrer langjährigen Erfahrung, dass bei dieser Bewegung nicht das Mehl nach allen Seiten stieb. Sie nahm die Waagschale, leerte sie in den Trog und hängte sie wieder ein. Für sie schien unser Gespräch beendet zu sein. Doch wollte ich den Jungen retten, dürfte ich nicht hier schon aufgeben. Schließlich müsste ich mich nachher auch noch Hoberg stellen müssen. Ich versuchte es erneut.

»Nein, nein wirklich nicht. Im Gegenteil, ich will ihm helfen.«

Sie fuhr herum, ihre Augenbrauen zogen sich zusammen. Wenigstens hielt sie inne und erwartete eine Antwort.

»Wirklich. Glauben sie mir. Ich denke, es war jemand anders.«

Langsam wandte sie Ihren Oberkörper in meine Richtung.

»Und was wollen sie da von Anna?«

Sie hatte sich komplett zu mir umgedreht und blickte mich erwartungsvoll an.

»Sie hat doch den Nachwächter gesehen. Und ich glaube, naja ich glaube sie hat jemand anderes gesehen.«

Sie verschränkte augenblicklich ihre Arme.

»Meine Anna lügt nicht. Ist ein gutes Kind.«

Bevor sie ihre Tochter weiter verteidigen konnte oder schlimmer, sich wieder von mir abwandte, erklärte ich:

»Nein, nein, ich sage nicht, dass sie lügt. Sie hat jemanden gesehen, den sie für den Nachtwächter hielt. Aber der war es nicht. Der war da am Westentor.«

Nun drehte sie sich doch wieder zur Waage, aber diesmal bedächtig und nicht, als würde sie mich oder das Gespräch mit mir meiden. Sie schien zu überlegen. So wog sie zwei weitere Scheffel ab und leerte auch diese in den großen Trog. Das Mehl stieb in kleinen Wölkchen durch die Luft und senkte sich wieder in die Wanne.

»Und wen hat sie – oh nein. Sie meinen, sie hat den M –.«

Ihre Hände sanken herab. Ich sah, wie ihre Hände zitterten, und sie suchte Halt am Rand des Troges. Was würde ich tun, wenn Sie hier in Ohnmacht fiele? Zu meiner großen Erleichterung atmete Sie tief ein, straffte sich und fragte ruhig:

»Und was wollen sie jetzt von ihr?«

Ich versuchte, meine Idee zu formulieren.

»Sie hat ihn nicht erkannt, das ist mir klar, aber sie hat gedacht, es wäre der Nachtwächter. Warum?«

»Sie hat wohl seine Laterne gesehen.«

Sicher die naheliegendste Vermutung. Nur die wenigsten, wie Hoberg zum Beispiel, leisteten sich den Luxus einer Laterne.

»Wissen Sie etwas Neues von Caspar? geht es ihm gut?«

Unbemerkt war Anna zu uns getreten. Sie war blass, ihr graues Linnenkleid reichte knapp bis zu den Handknöcheln. Um den Hals trug sie ihr Liebespfand. Ich schluckte.

»Anna, Kind, Du gehörst ins Bett.«

Sie trat auf ihre Tochter zu und legte ihr den Arm um die Schulter und drückte sie an sich.

»Mutter, ich kann nicht. Ich, er, ich kann einfach nicht.«

Sie rang die Hände. Ihre Augen gerötet, suchte sie halt bei der Älteren.

»Anna, bitte, können Sie mir den Mann beschreiben, den Nachtwächter, den Sie gesehen haben.«

Die Bäckersfrau warf mir einen Blick zu, aber noch ehe sie dazwischen gehen konnte, antwortete Anna: »Wieso? Er ging da, mit der Laterne in der Hand.«

Sie zuckte mit den Schultern.

»Haben Sie mit ihm gesprochen?«

Verwirrt sah sie mich an, blickte dann zu ihrer Mutter und wieder zu mir.

»Nein.«

Sie schüttelte den Kopf.

174

»Ich habe nichts mit ihm zu schaffen. Mein Onkel ist der Gildenmeister! Ich habe ihn auch nicht richtig gesehen. Nur eben, dass er da war. Warum wollen Sie das eigentlich wissen?«

Ich schüttelte den Kopf, nickte den beiden Frauen zu und verließ das Backhaus. Sollte es ihr ihre Mutter erklären, ich musste nun zu Hoberg. Er musste mir einfach glauben.

Die traurigen Blicke Annas noch vor Augen eilte ich nach Norden. Als ich die Gabelung erreichte, an der ich zuvor den Knopf erhalten hatte, wechselte die Schwärze der Nacht endlich in dunkles Grau. Schon konnte ich die helleren Wolkenfetzen vor dem dunkleren Himmel erahnen. Meine Tritte wurden nun sicherer und meine Schritte schneller. Ich schätze es auf kurz vor oder nach der fünften Morgenstunde. Zwei Hahnenschreie ertönten, als würde der eine dem anderen seine Anwesenheit versichern. Nur noch drei Stunden, ein feiner Graupelregen setzte ein.

Kurz überlegte ich, ob der Weg zum Richthaus sinnvoll sei. Hoberg wohnte sicher nicht dort. Eben sowenig der Ratsdiener. Vermutlich wären beide an anderen Tagen, um diese Zeit noch nicht dort anzutreffen, aber heute war Wahl. Ich hoffte, ich würde mit meiner Annahme richtig liegen. Ich hatte keine Vorstellung davon, wo Hoberg eigentlich zu Hause war.

Ich schlug mehrfach den schweren Öffner gegen die Tür. Dann erschien zu meiner Erleichterung der Automat.

»Was wollen Sie?«

Ich gewöhnte mich an seine Steifheit und meinte sogar zwischen den Zeilen ein fröhliches Zucken seiner Augenbrauen wahrzunehmen.

»Guten Morgen Ratsdiener. Ich möchte zu Amtmann Hoberg.«

Und ich hoffe mit jeder Faser meiner Seele, dass Sie so nett sind und mich einfach zu ihm lassen. Es geht um Leben und Tod. Würde es helfen, wenn ich mich auf die Knie werfe oder soll ich lieber an Ihren Jackenaufschlägen rütteln?

Aber als wäre er eine der Figuren aus der mechanischen Uhr in Weimar, die bei jedem Wetter mit Gleichmut ihre Runde um den Uhrenkasten drehen, teilte er mir mit:

»Der Amtmann ist nicht hier.«

Er schien die Notwendigkeit einer weiteren Erklärung zu spüren und setzte hinzu: »Er war hier, ganz früh, hat mich aus dem Schlaf gerissen. Wollte den Schlüssel zum Magazin habe.«

Nun, der Ratsdiener schien doch hier zu nächtigen. Aber was hatte er gesagt?

»Zum Magazin?«

Er nickte und wie zuvor, ließ er mich an seinem Wissen teilhaben.

»Ja, Dortmund besitzt ein Magazin. Schon seit mehreren Jahrhunderten.«

Leider hatte er wohl beschlossen, mir eine Geschichtsstunde zu erteilen.

»Im Magazin zu Dortmund lagern das Pulver, die Kanonen und die anderen Waffen.«

Waffen? Sah ich Gespenster? Der Amtmann musste sicher etwa zum Fest beitragen. Vielleicht würde es einen Salut geben und er müsste die Vorbereitungen überwachen. Aber wäre dann der Automat dann nicht informiert gewesen. Er hatte aber gesagt, Hoberg habe ihn geweckt. Also doch ein ungeplanter Besuch.

Also was wollte er bei den Waffen?

»Wo ist das Magazin?«

Seine Gesprächigkeit passte zur surrealen Situation. Beides hatte, traf mich gänzlich unvorbereitet, aber das hinderte mich nicht daran Fragen zu stellen.

»Drüben im alten Gildenhaus.«

Selbstverständlich gab es ein altes und ein neues Gildenhaus in dieser Stadt.

»Wie komme ich bitte dahin?«

Er schien sich in der Rolle eines Fremdenführers zu gefallen.

»Nun, Sie gehen einfach bis zur Marienkirche, überqueren den Kirchhof und das feine, große Haus dahinter ist das alte Gildenhaus.«

Er wies Richtung Osten. Mehr konnte ich nicht verlangen.

Ich deutete eine kleine Verbeugung an.

»Vielen Dank Ratsdiener.«

Wenn er mich bis hierher schon überrascht hatte, so machte er mich nun sprachlos und hätte ich die Zeit gehabt, hätte ich es mir auch anmerken lassen. Er hob die Hand, winkte und sagte: »Wir sehen uns sicher noch nachher beim großen Fest?!«

Ich nickte und wandte mich Richtung der zwei Kirchtürme. In der Dunkelheit das Tschilpen eines Morgenvogels. Mein Junge, Du musst wissen, wer da zu Dir spricht. Dann weißt Du auch im Wald, welche Stunde es geschlagen hat. Mein alter Hauslehrer, der Vogelfreund. Hätte es mir geholfen zu wissen, ob es nun einen Schlag oder länger bis zum Sonnenaufgang war, nur weil ich eine Amsel erkannte? In jedem Fall rann mir die Zeit durch die Finger.

Zwischen den beiden Kirchen lag der Weg noch im tiefen Schatten. Ich stolperte, fing mich wieder. Der Graupel war von Nieselregen abgelöst worden. Zum Glück waren es nur wenige Schritte über den Kirchhof. Dankbar flüchtete ich unter die großen Bögen des alten Gildehauses ins Trockene. Meine Schritte erzeugten ein leises Echo. Obwohl ich die Geräusche der Straße ebenso wie die, aus den umliegenden Wohnhäuser hören konnte, schien ich hier abgeschottet von der Welt und auf mich alleingestellt. Möglicherweise übertrug mein überspannter Geist aber auch nur meine innersten Gefühle auf die sandfarbige Leinwand dieser rissigen Mauern. Ich trat an die große Holzpforte. Zögerte, schluckte, fasste mir ein Herz und klopfte.

Nichts geschah.

Ich klopfte erneut, etwas kräftiger.

»Hallo, hallo Amtmann, sind Sie da?«

Ich rief und schlug nun mit der Faust gegen das Holz.

»Hallo? Ist jemand da?«

Bevor ich noch meine Faust erneut heben und mit Unterstützung der anderen trommelnd die Tür bearbeiten konnte, öffnete sie sich und gebeugter, Graubärtiger erschien. Seine Strähnen hingen über die Schulter, sein Hemd zerknittert, eine Kerze in der Hand.

Er hob das Licht und sah mich aus glasig grauen Augen an.

»Was ist, was soll das denn heut Morgen? Will denn alle Welt zu mir?«

Er strich sich über den Bart und brummelte noch ein paar unverständliche Silben. Ich senkte die Fäuste und trat höflich einen Schritt zurück.

»Äh, guten Morgen, guter Mann. Bitte entschuldigen Sie die frühe Störung.«

Der Alte murrte zustimmend.

»Früh, ja, sehr früh, ja, zu früh! Ja!«

Es tat mir leid, den Alten zu stören, aber mir blieb keine andere Wahl.

»Ich bin Clamor Heinrich Aldenhagen. Ich bin Schulmeister am Archigymnasium. Ich suche den Amtmann Hoberg.«

Es klag auf diese Art wenigstens etwas danach, als wäre es meine Aufgabe nun hier zu sein. Ihm schien es völlig egal zu sein, ob wer ich war und warum ich hier war. Er stierte mich nur an.

»Bitte, guter Mann. Es ist wirklich wichtig. Ist Amtmann Hoberg hier?«

Er schlurfte einen wackligen Schritt auf mich zu und hob die Kerze noch ein wenig an. Sein Atem erinnerte mich an eine Branntweinschenke. Ich sorgte mich, dass er mir die Augenbrauen versengen könnte. Sein rechtes Auge, im Licht der Kerze fast milchig weiß, schien hinter mich zu schauen, während sein linkes unruhig vor sich hin hüpfte. Dann zog er die Kerze wieder zurück.

»Ist nicht hier, der Amtmann. War vorhin hier. War noch dunkel.«

Sein flatterndes Auge blickte über meine Schulter.

»Ist immer noch dunkel. Ist zu früh, denk ich mir.«

Er trat einen Schritt zurück, schien sich wieder in die Sicherheit des Gebäudes zurückziehen zu wollen. Ich griff nach seinem freien Arm.

»Bitte, warten Sie, wissen Sie wo der Amtmann jetzt ist?«

Ob ihn die Dringlichkeit meiner Bitte rührte oder ob er spürte, dass er mich ohne eine befriedigende Antwort nur noch länger ertragen würde müssen, er antwortete.

»Der Amtmann war hier, wissen Sie. Ist wichtig, sagt er, muss heute für Recht und Ordnung sorgen.«

Nun, das klang ganz nach dem Marktpolizisten. Ohne Pause fuhr der Alte fort: »Sah nicht gut aus. Der sieht nicht gut aus, denk ich noch bei mir. Muss doch gut aussehen, ist doch Wahl heut, denk ich mir. Muss wohl aufpassen.«

Dass er nicht gut aussah, gut, das konnte ich verstehen und wer in der Stadt war nicht aufgeregt wegen der Wahl heute?

»Dann sagt er, er will eine Waffe. Eine Waffe denk ich mir?«

Ganz genau mein Gedanke. Und meine Befürchtung, die ich seit der Auskunft des Automaten zum Magazin in meinem Herzen trug.

»Was will er damit?«

Eine absolut berechtigte Frage. Ich betete, die Antwort nicht zu ahnen.

178

»Aber was soll's, denk ich mir. Soll er eine haben, wird seine Richtigkeit haben, denk ich mir.«

Selbstverständlich, niemand würde misstrauisch werden, wenn sich Menschen plötzlich Waffen besorgten. Andererseits, die letzten Kriegstage waren noch nicht lange vorbei. Auch durch Dortmund waren die Grenadiere gezogen. Und der Alte hatte sicher auch die ein oder andere Erfahrung gemacht.

»Will ihm ein Bajonett geben. Ist besser zum Zielen, denk ich mir.«

Er hatte definitiv entsprechende Einsichten vorzuweisen.

»Aber er, nein, die Kavalleriepistole!«

Ich erstarrte und während sich in meinem Geist die Schreckensbilder abwechselten, bei denen sich die Menge von Caspars Blut und die der Tränen Annas durchaus messen konnten, erzählte der Alte weiter, als würden wir vor dem Kamin gemütlich alte Erinnerungen austauschen.

»Ist schon ewig hier. Die Pistole mein ich. Halte sie in Schuss. Man weiß ja nicht, wann sie gebraucht werden. Weiß ja nicht, wann Preußen wieder ruft. Halte alles hier in Ordnung. Hab ihm auch Zündkraut gegeben. Braucht er ja, denk ich mir. Hab noch gefragt, was er damit will.«

Eine sehr vernünftige Frage!

»Hat mich nur angestiert. Will was abschließen. Was zu Ende bringen. Was soll das sein, denk ich mir?«

Mir wurde die Brust eng. Er rieb mit seinem Ärmel über seine Hüfte.

»Klang entschlossen. Mehr hat er nicht gesagt. Aber wird wohl so seine Richtigkeit haben. Er ist Amtmann.«

Ja, er das ist er und Marktpolizist und nun will er es zu Ende bringen. Mit einer Pistole!

Mit einer mir fremden Stimme krächzte ich: »Wissen Sie, wo er hinwollte?«

Ich ahnte die Antwort schon, während der Ergraute sie gab.

»Der Amtmann? Zum Katharinenturm, sagt er. Hätte dort noch was zu erledigen.«

Fast schon über die Schulter rief ich ihm ein Dank zu und hetzte Richtung Gefängnis.

Das Brummen des Wächters, irgendetwas mit Störungen, Dunkelheit und Verrücktheiten, verklang weit hinter mir.

Wenn ich nur nicht zu spät käme. Da hatte ich gedacht, ich hätte noch über zwei Stunden Zeit und könnte in Ruhe, nun, vielleicht ein wenig in Rage, mit Hoberg sprechen. Hatte mir überlegt, wie ich die Worte wählen würde, was ihn überzeugen könnte. Ich hatte mir vorgestellt, wie ich ihn darauf stoße, dass es Unrecht, gegen die Regeln ist, den Falschen zu verdächtigen, ihn gar unschuldig zu verurteilen. Ich war sicher gewesen, dass er, den weder Liebeskummer noch Mitleid rühren konnten, sich durch die Gefahr eine Regel zu verletzten, womöglich sogar in voller Absicht, schrecken lassen würde. Und nun? Nun rannte ich hier durch die Straßen und er hatte eine Waffe und vor etwas zu erledigen. Durfte er das einfach? Das konnte doch selbst in Dortmund nicht sein. Aber andererseits. Gerstein hatte es klar und deutlich gesagt. Erledigen, egal wie. Aber das? Gab es denn hier kein Gericht? Keinen Schuldspruch? Aber wenn Gesetz und Recht hier in einer Hand nun, in vier Händen lagen und diese sich einigten, war dann nicht auch dieser Schluss möglich?

Hinter der Reinoldikirche kündigte sich in schmutzigem Orange der Morgen an. Der leichte Nieselregen benetzte meine Haut. Im Gegensatz zur Kälte der letzten Tage war die Luft mild auf meiner Haut. Es war sogar windstill. Zurück durch die ganze Stadt. Ich wich Menschen, Tieren, Karren, Transportgefäßen und Unrat aller Art aus. Auf Höhe der Petrikirche fühlte ich, wie mir Schweißtropfen den Nacken herunterrannen. Ich fühlte ein Brennen in der Brust.

Normalerweise rannte ich nicht. Warum auch? Mein Atem pfiff, in der rechten Seite stachen mich die tieferen Atemzüge. Ich riss mir die Mütze vom Kopf, krampfte sie in meiner Hand und bog in Richtung des Klosters ab. Vor dem immer heller werdenden Himmel schälte sich endlich die Silhouette des Turms heraus.

Die letzten Schritte stolperte ich mehr, als das ich sie lief.

Wieder hämmerte ich an eine Holztür. Heute Abend würde ich meine Hände auf Splitter untersuchen müssen.

»Hallo? Hallo?«

Ich ließ den Ruf nach dem Amtmann weg. Wäre er da, würde ich es gleich erfahren, hätte ich ihn verpasst, wohl ebenso. So sparte ich lieber meinen Atem. Ich keuchte inzwischen schon mehr als unangenehm laut. Ich wollte gerade erneut klopfen, meine Geduld schwand mit jeder neuen

Tür, vor der ich stand, da schwang das Holz nach innen auf und aus Öffnung trat der ältere der beiden Wächter.

»He da, wer ist da?«

In der einen Hand eine Fackel. Mit einer ausholenden Bewegung stülpte er sie kopfüber in einen kleinen Sandhaufen neben der Tür, sie verlöschte zischend. Dann deutete ich die Bewegung, die der halbe Arm ausführte, der Rest befand sich außerhalb meines Sichtfeldes im Gebäude, dass er sie in eine Halterung steckte.

Dann trat er wieder vor und griff nach dem Schlüsselbund an seiner Seite.

Ich trat ein wenig näher.

»Ich bin es, Schulmeister Aldenhagen.«

Er blickte mich verständnislos an. Nun, vermutlich hätte ich ihn auch nicht erkannt, wenn ich ihm in der Stadt begegnet wäre.

»Aha, Schulmeister, soso und was wollen Sie hier? Es ist noch dunkel.«

Alle Welt schien das zu bemerken.

»Ich suche Amtmann Hoberg. Er soll hier sein.«

Das Pfeifen meines Atems lies endlich nach. Mein Herzschlag normalisierte sich etwas. Bedächtig nickte er, blickte ins Innere des Turmes, es schien alles zu seiner Zufriedenheit zu sein, denn er nickte und sagte dann zu mir gewandt: »Stimmt.«

Dem Herrn sei Dank, ich hatte ihn gefunden.

»Kann ich ihn sprechen?«

Der Wächter drehte sich um und steckte einen der Schlüssel ins Schloss. Über die Schulter informierte er mich.

»Ach, da kommen Sie aber zu spät.«

Ein Seufzer entwich mir. Das durfte doch nicht wahr sein. Sollte ich den ganzen Morgen hinter diesem Mann her hetzten?

»Er war hier. Hat den Jungen geholt.«

Meine Knie wurden weich. Ungerührt von meinen inneren Ängsten sprach der Wächter weiter.

»Hat ihn am Kragen gepackt. Er hatte eine Pistole in der Hand. Hatte mächtig Angst der Junge, tat mir fast leid. Aber Recht muss Recht bleiben. Sagt auch der Amtmann.«

Ja, das hatte er oft genug gesagt. Aber genau das war es doch nicht, was hier passierte. Es war das Gegenteil!

Ich hörte das Zittern in meiner Stimme.

181

»Wohin hat er ihn gebracht?«

Mit einem Ruck drehte der Wächter den Schlüssel im Schloss und zuckte mit den Schultern. Das Knacken des Schlosses zusammen mit dem Rasseln des Schlüsselbundes klangen endgültig in der Morgenluft.

»Hat er nicht gesagt. Hab auch nicht gefragt. Bin froh, dass ich nun nicht mehr hier sein muss. Heut ist Wahl, da wird aufgespielt und es gibt auch Bier am Marktplatz. Ich wird hingehen, nachher.«

Hatte denn wirklich jeder nur die Wahl im Kopf? Und Caspars Schicksal? Ach was, wenn ich ehrlich wäre, am liebsten hätte ich auch jetzt einfach beschlossen, dass mir sein Schicksal egal war und mich einfach auch nur auf das Fest gefreut. Aber wenn auch nur ein Funken Hoffnung bestand, ihn noch retten zu können, ich wusste, ich wäre verdammt, würde ich es nicht versuchen. Selbst wenn ich dafür nicht in die ewige Verdammnis einfahren würde, so würden mir die Schuldgefühle die Hölle auf Erden bereiten.

Der Wächter wandte sich zum Gehen.

»Warten Sie bitte. Wo ist der Amtmann mit Caspar hingegangen?«

Er zuckte mit den Achseln.

»Weiß nicht. Murmelte was von zum Abschluss bringen. Weiß nicht, was er meinte. Denke, er hat ihn überführt und so.«

Eine Erinnerung blitzte auf.

Der Amtmann, mir gegenüber am Tisch stehend, das Aroma von Blutgemüse zwischen uns, Pflaumengeschmack in meinem Mund. »Das ist meine Aufgabe und ich werde dafür sorgen, dass er bis zur Fehmlinde geht! Dort, am Richtplatz, wo die Gerechtigkeit für die letzte Strafe sorgt.«

Zum Richtplatz. Zu Ende bringen. Eine Waffe.

Der Wächter blickte mit müden Augen.

»Kann ich nun gehen?«

Ich musste zur Fehmlinde. Zum Richtplatz. Sofort.

»Haben Sie ein Pferd?«

Er stierte leer in meine Richtung, schleppend fragte er, »Einen Gaul? Nein. Wozu könnte ich ein Pferd brauchen?«

Der Wächter lachte und schüttelte den Kopf. Er hielt mich vermutlich für völlig verrückt.

»Wo bekomme ich ein Pferd?«

»Könnense aufm Markt kaufen. Manchmal, aber nich´ immer.«

182

»Ich meine jetzt.«

»Jetzt?«

»Ja, ich brauche jetzt ein Pferd. Was machen Sie denn, wenn Sie ein Pferd brauchen?

»Ich brauch kein Pferd.«

Der Himmel steh mir bei. Wie konnte ich mich verständlich machen? Da sprach er zögernd weiter.

»Na, mein Bruder nimmt immer den Karl. Aber der ist nun wohl auf dem Weg nach Hörde rüber. Mein Bruder, nicht der Karl, der ist sicher im Stall.«

Ich spürte meinen Herzschlag und ballte die Fäuste. So kam ich nicht weiter. Ich atmete tief ein. Es musste doch hier einen Mietstall geben. Vielleicht könnte ich schnell zu den Witwen und nach dem Weg fragen. Andererseits, mir schoss ein Gedanke durch den Kopf. Hoberg hatte doch sicher auch kein Pferd gehabt. Einer der vielen Männer, die ich heute auf der Fährte getroffen hatte, hätte sicher erwähnt, wenn er ein Ross hinter sich hergezogen hätte.

»Bitte mein Herr. Können Sie mir denn sagen, wie ich zum Richtplatz komme?«

Vielleicht hatte ich Glück und der Platz war nicht so weit entfernt. Schließlich war Hoberg mit Caspar unterwegs und wie ich vermutete, war dieser gefesselt, so würden sie vermutlich nicht allzuschnell vorankommen. Vielleicht bestand noch eine kleine Chance.

»Was wollen Sie denn am Richtplatz?«

Konnte er mir nicht einfach nur eine Antwort geben? Ja, auch ich ermutigte meine Schüler, Fragen zu stellen und den Dingen der Welt auf den Grund zu gehen, aber manchmal und dies war genauso ein Moment, benötigte man einfach nur eine Antwort, und zwar schnell.

»Bitte, es ist wichtig.«

Wieder trat ein Flehen in meine Stimme, dass ich bis zum heutigen Tage nicht verwendet hatte. Nun, vielleicht zuletzt als Kind, wenn ich Anni bat, noch ein wenig länger die Bettstunde hinauszögern zu dürfen.

»Zum neuen oder zum alten?«

Ich zwang mich, tief zu atmen. Einmal, zweimal. Zu viele Kirchen, zu viele Schulmeister. Und alle Gebäude schien es in alter und neuer Ausführung zu geben. Welcher Ort benötigte mehr als einen Richtplatz. Was war das für eine Stadt?

»Ich meine den, zu dem Hoberg vermutlich wollte.«

Ich rechnete damit, dass er mich darauf hinweisen würde, dass er nicht wusste, zu welchem Richtplatz er wollte, er habe es im schließlich nicht gesagt, aber der Wächter überraschte mich.

»Na, der alte Richtplatz ist verflucht. Die lebenden Seelen meiden ihn. Aber der Neue, das ist so eine Sache. Was Preußisches. Das brauchen wir hier nicht. Nein, sicher ist er zur echten Fehmlinde.«

Er schien sich für das Thema zu erwärmen.

»Ist eigentlich ein schönes Fleckchen. Wenn die Geister nicht wären. Ist auch nicht weit. Dort hinüber. Drüben bei den beiden Linden«

Er zeigte in die Gasse zwischen Mauer und Katharinenkloster.

»Da, entlang, vielleicht 1000 Schritte. Dann kommen sie an die Burgforte. Von dort aus zurück und an der Mauer entlang, der einzige Weg führt zur Fehmlinde.«

Er schüttelte den Kopf und zog seinen Mantel über seiner Brust zusammen.

»Aber da ist nichts heut. Nur die Steine und die Bäume. Richttag ist erst wieder nach dem Osterfest.«

Er nickte mir noch einmal zu, wandte sich nach Westen und stampfte die Mauer entlang.

Himmel. Was stand ich hier und fragte nach einem Pferd. Ich wäre in der Zeit schon dort gewesen. Ich drehte mich um und folgte eilig dem Weg Richtung Kloster.

Steinig und bewachsen fühlte ich den Boden. Ein holziger Geruch hing in der Luft. Ich vermutete rechts von mir den klösterlichen Kräutergarten. Ein leichtes Aroma von verblühtem, im Winterfrost konserviertem Lavendel. Wie musste es erst im Sommer duften. Ich verließ das Gelände des Klosters und während langsam der Tag dämmerte, rannte, stolperte, keuchte ich an der Stadtmauer entlang. Hier standen keine Häuser. Nur kleine Trampelpfade, Bäume, kleine Felsen und matschiger Boden.

Erst kurz vor der Burgpforte traf ich wieder auf Gebäude und die Straße wurde belebter. Viele strömten in die Stadt. Die Wahl warf auch hier ihre Schatten voraus. Fröhliche Rufe und ungeduldige Flüche, die Laute der Tiere und quietschende Karrenräder. Ich drängelte mich dem stetigen Strom entgegen und passierte die Burgpforte. Kleiner als das Westentor und ohne zusätzliches Torwächterhäuschen. Hier war heute nur das Gitter hochgezogen, um den Einlass zu regeln. Die Einreisenden wurden gewissenhaft kontrolliert, zu meinem Glück die, die Stadt verlassen wollten nicht.

Dennoch dauerte es eine ganze Weile, bis ich das Tor endlich passiert hatte. Ich kam zwar wieder zu Atem und die Menge hielt nicht nur den Wind ab, sie wärmte mich sogar ein wenig auf, aber der Sturm in meinem Inneren kam nicht zur Ruhe. Was würde mich am Ende meiner Suche erwarten? Ich hatte Angst vor den Möglichkeiten, die mir meine Phantasie vorzugaukeln suchte. Hoberg, die Waffe gen Himmel gereckt, unter ihm, blutüberströmt der leblose Körper Caspars. Ein Ellbogen stieß mir in die Seite. Der Amtmann, wie er sich vor Caspar stellte, der auf dem Boden vor ihm kniete. Nein, das war eine Hinrichtung aus dem Militär. Das konnte ich streichen. Auch glaubte ich nicht, dass er als Marktpolizist eine Waffe besaß und die zweite für Caspar benötigte, um ein Duell auszurichten. Dann blieb nur eine Möglichkeit, die schrecklichste aller Vorstellungen. Er würde ihn kalten Blutes töten, um seine Position zu retten und seinen Ruf bei Gerstein wieder herzustellen.

Ich trat aus der Pforte, der Wind traf mich fast unvorbereitet und wandte mich nach links, an der Stadtmauer, diesmal an der Außenseite entlang. Rechts von mir lagen Felder, vor mir reichte der Wald bis fast an die Stadtmauer heran. Es hatte aufgehört, zu regnen, und Nebel lagen über den Feldern. Zwischen diesem und dem Steinwall ein Weg, festgetreten im Laufe der Jahrhunderte. Ich rannte nicht mehr. Ich hatte so viel Zeit bei meiner Jagd verloren. Entweder hatte Hoberg direkt beim Eintreffen seinen Plan in die Tat umgesetzt, dann gäbe es keine Hoffnung mehr. Wenn er sich Zeit ließ, dann fragte ich mich, wozu er dann Caspar zur Fehmlinde verbrachte. Und ich fragte mich, was ich eigentlich zu tun gedachte. Offensichtlich war die Zeit der Gespräche vorbei. Und was konnte ich bieten außer Worten? Ich hatte keine Waffe. Ich hatte nicht einmal mehr Argumente oder Beweise, wie ich gehofft hatte, ihm vorlegen zu können. Ich hatte nur Ahnungen, meinen Instinkt und das tief verwurzelte Gefühl, dass es sich bei der Verurteilung Caspars um eine Ungerechtigkeit handelte.

Der Weg führte ein kurzes Stück durch den Wald. Die entlaubten Bäume rauschten, über mir stoben Vögel in die Luft.

Sicher waren auch Raben dabei.

Der Weg stieg leicht an und verbreiterte sich zu einer Lichtung.

Zwei Bäume, knorrig in ihrem Wintergewand, zu meiner Linken auf einer kleinen Anhöhe. Darunter ahnte ich Steine, angeordnet wie Tisch und Bänke. Auf dem Tisch stand seine Laterne, auf der Bank in der Mitte gegen denn nun hellgrau scheinenden Himmel des Morgens der Umriss einer Gestalt, der Amtmann.

Wenn das Hoberg war, wo war Caspar?

Ich trat langsam näher. Die Gestalt beugte sich in meine Richtung. Das Licht der Laterne enthüllte seine Züge, er blickte müde, aber strahlte gleichzeitig unerwartete Zufriedenheit aus.

»Wer ist da?«

»Ich bin es Amtmann Hoberg, Schulmeister Aldenhagen. Ich –.«

Sein Gesicht verzog sich und er lächelte mich an. In seinem Blick lagen weder Spott noch Sorge. Er wirkte, als wäre er froh und fast ein bisschen stolz, dass ich ihn gefunden hatte.

»Das hätte ich mir denken können. Könnens nicht lassen. Aber ich brauche Sie nicht mehr. Es ist alles geklärt. Jetzt wird es beendet. Machen Sie sich keine Sorgen. Ich habe Briefe geschrieben. Auch an Ihren Gierig. Sie erhalten eine Bezahlung und Sie dürfen sich wieder Ihren Schülern und Büchern widmen. Aber Sie müssen nun gehen.«

Ich würde ganz sicher nicht gehen. Vielleicht war es doch noch nicht zu spät. Ich freute mich, dass er an meine Bezahlung gedacht hatte, aber was war hier los? Lag Caspar gefesselt hinter den Steinen? Warum machte er sich dann nicht bemerkbar? War er am Ende schon –? Ich verbot mir den Gedanken.

Ich roch weder Blut noch Pulver. Vielleicht hatte der Amtmann ihn niedergeschlagen, war er bewusstlos, würde das sein Schweigen erklären.

»Bitte gehen Sie jetzt. Ich habe kein Interesse daran, dass Sie dabeibleiben. Sie dürfen Ihr unschuldiges Leben behalten.«

Oh Herr im Himmel. Im Gegensatz zu Caspar? War er vielleicht toll geworden? Hatte die ganze Aufregung seinen Geist einfach in die Ödnis des Irrsinns geführt?

Ich trat noch näher heran. Der Schein der Laterne traf auf Metall. Die Pistole lag neben ihm auf dem Stein. Griffbereit.

»Bitte Amtmann, es besteht kein Grund dazu. Es ist nicht so wie Sie denken.«

»Oh doch, genauso, keine Angst, ich habe es verstanden, jetzt weiß ich es und ich werde es jetzt beenden. Den Fall abschließen, so wie es Gerstein gefordert hat.«

Seine Hand schwebte über der Pistole. Ich konnte nicht einmal sagen, dass Gerstein dies wohl nicht gemeint hatte. Ich hatte selbst gehört, wie der Klagcamerarius gesagt hatte, hängen Sie ihn, jagen Sie ihn aus der Stadt oder finden Sie einen anderen Schuldigen. Trotzdem. Ich konnte nicht einfach zusehen, wie er, nur um seine Position zu sichern, einen Mann kaltblütig tötete. Ich versuchte es erneut.

»Bitte Amtmann Hoberg. Ich habe etwas herausgefunden. Sie haben doch als Marktpolizist auch ein Interesse daran, das alles korrekt geregelt ist.«

Er nickte nachdrücklich.

»Ich denke, ich weiß nun, was in der Nacht passiert ist. Lassen Sie mich doch bitte erklären. Dann können Sie entscheiden, welchen Weg hier das Gesetz nehmen sollte.«

Ich hatte ihn. Regeln, Gesetze, das war seine Welt. Er ließ die Hand neben die Pistole auf den Stein sinken, mustert mich und nickte lächelnd.

»Nun zu. Ich bin doch neugierig. Was glauben Sie denn mehr zu wissen, als ich.«

Nun, wenigstens wollte er mir zuhören. Ob mein Wissen, wenn man eine Reihe an logischen Schlussfolgerungen, Vermutungen und hoffnungsvollen Ideen als Wissen bezeichnen mochte, ausreichen würde? Vielleicht konnte ich ihn wenigstens so weit ablenken, dass ich mir die Pistole holen konnte. Ich sah mich schon heroisch über die Felder sprinten, die Waffe über dem Kopf. Nun ja, ich würde entweder stolpern oder innerhalb von kürzester Zeit so außer Atem sein, dass er mich mit wenig Mühe einholen würde. Danach würde ich um das Wunder, dass er mir sie durch Körperkraft nicht zu entreißen vermochte, beten müssen. Nun, den Seinen gibts der Herr im Schlaf.

»Nun, Amtmann, also, Caspar«, meine Stimme überschlug sich etwas, »ist, also nun, da bin ich mir sicher, nun«, er unterbrach mich.

»Nana, Schulmeister.«

Seine Hand bewegte sich etwas, griff nicht nach der Waffe, zog sich aber auch nicht von ihr zurück.

187

»So verstehe ich Sie ja gar nicht. Versuchen Sie es noch einmal.«

Es blieb mir nichts, als ihn mit einer logischen Abfolge meiner Gedankengänge in den Bann zu schlagen. Leider fehlte mir das Talent ganze Welten zu erdichten, das Homer so eindrücklich demonstriert hatte. Meine Stärke war das Dozieren. Die jungen Herren hingen in jeder meiner zahlreichen Lectiones an meinen Lippen. Wem machte ich hier etwas vor? Ich holte tief Luft und begann in einem, wie ich hoffte, überzeugenden, kenntnisreichen Ton Hoberg meine Vorstellung des Ablaufs des Abends auseinanderzusetzen.

»Ich schicke die Prämisse voran, dass ich davon ausgehe, dass Caspar Kromberg unschuldig ist und eine andere Person, der Mörder, im Backhaus anwesend war.«

Das ließ sich doch gut an. Er machte keine Anstalten, meine Rede zu unterbrechen.

»Der derzeit Verdächtige« vielleicht war es nicht klug, ihn so zu bezeichnen, »Der junge Caspar und seine Verlobte, die Stieftochter des Opfers haben ein heimliches Stelldichein.«

Kurz überlegte ich, ob ich hier ein wenig Lessing oder eine Zeile von der Karschin einstreuen sollte, entschied mich dann aber doch für eine nüchterne Variante. »Das verliebte Paar verabschiedet sich kurz vor Mitternacht.«

»Vorausgesetzt, sie lügen nicht.«

Er unterbrach mich doch. Mit einem zustimmenden Kopfnicken nahm ich seine Bemerkung als Annotation und nicht als Störung auf. Seine Bedenken so in meine Darstellung einzuweben, schien mir dem Ziel dienlich zu sein.

»Nun, die Turteltäubchen«, ein schneller Blick auf den Amtmann verriet mir, dass ich die Grenze zum Fabulieren fast erreicht hatte. Ich musste aufpassen, dass ich ihn nicht verprellte.

»Die beiden jungen Leute sagen sich gute Nacht und dabei sehen den Nachwächter. Sie erkennen ihn an der Laterne, sprechen aber nicht mit ihm. Ich habe mit Fridus Rötger gesprochen, er ist zu Mitternacht auf der anderen Seite der Stadt, am Westentor.«

»Sie waren fleißig«, stellte der Amtmann fest.

Ich schluckte einen Kommentar dazu, wessen Aufgabe das meiner Meinung nach eigentlich gewesen wäre, herunter.

»Ergo Conclusio.« Ein wenig Latein gab dem Ganzen einen gewichtigen Klang. Natürlich hätte ich auch einfach sagen können, was ich schlussfolgerte.

»Wenn nun also beide einen Nachtwächter gesehen haben, der einzige Nachtwächter in dieser Stadt aber zu dieser Stunde an einem anderen Ort war…«

Dramatische Pause.

»Haben sie den Mörder gesehen!«

»Das nehmen Sie an.«

Seine trockene Bemerkung nahm der Geschichte ihre Dramatik. Ich ließ mich nicht beirren.

»Ja, aber da ist noch mehr!«

Jetzt begab ich mich in das Reich der Vermutungen und Ahnungen, wo ich eigentlich nichts mehr vorzuweisen hatte als mein ganz persönliches Gefühl.

»Warum sollte der junge Caspar seinen zukünftigen Schwiegervater töten? Was gewann er dadurch. Das Herz seines Mädchens hatte er bereits. Auch die Mutter schien sich mehr und mehr für ihn zu erwärmen. Der Bäcker war, wie wir wissen, hier nicht gerade ein beliebter Zeitgenosse. Es wäre durchaus möglich gewesen, sich an den Onkel seiner Verlobten zu wenden. Auch dieser schien ihm gegenüber nicht feindselig zu sein. Caspar hätte gewusst, das so zumindest noch Hoffnung darauf bestand, seine Liebste heimzuführen. Als Mörder hätte er diese Hoffnung in den Wind geschlagen.«

Dass Caspar sicher nicht damit gerechnet hatte, als Mörder überführt zu werden, verschwieg ich.

»Außerdem, Sie haben ihn selbst gesehen, Caspar ist von schmächtiger Statur. Ein Windhauch hebt ihn von den Füßen.«

Ich sah die blauen Augen und die Schramme im Gesicht. Die Gestalt im Stroh kauernd.

»Er ist zu so einer Tat körperlich gar nicht fähig. Da bin ich ganz sicher. Und warum hätte der Bäcker ihn auch ins Backhaus lassen sollen? Selbst wenn er mit ihm hätte reden wollen, warum hätte er dies um diese Uhrzeit getan?«

Der Amtmann richtete sich auf seiner steinernen Bank auf und wischte meine Argumente mit einer Hand beiseite wie eine Fliege.

189

»Aber beweisen können Sie nichts. Das sind alles nur Vermutungen und Ihr Mitgefühl!«

Er hatte Recht. Ich hatte es versucht und hatte verloren. Er fand zielsicher die Lücke in meinem dünnen Erzählgewebe, legte den Finger darauf und zerriss das Gespinst. Ich ballte meine Fäuste, streckte meine Finger. Das durfte ich nicht zulassen. Eisern klammerte ich mich an die Hoffnung. Worauf konnte ich selbst nicht mehr sagen.

»Doch, wir müssen nur den anderen Nachtwächter finden.«

Er schwieg. Ich wusste nicht wohin mit meinen Händen. Mit der einen kratzte ich mich am Hals, die andere in meine Tasche und berührte etwas. Es durchfuhr mich. Ich hatte einen Beweis.

Einen echten.

»Hier!«

Fast schrie ich es hinaus. Ich nestelte in der Tasche, wollte ihn greifen, er rutschte mir durch die Finger. Wieder packte ich zu, erwischte ihn, zog in aus der Tasche und streckte die Hand aus. Auf meiner Handfläche lag der Knopf.

»Hier sehen Sie Amtmann Hoberg. Dieser Knopf, er ist nicht von Bäcker Boemke. Er muss von dem anderen sein. Von dem, den man für den Nachtwächter hielt. Vom Mörder!«

Ich hielt den Atem an. Der Amtmann beugte sich vor. Im Licht der nun endlich aufgehenden Sonne glänzte das Messing hell. Wir würden für den Rückweg keine Laterne mehr benötigen. Er neigte sich noch etwas vor. Hing nun fast waagerecht im Stuhl, als ob er sich hatte erheben wollen und sich auf halbem Weg umentschieden hätte. Er starrte auf meine Hand und fragte dumpf.

»Wo haben Sie den her?«

Ob er beschämt war, dass er den Knopf am Tatort übersehen hatte? Nun, da konnte ich ihn beruhigen.

»Vom Stadtphysikus. Ich habe ihn heute Morgen auf dem Weg zu Anna getroffen. Ich hatte gehofft, noch etwas von ihr zu erfahren. Da kommt Neuhaus mir plötzlich entgegen. Erzählt, er habe den Knopf in der Kleidung des Toten gefunden. Wollte ihn seiner Frau zurückgeben. Aber die sagt, das ist nicht der ihres Mannes. Er hat keine aus Messing besessen. Er muss also vom Mörder stammen, meinen Sie nicht? Der Physikus hat mich gebeten, Ihnen den Knopf zu geben.«

190

Der Marktpolizist richtete sich auf, blickte mir in die Augen, streckte seine Hand aus und lächelte mich an.

»Na, dann tun Sie es doch.«

Irgendetwas stimmte nicht. Die beiden Bäume knarzten. Sein Tonfall, seine Haltung. Kälte, die nichts mit der Jahreszeit zu tun hatte, kroch in mir hoch. Die Härchen an meinen Armen stellten sich auf. Noch immer hielt er die Hand ausgestreckt.

Wartete.

Warum lächelte er die ganze Zeit?

Was hatte ich übersehen?

Ich hatte doch alles bedacht.

Erinnerungsfetzen in meinem Kopf wirbelten wild durcheinander. Vielleicht hatte ich die Teile des Puzzles falsch zusammengesetzt. Welche Frage, hatte ich noch nicht gestellt?

Ein Knopf, der plötzlich aufgetaucht war, der nun zu viel war, er musste irgendwo fehlen.

Die krächzende Stimme in meinen Gedanken: »Alles ist da, alles wird gesehen, aber wer wird es verstehen!«

Alles ist da, nein, nur der Knopf war da. Etwas kroch durch meine Gedanken, eine verschwommene Erinnerung.

Ein Knopf? Nur ein Knopf. Wie sollte mich das zu einer Person führen? Sollte ich jetzt die ganze Gegend absuchen, ob jemand einen Knopf verloren hat oder ob vielleicht gar noch ein loser Faden am Mantelaufschlag hing?

Ein Atemzug, ein zweiter Atemzug.

Plötzlich schienen alle Vögel, alle Tiere verstummt, die Bäume schwiegen.

Ein loser Faden an einem Jackenärmel, am Morgen nach dem Mord. Eine angezündete Laterne, hochgehalten vor dem Wirtshaus. Wie ein Nachtwächter. Ein Liebespfand, das gefunden wurde, wo es nicht verloren gegangen war.

Er musste es auf meinem Gesicht gesehen haben. Er legte die Hand auf den Pistolengriff und nickte langsam, bedächtig.

»Sie?!? Aber, aber warum?«

»Der Hundsfott hat meine Frau auf dem Gewissen! Ich habe sie geliebt. Er hat sie getötet. Und niemanden hat es geschert. Sie haben alle gesagt, es wäre ein Unfall.«

191

Er griff die Pistole und sprang auf. In schnellen unruhigen Schritten lief er hin und her, rang die Hände.

»Mein Vorgänger konnte es ihm damals nicht beweisen. Hat sich auch nicht richtig bemüht, hat nur Fragen gestellt und dann den Müller soweit gebracht, dass er seinen Knecht entließ. Es hat einfach niemand geglaubt, dass es Boemke war. Hat sich rausgeredet der gerissene Kerl. Hat schöngetan und Honig ums Maul geschmiert. Und hatte ja auch den Gildenmeister hinter sich und damit die Gilde. Hat fein geheiratet.«

Er blieb stehen, verschnaufte. Seine Schultern sackten nach vorn.

»Und ich? Wer bin ich denn, ohne meine Catharina? Ich war so weit, ihr freiwillig zu folgen? Hatte nicht die Kraft. Ich lebte, ach, vegetierte, weiter und versuchte zu vergessen. Als ob das möglich wäre. Auch der Branntwein half nicht. Ich konnte nicht vergessen. Weder meine Frau noch den, der sie mir genommen hat.«

Er begann wieder hin und her zu laufen. Mit staksigen Schritten, tief in Gedanken versunken. Seine Hände, durch die Luft wirbelnd, unterstrichen jedes seiner Worte.

»Zwei Jahre später hatte ich mich etwas gefangen. Ich bekam den Posten als Marktpolizist. Ich weisss bis heute nicht, was der Rat in mir gesehen hat. Ich denke, es war kein anderer verfügbar. Immerhin, ich bin studiert und meine Prüfungen waren durchaus ordentlich.«

Er richtete sich auf, legte die Hand auf seine Brust und blickte in die Richtung der Bäume.

»Ich beschloss, dieser zweiten Chance, meinem Neuanfang einen Sinn zu geben. Vielleicht hatte mich der Herr aus einem bestimmten Grunde noch nicht zu sich gelassen. Weiß der Himmel, ich hatte ihn mehr als inständig darum gebeten.

Ich sorgte für Recht und Ordnung. Ich sicherte das Treiben der Stadt. Niemand sollte mehr betrogen werden. Ich wollte es mir beweisen, dass ich etwas verändern konnte. Das ich nicht zulassen würde, dass wieder Unrecht geschehen würde. Es lief gut. Ich begann mich wohl zu fühlen und der Rat stellte mir eine Beförderung in Aussicht. Alles war wohl geordnet und stimmig und dann, dann kommt der Junge daher, Caspar, und betrügt und gefährdet den Ruf des Marktes. Ich habe ihn beobachtet, wie er einen Apfel stahl. Wollte ihn aufhalten. Aber der Bauer wollte nichts hören. behauptete, er habe ihn dem Jungen geschenkt. Das konnte ich nicht dulden. Die beiden machten sich hinter meinem Rücken über mich lustig. Die ganze Stadt würde über mich lachen.«

Er setzte sich wieder in Bewegung, fahriger als zuvor. Mit gehetztem Blick. Seine Erinnerungen holten ihn ein.

»Ich wusste, er war böse. Ich kenne doch dieses Gesindel. Hätte ich mich nicht gekümmert, es wäre schlimm gekommen.«

Er rang die Hände, sein Gesicht vor Erregung gerötet und vor Anstrengung verzerrt.

»Ich wollte ja mit ihm reden. Hab es versucht, aber er hat sich gedrückt. Hat etwas von seiner Mutter gefaselt. Als wäre es eine Entschuldigung. Hab ihm nicht geglaubt.«

Er fuhr sich mit beiden Händen durch die Haare. Eine Strähne löste sich und fiel ihm zurück ins Gesicht.

»Und dann sind wieder welche krank geworden. Genau wie damals als meine liebe Frau –. Der Physikus hat mich beruhigen wollen, im Winter würden nun mal mehr Menschen sterben.«

Er verstummte kurz, schluckte sichtbar, fing sich wieder.

»Trotzdem habe ich mit den Bäckern gesprochen. Sie waren offen und ehrlich. Nur Boemke nicht. Hat getobt und mich beschuldigt, ihn zu verleumden. Hat wieder behauptet, er wüsste von nichts. Und dass er vermutlich nur wieder verdorbenes Mehl bekommen hätte, man kenne das ja schon. Der Müller am Windmühlenberg hätte wohl wieder einen schlechten Knecht eingestellt. Hat sich wieder rausreden wollen. Hat mich sogar ausgelacht und gesagt, man müsse ja nur wissen, wie man es richtig machte, dann könne man hinter meinem Rücken einiges dazuverdienen. Ich hatte keine Beweise, aber ich war mir sicher, er hatte mit dem Marktbetrug zu tun. Ich wusste, er führt wieder etwas im Schilde und er würde wieder Schuld auf sich laden. Aber dieses Mal wäre ich zur Stelle. Er würde mir nicht noch einmal mein Leben kaputt machen.«

Er blieb stehen, griff nach dem steinernen Tisch und sackte mit einem dumpfen Grunzen auf der Bank zusammen. Die Pistole, die er immer noch in der Hand hielt, klackte, als sie auf dem steinernen Platz neben ihm landete.

»Und dann, letzten Freitag. Da kommt Gerstein zu mir und sagt, es gäbe Unregelmäßigkeiten auf dem Markt. Ich müsste nun handeln oder er würde mir den Posten wegnehmen. Es wäre ja auch Wahl, da könne er keine Unruhe dulden. Und ich, ich wusste nicht, was ich tun sollte. Er wollte mir das einzige nehmen, was mich aufrecht hielt. Der Markt ist mein Leben.

Sonst habe ich nichts mehr.

Ich suchte Casper, aber sein Vater konnte mir nicht sagen, wo er war. Ich war so wütend. Ich ging zu Boemke, um wenigsten ihn zum Reden zu bringen. Da hör ich einen Streit zwischen Caspar und Boemke. Und Caspar rennt aus der Bäckerei, direkt an mir vorbei, sieht mich nicht. So schnell ist er gerannt, dass er seinen Anhänger verloren hat. Ich dachte wirklich es sei ein Gesindelzeichen.«

Seine Schultern sanken herab.

»Kein Liebespfand. Das konnte ich doch nicht ahnen. Ich habe alles falsch verstanden.«

Er seufzte, seine Stimme nur noch leise und stockend.

»In der Nacht bin ich nochmal hin. Ich war, ich war im Rausch. Seit Jahren hatte ich mich nicht mehr so betrunken.

Nicht seit Catharina.

So bin in die Backstube. Ich bin mir nicht einmal sicher, was ich wollte. Beweise suchen für das Strecken des Mehls, Alraune, den Betrug hinter meinem Rücken mit dem er mich angestachelt hatte, was weiß ich. Die Tür war offen. Er hatte wohl einfach vergessen abzuschließen. Ein Fehler zu viel.

Ich trat ein, da war er. Mit einem Brotschieber. Und ich geh auf ihn zu. Er will mich wegschubsen. Er droht mir mit dem Brotschieber. Ich hebe meine Laterne, er greift nach meinem Arm. Ich zerre mich los und – ich hab einfach zugeschlagen. Ich war wie von Sinnen. Er rührte sich nicht mehr. Nur das Blut sickerte langsam über die Säcke. Ich rannte hinaus, die Nachtluft erschreckte mich. Was sollte ich tun. Ich hatte ihn getötet. Ich stand da, mit der Laterne in der Hand, von der noch das Blut tropfte.«

Er rieb sich die Augen und hob die Pistole auf seinen Oberschenkel.

»Ich wischte die Laterne mit einem Tuch ab und trat die Tropfen im Boden in den Matsch. Mir wurde klar, dass ich einen anderen Schuldigen finden musste. Ich hatte noch das Pfand von Caspar. Es würde reichen, wenn ich es morgen früh in der Backstube finden würde. Ich war mir sicher, dass man mich beauftragen würde. Ich würde Caspar verhaften.«

Caspar, um des Himmels Willen, ich hatte Caspar ganz vergessen. Ich sah mich unruhig um.

194

»Bleiben Sie stehen, jetzt will ich Ihnen auch den Rest erzählen. Nun, wenn ich also Caspar am Morgen verhaften würde, hätte ich beide Übeltäter zur Strecke gebracht und mein Markt wäre wieder sicher. Ich ging nach Hause, verbrannte das Tuch im Kamin. Dann wartete ich, bis man mich aus dem Bett holte, um einen Mord aufzuklären. Das würde ich mit aller gebotenen Sorgfalt tun, ich würde meinen Posten behalten und alles würde gut werden.«

Er atmete geräuschvoll ein, richtete sich auf und hob die Pistole.

»Und das wird es jetzt auch.

Es tut mir leid, das Gerstein Sie in die ganze Sache hineingezogen hat. Ich dachte, ich würde die Protokolle einfach selbst verfassen. Schien mir wie eine Fügung, dass der Schreiber erkrankt war. Sie waren einfach nur zur falschen Zeit unterwegs. Sie gefallen mir junger Mann. Es tut mir leid, um die Unschuld Ihrer Seele. Sie hätten mir nicht folgen sollen. Ich werde es nun zu Ende bringen. Und niemand wird mich davon abhalten. Niemand wird mir noch einmal mein Leben zerstören. Das lasse ich nicht zu. Jetzt und hier werde ich es beenden.«

Er blickte mich über den Lauf der Pistole hinweg an. Sein Gesicht trug kein Lächeln mehr. Es war versteinert. Ich sah die Bewegung seiner Hand, dann verließ mich mein Bewusstsein. Zwar hörte ich noch den Knall, aber den Aufprall am Boden spürte ich schon nicht mehr.

»Vielleicht isser tot?«

Ich fühlte Schmerzen an der rechten Wange.

»Nee, der nicht.«

Auf beiden Wangen. Ein spitzer Gegenstand peinigte meinen Rücken, nein mehrere.

»Warum rührt er sich dann nicht?«

Meine Hand griff in matschiges, faseriges Geflecht. Feuchte Kälte kroch aus dem Boden zu mir auf. Ich öffnete die Augen. Über mir der hellgraue Himmel und ein bärtiges, runzeliges Gesicht. In seinem Mundwinkel schwarze, glänzende Krümel. Als sich seine Lippen verzogen, gaben sie den Blick auf eine Reihe gelblicher Zähne frei, oben an der linken Seite ein abgebrochener Stummel.

»He! He, schaut, er ist noch bei uns.«

Das Gesicht verschwand aus meinem Sichtfeld und tauschte seinen Platz mit einem Hals und der Unterseite eines stoppeligen Kinns.

Mein Rücken informierte mich schmerzerfüllt über die Anwesenheit unzähliger, sehr spitzer Steine.

»Dem Herr sei`s gedankt.«

Eine Frau trat in mein Blickfeld. Ihre Haare unter einem Kopftuch verborgen, war sie ein wenig jünger als der, den ich zuerst erblickt hatte. Sie blickte neugierig auf mich hinunter.

»Was machen Sie hier? Und was macht er hier?«

Sie deutete hinter sich. Eine sehr gute Frage, wie ich fand. Ich würde sie mit Freuden beantworten, sobald ich eine passende Erinnerung gefunden hätte.

Ich stemmte mich langsam in die Höhe. Setzte mich auf. Ein stechender Blitz in meinem Hinterkopf. Ich war wohl mit dem Kopf aufgeschlagen. Ich war gefallen. Ich, ich hatte das Bewusstsein verloren. Da war Hoberg gewesen, mit der Waffe. Hektisch tastete ich mich ab. Bis auf den Kopf, kein Schmerz. Auch nicht im Rücken, der nun nicht mehr

196

von Sedimenten geplagt wurde. Der von meinen Wangen war nur von den Klapsen des Mannes, der mich geweckt hatte, übriggeblieben.

Ich hielt meine Stirn und blickte mich um.

Hoberg hing auf dem Richterstuhl. Die Pistole war ihm aus der Hand gerutscht. Sein Gesicht lächelte nicht, es war auch nicht versteinert, es war keines mehr. Ich drehte mich zur Seite.

Caspar. Caspar! Ich blickte um her. Er war nicht zu sehen.

Wo könnte er sein?

»Was ist denn nun passiert?«

Ich schüttelte den Kopf.

»Haben Sie einen Jungen gesehen? Einen jungen Mann? Blond, blaue Augen und eine Schramme im Gesicht?«

Beide schüttelten den Kopf.

»Wissen Sie« sprach die Frau, »wir wollten zum großen Fest in die Stadt und am Westentor war es so voll, da dachten wir, gehen wir durch die Burgpforte. Kommen also eben hier unten den Weg entlang, da hören wir einen Knall.«

»Einen ohrenbetäubenden Knall« bestätigt der Mann.

»Vielleicht üben sie hier für den Salut haben wir gedacht und waren neugierig. Nun und dann haben wir sie« ein Seitenblick auf die steinerne Bank, »sie beide hier gefunden. Aber sonst ist hier keine Menschenseele, können sie mir glauben.«

Ich wankte mühsam auf die Beine. Das Kopfweh war zu einem dumpfen Pochen geworden. Es würde gehen.

»Ich muss in die Stadt zurück. Ich muss das« ich mied den Blick auf die steinerne Bank »melden.«

»Wir kommen mit!«

Zu dritt trotteten wir zurück. Nun, ich trottete, sie schritt und er schlurfte. An der Pforte zeigten beide ihre Papiere und wir versicherten uns, dass wir uns im Laufe des Festes sicher erneut begegnen würden. Nachdem ich dem Wächter erklärt hatte, wer ich war und wo der Amtmann war, hatte er einen der Tagelöhner aus der Menge gezogen und war mit ihm zur Fehmlinde zurückgekehrt. Sie würden Hoberg direkt ins Hospital, in den Keller des Hospitals bringen.

Da der Rat zum Teil bereits im Rathaus und zum Teil gerade auf dem Weg dorthin war und keinesfalls gestört werden durfte und der

Marktpolizist nicht abkömmlich war, schickte man nach dem Stadtphysikus.

Ich versicherte dem Wächter, dass ich mich in Kürze im Richthaus einfinden würde, es schien mir nur recht, dass ich auch die letzte Amtshandlung des Amtmanns protokollierte und den Ratsdiener informierte. Dann schlug ich, wie ich hoffte, zum letzten Mal in dieser Angelegenheit, den Weg zum Backhaus Boemke ein.

Mir blieb eine weitere Jagd nach dem Jungen erspart. Als ich um die Ecke bog, sah ich Caspar und Anna, Hand in Hand auf der Stufe des Vortritts sitzen. Ihre glücklichen Gesichter waren mir eine wahre, unverhoffte Freude.

»Schulmeister!«

Anna rief mich und winkte.

»Sehen Sie nur, Caspar ist zurück. Hoberg hat ihn laufen lassen. Ist das nicht wunderbar?«

Ein verliebter Seitenblick.

»Caspar weiß zwar nicht, was den Amtmann umgestimmt hat, aber nun ist er frei. Ach, wie wunderbar. Ich könnte jauchzen vor Glück.«

Caspar, vermutlich noch etwas erschöpft von den letzten Tagen, zog ihren Kopf an seine Schulter.

Sie würden noch früh genug die Wahrheit erfahren. Warum ihnen den wunderbaren Moment trübe reden?

Ich wünschte beiden alles Gute und wandte mich Richtung St. Reinoldi. Je näher ich dem Markt kam, desto lauter wurde das Lärmen der Menschenmenge. Nun kam ich kaum noch vorwärts, musste mich durchdrängen. Mit Mühe kam ich bis zum Gildenhaus.

Der Automat stand vor der Tür.

»Bitte Ratsdiener. Ich muss Sie sprechen. Jetzt. Allein«

Er musterte mich, mein Haar hing mir wirr über die Schultern, meine Hose war beschmutzt und wie mein Mantel auf der Rückseite aussah, wollte ich mir nicht ausmalen. Arme Magda! Ob ihn mein Aufzug, beschämte oder ihm die Dringlichkeit meines Anliegens verdeutlichte, war ihm nicht anzusehen. Er drehte sich um, schloss die Tür auf. Mit zwei zackigen Schritten trat er ein, hielt sie mir auf und verriegelte sie nach meinem Eintreten wieder.

»Nun, Sie wissen ja, dass der Amtmann einen Mord untersucht und ich ihm als Schreiber aushelfe. Nun, heute sollte der Amtmann eigentlich dem Klagcamerarius Bericht erstatten, aber dann...«

Und ich fasste die tragischen Ereignisse knapp, aber wie ich hoffte, verständlich zusammen.

Als ich zu Hobergs Geständnis kam, wankte er und bat darum, dass ich ihm folgte. Er führte mich in eine kleine Kammer, augenscheinlich sein Arbeitszimmer. Zwei kleine Holzstühle, ein kleines Schreibpult und eine ganze Wand voller Schriftstücke, Papiere, Briefe und Dokumente. Viele mit Siegel, fast alle geschnürt.

»Setzen Sie sich bitte. Schulmeister.«

Seine Stimme vibrierte vor Erschütterung. Er öffnete sein Pult und holte zwei kleine Gläser und eine Flasche heraus.

»Ich denke, Sie benötigen auch einen. Ich in jedem Fall. Wacholder. Von meinem Schwager.«

Der Juniper brannte in meiner Kehle und half, den Rest des Geschehens zu erzählen. Als ich geendet hatte, saßen wir schweigend beieinander.

»Ist es in Ordnung, wenn ich Ihnen das Protokoll zu den Ereignissen von heute im Laufe des morgigen Tages vorbeibringe? Ich nehme an, Sie verwalten die Unterlagen?«

»Lassen Sie sich ruhig etwas Zeit. Morgen sind die wenigsten Bewohner dieser Stadt zu irgendetwas zu gebrauchen.«

PokPokPok

Das Klopfen an der Tür dröhnte durch die Halle. Der Ratsdiener sprang auf und hastete zur Tür.

»Klagcamerarius?!«

Oh je, die achten Stunde. Gerstein wollte Ergebnisse sehen. Nun, irgendwie war genau das eingetreten, was er gefordert hatte.

»Ja, Kämmerer Gerstein, Hoberg hatte den Mörder gerichtet.«

Deutlich verkürzt hatte ich die Ereignisse erneut dargelegt. Er hatte keine Fragen gestellt, sich nur versichert, dass nun alles endgültig beendet wäre.

»Nun denn. Schreiben Sie noch ein Protokoll für heute Morgen, dann Sie sind entlassen und werden entsprechen entlohnt. Wenn dann heut alles gut geht, können Sie es dann meinem Nachfolger alles übergeben. Ratsdiener Wolters wird sich darum kümmern.«

Der Benannte nickte eifrig.

»Und was geschieht mit dem Amtmann?«

»Kommt ins Armengrab. Was sonst. Selbstmörder gehören nicht in geweihte Erde. Mein Nachfolger wird das veranlassen.«

Er erhob sich, der Ratsdiener ebenso.

»Wolters, informieren Sie auch Neuhaus. Ich weiß, dass er sich für das Innere des Menschen interessiert. Soll er den Amtmann erkunden.«

Er blickte zu mir.

»Nun, Schulmeister. Das war vermutlich nicht das, was Sie erwartet haben. Ich wünsche Ihnen einen guten Start in der Stadt und grüßen Sie Erdmann Gierig von mir.«

Ich erhob mich.

»Danke. Und viel Glück für die Wahl!«

Er lächelte und eilte nach draußen. Als sich die Tür öffnete, schallte das Brausen der Menge durch die Halle. Ich dankte dem Ratsdiener, lehnte eine weitere Stärkung ab, und empfahl mich.

Ich trat hinaus und wurde sofort von der Menge verschluckt. Ich schob mich Schritt für Schritt zum Lehrerhaus. Auf Höhe der Heilig Geist Kapelle lichteten sich die Reihen etwas und ich konnte weit ausschreiten. Ich schloss meine Tür auf, trat ein und ließ mich auf die Bank sinken. Ich war erschöpft. Die kurze Nacht und der ereignisreiche Morgen forderten ihren Tribut. Ich ließ den Mantel von den Schultern auf den Boden gleiten und wankte nach oben. So wie ich war, ließ ich mich auf das Bett fallen und war eingeschlafen.

»Hallo? Schulmeister Aldenhagen? Ist alles in Ordnung?«

In meine Träume drängte sich eine Stimme. Ich schlug die Augen auf. Ich lag in meiner Kammer unter dem Dach. Von unten hörte ich die Stimme der Witwe.

»Schulmeister? Hallo?«

»Einen Moment.«

»Dem Herr sei Dank, es geht ihnen gut.«

Ich fühlte mich erfrischt, glättete nur kurz mein Haar und stieg die Stufen hinab. Neben der Bank, den Mantel in der Hand, stand die Dunkelhaarige.

»Ich war in Sorge. Magda hat gehört, dass der Amtmann jemanden erschossen hat. Ich habe geklopft, aber Sie haben nicht und dann habe ich einfach. Es tut mir leid, das war vermessen.«

Ihre Hände zitterten, sie senkte den Blick. Ich eilte zu ihr, umfasste ihre Finger.

»Sie dürfen jederzeit, mein Haus betreten. Bitte sorgen Sie sich nicht mehr. Es ist alles in Ordnung. Und ja, er hat jemanden erschossen. Sich selbst.«

Sie blickte mich erschrocken an und bekreuzigte sich. Dann drückte Sie meine Hände, straffte sich, erhob sich und sagte:

»Nun, ich denke, das ist die beste Zeit, um eine Schokolade zu trinken. Dabei können Sie meiner Schwägerin und mir alles erzählen. Für Magda werden wir die Tür der Stube einen Spalt offenlassen.

Und so kam es, dass ich die Geschichte ein weiteres Mal erzählte. Ich bekam langsam Übung darin und zur Freude des Zierkissens schmückte ich diesmal die Herzensangelegenheiten etwas aus. Den Zustand Hobergs dagegen verharmloste ich, wenn ich ehrlich war, aber mehr für mich selbst als für die Frauen. Während sich die Wärme der dunklen Köstlichkeit in meinem Inneren ausbreitete, fühlte ich, wie ich anfing, den Alp des Tages zu überwinden.

Ich atmete tief durch, streckte meine Beine vorsichtig unter dem Tischchen aus und entspannte mich. Die Witwen hatten mir gestattet, eine weitere Tasse zu trinken, während sie oben Toilette machten und sich für das große Ereignis vorbereiteten. Als sie wieder ins Zimmer traten, die Ältere in festlichem Creme, die Jüngere in unerwartetem flachsfarbenem Gewand, mit einer größeren Anzahl Bänder gleicher Farbe ins Haar geflochten. Eine mir vollkommen unbekannte Mode, aber wer war ich, dass ich mir darüber ein Urteil erlauben wollte.

Ich stand auf und wir traten auf die Straße. Eh ich mich versah, legten beide Frauen mir sittsam je einen Arm um den Unterarm. Als würde ich mit Mutter und Schwester zum Ball gehen. Nun, wir gingen zwar nicht zum Ball, aber die Stimmung in der Straße war nur mit Karneval oder den Weihnachtstagen zu vergleichen. Ich wollte mir nicht einmal ausmalen, wie die katholischen Kirchenväter diese Festlichkeit während der Fastenzeit rechtfertigten.

Wir ließen uns durch die Menge treiben, genossen den Lärm und die freundlichen Worte, die hin und her wogten. Ich freute mich, auch ein paar bekannte Gesichter zu sehen.

An einem Stand, an dem man kleine Küchlein mit Zimt bestreut feilbot, sah ich die Bäckersfrau neben ihrem Bruder. Die Frau an seiner Seite blickte zwischen ihrem Mann und ihren Kindern liebevoll hin und her. Matthias erblickte mich auf der anderen Straßenseite und winkte. Als sein Vater seinem Blick folgte und mich sah, winkte er auch. Caspar und Anna hatten nur Augen füreinander. Sie hielten Händchen und fütterten sich gegenseitig mit süßem Gebäck. Die zustimmenden Blicke der Mutter verhießen eine baldige Vereinigung der beiden vor dem Altar einer der Kirchen.

Als ich Lehrer Klöpper in der Menge erblickte, entwand ich mich den Armen der Damen und schob mich zu ihm hindurch. Beim Näherkommen sah ich, die ganze Gruppe der Lehrer war zugegen. Man nickte mir zu, Velthaus, einen Krug in der Hand, schwenkte ihn hoch in die Luft und rief: »Unser Held!«

Ich zog verwundert die Augenbrauen hoch. Die Sonnenblume ließ es sich nicht nehmen, das Prosit zu kommentieren:

»Na das nenn ich mal ein denkwürdiges Ende. Der eine erschießt sich selbst und der andere fällt in Ohnmacht.«

Nun, hier war die Nachricht vollständig angekommen. Eine willkommene Abwechslung musste ich doch nicht wieder alles genauer ausführen.

Klöpper wippte vor und zurück.

»Aber glauben Sie mir, wir alle sind froh, dass es so gekommen ist.«

Die anderen nickten.

Ich war mir noch nicht sicher, ob ich seinem Urteil folgen wollte. Ich war in jedem Fall froh, dass nun diese elendige Angelegenheit endlich vorbei war.

Auch Gierig sah ich. Er stand auf der anderen Seite des Brunnens und unterhielt sich mit einem hochgewachsenen Mann in einem hellen Umgang, der seinen Kopf unter einer Kapuze verborgen hielt. Der Professor nickte mir freundlich zu, ich beschloss, die Grüße des Kämmerers erst am nächsten Schultag auszurichten. Zu vertieft sahen mir die beiden aus.

Ich schlenderte, soweit es bei diesem Gewimmel möglich war, herum, erstand eine Tüte Schmalzkringel und gesellte mich wieder zu den beiden Witwen. In familiärer Eintracht teilten wir uns die kleinen puderigen Backwaren. Ich wischte mir gerade die letzten Zuckerkrümel aus dem Mundwinkel, als mich die Dunkelhaarige anstieß. Vor uns ging ein Raunen durch die Menge.

»Da sind sie«

»Die Wahl ist getroffen«

»Ob alle gewählt sind?«

Die Menge formierte sich und schien eine Gasse vor dem Rathaus zu bilden. Ich konnte es nicht wirklich sehen, ahnte es mehr, als die Reihen vor mir in eine neue Richtung zu wogen schienen. Es wurde etwas enger um uns herum.

Die Witwen zogen mich ein Stück zurück auf einen Vortritt. Leicht erhöht hatten wir so einen guten Blick. Neben mir öffnete sich ein Fenster und eine rotwangige Frau erschien.

»Es ist so weit. Komm schon!«, rief sie aufgeregt ins Innere des Hauses.

Jetzt erst bemerkte ich, dass an fast allen Fenstern Männer, Frauen und Kinder standen, sich hinausbeugten und winkten.

Da, das Raunen der Menge wurde zu »Ohs.« Beide Türflügel unter dem kleinen Vordach des Rathauses öffnet sich weit. Sie traten auf die Straße. Die beiden Witwen flüsterten mir abwechselnd und auch mal gleichzeitig die Namen zu. Nun, eigentlich schrien sie sie mir ins Ohr.

Zuerst trat der erste Bürgermeister Zacharias Mallinckrodt, in Pelz gehüllt hinaus. Fast wirkte er gelangweilt, nach ihm der zweite Bürgermeister Schäffer, und ein weiteres Ratsmitglied, dessen Name ich nicht verstand.

Klapp klapp klapp. Behandschuhte Hände schlugen aufeinander. Der Bürgermeister nickte gnädig huldvoll in die Menge.

Die Prozession stockte kurz. Nun müsste Gerstein kommen.

Da, er trat auf die Straße. Er war nun also offiziell der vierte Mann im Rate der Stadt. Während sich nun langsam alle Mitglieder des neuen Rates, eigentlich bis auf wenige Ausnahmen des alten Rates, wie mir die Witwen ins Ohr brüllten, auf die Straße schoben, klatschten immer mehr. Einige johlten und plötzlich brach die Menge in laute Jubelrufe aus.

Ich blickte umher, sah die Reihe der Ratsmitglieder vor mir. Ahnte die beiden Witwen neben mir. Auch wenn kein Strahl der Sonne durch die Wolkendecke stieß, es überkam mich eine große Ruhe. Ich griff nach dem letzten Salzkringel und fühlte mich rundum zufrieden.

Morgen würde ich noch etwas erledigen. Mir schien, die Anfertigung des Protokolls würde die Angelegenheit auf der offiziellen Seite zu einem Ende bringen. In meinem Herzen wusste ich aber, dass es noch eine weitere Facette gab, die ebenfalls auf einen Abschluss drängte.

Der Amtmann hatte am Ende seine Aufgabe erfüllt. Er hatte den Mörder gerichtet. Er hatte seinen Frieden mit der Welt gemacht. Nur, dass er nun nicht neben seiner geliebten Anna liegen würde, würde ihn sicher quälen. Er hatte mir am ersten Abend erzählt, dass er einen kleinen Rosenstock auf ihrem Grab gepflanzt hatte. Ich würde morgen auf den Friedhof gehen und ihr Grab suchen. Sicher war es gepflegt, also würde ich nur die wenigen Blätter oder Zweige der letzten Tage beiseite wischen und ein stilles Gebet sprechen. Ich würde bei der Fürsprecherin um Frieden für die Frau, ihr Kind und den Mann auf der anderen Seite des Gitters bitten. Wenn es in den nächsten Wochen wärmer würde, würde ich ein Zweiglein des Rosenbuschs auf den Platz außerhalb des Friedhofs pflanzen, wo man den Amtmann vergraben würde. Ich war mir sicher, dass ihm das gefallen hätte.

Die Feierlichkeiten waren noch in vollem Gange, als ich in der Dämmerung nach Hause strebte. Ja, nach Hause. Ich war endlich angekommen. Heute Abend würde ich auch endlich Nachricht nach Hause senden können. Einen dicken Brief. Ach was, einen Brief. Ich war noch nicht mal eine Woche hier und was ich alles erlebt hatte. Ich würde ihnen ein ganzes Buch zusenden müssen. Vielleicht würde ich auch eine Fortsetzung in Briefen schreiben. Nun, wenn ich genauer darüber nachdachte, vielleicht würde ich auch besser nur einen Teil berichten.

Mutter würde Riechsalz benötigen, wenn sie die Einzelheiten erfuhr. Vater? Nun, Vater würde sich vermutlich ein Glas Wein einschenken und die besten Stellen erneut lesen. Aber keiner von beiden würden den Brief ihren Freunden, Freundinnen oder Bekannten zeigen. Ich wusste, wie viel es meinen Eltern bedeutet, Briefe herumzureichen und sich so gegenseitig auf dem Laufenden zu halten, oder sich auch mal mit Geschichten zum Erfolg der eigenen Nachkommenschaft gegenseitig zu übertrumpfen. Keines der heutigen Ereignisse war tauglich, diesen Wünschen zu entsprechen. Nun, vielleicht könnte ich über die anstehende Vermählung zweier junger Liebenden schreiben. Wenn ich den Hintergrund der Geschehnisse etwas beschönigte oder einfach wegließ, so konnte wenigstens meine Mutter diesen Teil des Briefes in Ihrem Sinne verwenden. Ich entschied, dass ich doch zu müde war um die Tauglichkeit der jeweiligen Sujets hinsichtlich eines elterlichen Briefs zu überprüfen. Ich würde auch den Brief erst am nächsten Tag schreiben.

Stattdessen setzte ich mich voller Tatendrang an die Liste der möglichen Privatstunden, die ich dem Professor zur Prüfung vorlegen wollte.

FREITAG 22. THAUMOND 1788

Wie gewohnt war es kalt in meiner Bettkammer. Wie gewohnt fand ich Biersuppe, Brot und Wurst eingeschlagen in ein Tuch vor der Tür. Aber im Gegensatz zu den vorherigen Tagen, würde ich weder mit Mord oder Totschlag, noch mit klappernden Knochenstücken oder mit unangemessenen Orten aller Art in Berührung kommen. Ich würde mich an meinem neuen Zuhause erfreuen und Shandy vor dem Kamin lesen.

Während ich diese erfreulichen Gedanken in meinem Geist formte, fiel mir auf, dass sich die Form des Tuchs von denen der vorherigen Tage unterschied. Neugierig legte ich das Päckchen auf den Tisch, setzte mich und schlug das Tuch zurück. Ich musste lächeln. Zuoberst eingewickelt lag ein kleines Stück Zuckerkuchen. Ich sah es als verheißungsvolles Omen für die nähere Zukunft.

Angekleidet und gestärkt machte ich mich kurze Zeit später auf den Weg zur Schule. Beschwingt begrüßte ich Professor Gierig und gab mir meine Liste der möglichen Privatstunden. Er nickte wohlwollend.
»Ich werde gerne das Angebot prüfen. Ich bin mir sicher, wir werden etwas finden. Ich habe gehört, dass eine Ihrer Stärken in der Kalligrafie liegt. Der Ratsdiener zeigte sich beeindruckt von Ihrer Schrift und der Formulierung. Vielleicht können wir auch hier etwas für Sie finden.«
Nun, das war unerwartet, darüber musste ich nachdenken.

Vielleicht könnte ich einen Kurs in Protokollführung anbieten und einen im Bereich der physikalischen Experimente.
Die Glocke schlug und ich betrat meine Klasse. Zacharias saß gelangweilt wie bisher wieder an seinem Platz. Matthias strahlte mich

begeistert an. Arnold blickte eifrig, Peter und Ernst unentschlossen, aber nicht abweisend.

Endlich zu Hause und endlich da, wo ich eigentlich sein wollte.

Ich bin Clamor Heinrich Aldenhagen und bin Lehrer am Archigymnasium. Ich werde meine Schüler formen und sie auf ihre Zukunft vorbereiten.

Ich setzte mich an mein Pult, alle Kinderaugen auf mich gerichtet.

»Arnold, bitte übersetzen Sie ab: Finitibus est.«

FAKT ODER FIKTION?

Was geschah wirklich? Ist das alles wahr?

Die Idee des Buchs basiert auf einem Eintrag in Robert von den Berkens »Dortmunder Häuserbuch von 1700 bis 1850.« Dort heißt es: »1788 (16.2.) starb Brotbäcker Heincke (aus Cörne) a.d. Kuckelke. Er hinterließ ein Vermögen von rd. 11000 Thl., am Anfang seiner Wirtschaft besaß er wenig oder nichts.« Es ist nicht bekannt, was den plötzlichen Reichtum des Bäckers erklären würde. Es ist auch nicht dargelegt, warum dieser Vermerk gesetzt wurde. Aus reiner unbefriedigter Neugier entwickelte sich die Idee des Buchs.

Um den vermutlich völlig unschuldigen und sehr fleißigen Bäcker Heincke nicht zu verunglimpfen, wurde aus ihm Bäckermeister Friedrich Melchior Boemke.

Dieser fiktive Bäckermeister war keineswegs ehrbar und liegt nun ermordet in seinem Backhaus. Wer aber sollte diesen Mord aufklären? In Dortmund ist erst ab 1812 ein Polizei-Agent nachweisbar.

So wurde Johann Gottlieb Hoberg, der im Auftrag des Klagcamerarius Gerstein handelt, erfunden. Die Aufgaben eines Marktpolizisten sind seit dem Mittelalter für die Freie Reichsstadt nachweisbar, beziehen sich allerdings in erster Linie auf marktspezifische Angelegenheiten, wie beispielsweise die Regelung des Handels, die Sorge für einen reibungslosen Ablauf des Marktgeschehens, die Sicherung der Stände und das Verhindern des vorab Ein- und Verkaufs. Eine Institution wie die moderne Polizei gab in Dortmund im 18. Jahrhundert nicht. Bei Mord wäre vermutlich das Ratsmitglied selbst, in seiner Funktion als Klagcamerarius, betraut mit Policey-Angelegenheiten tätig geworden.

Johann Casper Ludwig Daniel Gerstein, Dr. med., Hofrat (09.09.1747-02.12.1822) ist eine historische Figur und wird bei der Wahl am 21.02.1788 zum zweiten Mitglied des Rates. Er folgt dem verstorbenen Wilhelm Philipp Niess ins Amt.

Schulmeister Clamor Heinrich Aldenhagen ist eine fiktive Person. In seine Aufgaben als Schreiber fließen die der im Dortmunder Rat agierenden Stadtsekretäre ein. Der nicht erfundene Erbsasse Zacharias Löbbecke, der bis zur Wahl am 21.02.1788 Stadtsekretär (Zweiter Syndikus) ist und dann zum Syndikus, dem Ratskonsulent in Justizsachen aufsteigt, hält 1803 das letzte Freistuhlgericht in Dortmund ab. Ob er im Februar 1788 erkrankte, ist nicht überliefert. Zu seinen Aufgaben gehörten das Anfertigen von Ratsprotokollen und Rechtsdokumente. Ergänzt wurde dieses Arbeitsfeld durch die Sichtung vorliegender ausführlichen Polizeyberichte zum Beispiel aus Frankfurt oder Nürnberg, die penibel die Aufklärung unterschiedlicher Delikte einschließlich Verhöre, Leichenbeschauen und Anklagen dokumentieren.

Aldenhagens Aufgaben als Lehrer folgen den vorliegenden Informationen zu Unterrichtsinhalten und Uhrzeiten. Auch die Möglichkeit Zusatzstunden mit eigenen Themen und gegen zusätzliche Bezahlung ist für Dortmund nachgewiesen. Professor Gottlieb Erdmann Gierig (15.01.1752-04.12.1814), der oft aus Texten seines realen Alter Ego zitiert, ebenso wie die anderen Lehrer, sind historische Persönlichkeiten. Wo möglich wurden ihre Arbeitsorte und Fächer miteingebunden. Auch die Herren der Runde um Gierig entsprechen realen Personen. Die vermutlich auch über die Grenzen Dortmunds hinaus bekannten sind Arnold Brockhaus (04.05.1772-20.08.1823) und Arnold Mallinckrodt (27.03.1768-12.06.1825).

Während die Bäckersfrau und Ihre Tochter erfunden sind, ist der Schwager des Opfers der nachgewiesene (Johann) Gottfried (H.) Wenker (1751–1805), Vorsteher der Bäckergilde und Kronenwirt.

Das Fahrenbergsche Haus ist im Häuserbuch verzeichnet, ebenso das Nachbarhaus in dem zwei Witwen lebten. Diese dienten als Inspiration für die frei erfundene Witwe Kagenbusch und ihre Schwägerin.

Die Details aus dem Leben Aldenhagens sind soweit möglich in die historische Wirklichkeit eingebunden. So lehrte Johann Peter Berg (03.09.1737-03.03.1800) ab 1764 bis zu seinem Tode an der theologischen Fakultät der Universität Duisburg. Seine Leidenschaft galt der Reformationsgeschichte der Länder Jülich, Cleve, Mark, Berg und Lippe. Der von Aldenhagen bevorzugte Briefroman »Die Geschichte von Sir Charles Grandison« von Samuel Richardson erschien 1753.

Auch heute kann man noch in Ruhr und Lippe im Februar Barsche und Beutelwurst fangen. Zwar sind die Gerichte wie der Ochsenmagen und die Schweinsfüsse zeitgenössischen Quellen entnommen, aber weder ist ein eindeutiger Nachweis für Dortmund erbracht, noch ist es wahrscheinlich, dass ein Lehrer eine solche Vielfalt an Gerichten in einer so kurzen Zeit verköstigt hat.

Die der Fantasie entsprungen Hauptcharaktere agieren in einem Geflecht von historisch (mindestens durch Vermerke im Häuserbuch) nachgewiesenen Personen. Davon keiner der Personen mehr als einige wenige biografische Daten vorhanden sind ihr Aussehen und Charakter reine Fiktion.

Eine Herausforderung war das Rekonstruieren des Lokalkolorits. Dortmund bleibt im 18. Jahrhundert von Reisenden unbeachtet, die Beschreibungen von Zeitgenossen aus Dortmund sind ebenso rar gesät. Es existieren kaum Gemälde oder Stiche. Es liegt ein Stadtplan von 1611 vor und der nächste von 1810. Die Häuser sind durch Umbauten und zwei Weltkriege bis auf einzelne Fassaden nicht mehr erhalten. Soweit bekannt wurden lokale Besonderheiten, wie beispielsweise die eingestürzte Turmspitze Petrikirche oder das Feuer beim Schmied verarbeitet.

Die Lücken, die sich nach dem Sichten des Materials über Dortmund zeigten, wurden durch Material aus soweit möglich vergleichbaren Städten aufgefüllt.

Die Funktion des Richthauses als Polizeiquartier ist frei erfunden. Tatsächlich diente das obere Stockwerk, früher die Junckernkammer, die Halle, in der die Adligen der Stadt im Mittelalter Rat hielten und Feste feierten, ab 1759 als Scheune. Die untere Halle wurde zum Spritzenhaus, in dem ab 1802 die Dortmunder Feuerrettungsgesellschaft unter anderem ihren Rettungswagen unterstellte. Da über die Funktion der unteren Etage zwischen 1795 und 1802 nichts bekannt ist und da das Richthaus in seiner wechselvollen Geschichte immer wieder Ort für wichtige Justizentscheidungen war, zum Beispiel wurden nur vor diesem Gebäude bis ins 18. Jahrhundert Todesurteile verhängt, dient es im Roman als Polizeiquartier.

Die Verwendung des Katharinenturms als Gefängnisses ist vermerkt, aber wie oft und in welcher Zeitspanne oder wie die Ausstattung aussah, ist nicht bekannt. Sicher ist, der Turm wurde nach der Mauer als Wachturm erbaut und diente als Magazin und eben auch zeitweise als Gefängnis.

Die Information
en zur Leichenschau wurden größtenteils den »Beyträgen zur gerichtlichen Arzneygelahrheit und zur medicinischen Polizey« von D. Wilhelm Heinrich Sebastian Bucholtz entnommen. Der Leichenbeschauer Physikus Neuhaus ist ein Produkt reiner Phantasie. Vermutlich wäre der örtliche Medizinalrat oder der medizinische Hofrat, also in diesem Fall wieder Hofrat Gerstein, herangezogen worden. Ausführliche, zeitgenössische Berichte über Leichenschauen sind unter anderem aus Berlin und Frankfurt überliefert.

Informationen zur Wohnkultur, der räumlichen Ausstattung und den Besitzverhältnissen sind diversen zeitgenössischen Quellen und Museumskatalogen entnommen.

Die Szene des Lesens aus dem Kaffeesatz findet sich in der kritischen Schrift »Die Wahrsagerin aus dem Coffee- Schälgen« von 1745. Der Autor schildert neben möglichen Ursprüngen und negativen Auswirkungen auch das praktische Vorgehen dieser Wahrsagevariante.

Der Spruch »inauspicatum dat iter oblatus lepus« wird in zeitgenössischen Quellen häufig im Zusammenhang mit Aberglauben genannt. Oft auch verknüpft mit dem Hasen als Pechbringer. Diese Interpretation geht vermutlich auf die Fehlübersetzung des Wortes Lebus (Hase) mit Lebos (Anmut) zurück.

211

Der Ablauf der Wahl ist überliefert. Im Gegensatz zu allen anderen Quellen wurde hier deutlich gekürzt, da das Prozedere der Wahl sowohl aus damaliger als auch aus heutiger Sicht eher als langatmig zu bezeichnen ist. Neben den Ratsmitgliedern waren auch alle Gildenmeister und weitere Berufsgruppen in das Wahlgeschehen und die nachfolgende Prozession eingebunden. Die Wahl fand tatsächlich im Fastenmonat statt und es gibt keine Hinweise auf die sich daraus ergebende Problematik für die katholischen Bewohner der Stadt. Da inzwischen nur noch Sekundärquellen zur Verköstigung und der Festlichkeit an sich vorhanden sind, lässt sich auch nicht mehr feststellen, ob diese Darstellung möglicherweise etwas zu sehr aus einer modernen Sicht gefärbt sind.

Alle im Text benannten Gasthäuser, auch das, in welchem sich die Lehrerrunde mittwochs trifft, sind mit Standorten und Besitzern verzeichnet und teilweise bereits auf dem Stadtplan von 1611 zu finden. Die regelmäßige Runde der Lehrer im neuen Gasthaus ist allerdings der Fantasie entsprungen. Gespeist wurde diese Beobachtung, wie variabel die Einkünfte der Lehrer in Dortmund waren. Eine Verköstigung im Gasthaus oder bei anderen Gastwirten in Dortmund ist nicht nachgewiesen.

Da es vereinzelt Hinweise auf kleine gelehrte Gesellschaften, zum Beispiel um den Tanzlehrer Verron oder Lesezirkel um Köppen oder auch die bekanntere Gesellschaft Harmonie (in anderen Quellen auch harmonische Gesellschaft) um Professor Gierig, gibt, ist es durchaus im Bereich des Möglichen, dass sich auch die Lehrkräfte der Lateinschulen sich zusammengetan haben. Die Quellen geben keinerlei Hinweise auf Konkurrenz oder zum Beispiel religiös bedingte Dissonanzen, die ein solches Treffen vermutlich verhindert hätten.

Soweit irgend möglich wurden die vorliegenden Informationen rund um das Jahr 1788 in Dortmund aufgenommen und verarbeitet.
Wo nur eingeschränkte Informationen vorliegen, so liegt zum Beispiel der Nachweis vor, dass Professor Gierig ein elektrisches Planetarium besessen hat, allerdings fehlt der Nachweis über das Jahr des Erwerbs,

wurde im Sinne einer möglichst sozialhistorisch angemessenen Erzählphantasie ergänzt.